KAWAKAMI Hiromi

La Brocante Nakano

**Roman traduit du japonais
par Elisabeth Suetsugu**

OUVRAGE TRADUIT AVEC LE CONCOURS
DU CENTRE NATIONAL DU LIVRE

*Éditions
Philippe Picquier*

DU MÊME AUTEUR
AUX ÉDITIONS PHILIPPE PICQUIER

Cette lumière qui vient de la mer

Les Années douces

Manazuru

Titre original : *Furudôgu Nakano shôten*

© 2005, Kawakami Hiromi
© 2007, Editions Philippe Picquier
  pour la traduction en langue française
© 2009, Editions Philippe Picquier
  pour l'édition de poche

Mas de Vert
B.P. 20150
13631 Arles cedex

www.editions-picquier.fr

En couverture : © Daisuke Morita, Getty Images

Conception graphique : Picquier & Protière

Mise en page : Ad litteram, M.-C. Raguin – Pourrières (Var)

ISBN : 978-2-8097-0090-9
ISSN : 1251-6007

Format n° 2

« Enfin quoi » est un tic de langage de M. Nakano.

Pas plus tard que tout à l'heure encore, il l'a dit de but en blanc, en s'adressant à moi pour me demander : « Enfin quoi, vous me passez la petite bouteille de sauce de soja, là ? » J'étais stupéfaite.

Nous étions venus là tous les trois pour déjeuner, plus tôt que d'habitude. M. Nakano a commandé le menu porc au gingembre, Takeo, le plat de poisson, moi, un riz au curry. Le porc et le poisson sont arrivés tout de suite. M. Nakano a saisi une paire de baguettes en bois dans le pot sur la table où elles étaient rangées bien droit, il les a séparées avec un petit claquement sec et a commencé à manger, en même temps que Takeo. Ce dernier a murmuré un petit mot d'excuse, mais M. Nakano s'est contenté d'entamer son plat sans rien dire.

On m'a enfin servi mon assiette de riz au curry, et c'est au moment où je m'emparais de la cuillère que M. Nakano y est allé de son « enfin quoi ».

« Votre *enfin quoi* n'est-il pas un peu saugrenu ? lui ai-je fait remarquer, et il a reposé son bol sur la table.

— J'ai dit ça, moi ?

— Oui, a répondu Takeo à ma place, faiblement.

— Enfin quoi, non, je ne l'ai pas dit !

— Vous voyez !

— En effet. »

Monsieur Nakano s'est gratté la tête avec ostentation.

« Je n'y peux rien, c'est une manie !

— Drôle de manie ! »

Je lui ai tendu le flacon de *shôyu* dont il a versé quelques gouttes sur deux lamelles de radis noir confit, qu'il a mordues à belles dents.

« Hé oui, c'est que je parle dans ma tête, moi ! »

Par exemple, je pense à quelque chose, mettons A, qui devient B, suivi de C, forcément, les pensées s'enchaînent. Quand j'arrive à D et que je formule ce qui m'est venu à l'idée, c'est plus fort que moi, ça devient *dakara sâ*[1] !

---

1. D'un usage fréquent dans la langue parlée, cette expression peut en réalité être rendue de diverses manières : *c'est ce que je dis, c'est bien pour ça, je reprends, vous me suivez, ben oui quoi voyons, mais enfin, je veux dire...* Elle peut être suivie de particules affectives comme *sa, ne, na, yo*.

« M'étonnerait que ça se passe comme ça ! Mais bon, moi, je veux bien », dit Takeo en étalant la sauce du poisson sur son restant de riz.

Takeo et moi travaillons tous les deux dans le magasin de M. Nakano. Dans ce quartier périphérique à forte population estudiantine, situé à l'ouest de Tôkyô, M. Nakano tient depuis vingt-cinq ans une boutique de bric-à-brac. Il avait commencé par travailler dans une grande entreprise de produits alimentaires, semble-t-il, mais il s'était vite lassé de cette vie et avait donné sa démission. A cette époque, c'était à la mode de quitter son travail pour devenir son propre patron, mais moi, je suis resté salarié trop peu de temps pour pouvoir être rangé dans cette catégorie ! Non, j'en ai eu assez sans raison précise, tout bonnement, et à ce moment-là, je n'étais pas très fier de moi, m'a-t-il avoué tranquillement en profitant d'un creux au magasin.

« Je vous préviens tout de suite que c'est une brocante ici, pas un magasin d'antiquités ! » a précisé M. Nakano au cours de l'entrevue. J'avais remarqué une petite affiche collée à la devanture où on avait tracé au pinceau d'une mauvaise écriture : *Offre d'emploi à temps partiel, entrevue possible à tout moment*. Pourtant, quand je suis entrée pour me renseigner, ce fut pour m'entendre dire : « Bon, alors revenez le 1er septembre à quatorze heures. Et attention, deux heures, c'est deux heures ! » Le patron dégageait une drôle d'impression avec sa moustache et son bonnet de tricot, en plus il était maigre, c'était M. Nakano.

Le magasin, non pas d'antiquités mais de brocante, croule littéralement sous les objets de bric et de broc. Des petites tables pliantes aux vieux ventilateurs en passant par les climatiseurs et la vaisselle, tout le mobilier standard des foyers depuis le milieu de l'ère Shôwa[1] trouve tant bien que mal sa place dans la boutique. M. Nakano remonte le rideau métallique un peu avant midi et, une cigarette au bec, entreprend d'aligner à l'extérieur les vieilleries destinées à attirer le chaland : assiettes ou récipients décorés de motifs qui ont un certain cachet, lampe de chevet genre design, tortue ou lapin presse-papiers imitant l'onyx, vieille machine à écrire, etc., le tout disposé avec recherche sur un banc de bois à l'entrée de la boutique. Lorsque parfois la cendre de sa cigarette tombe sur une tortue ou un lapin, il l'essuie à la va-vite avec l'extrémité du tablier noir qui ne le quitte jamais.

M. Nakano reste au magasin jusqu'au début de l'après-midi, ensuite c'est moi qui assure la permanence la plupart du temps. L'après-midi, Takeo et le patron partent ensemble à la « récupération ».

---

1. 1926-1989. Désigne la période correspondant au « règne » de l'empereur Hirohito.

Ce travail consiste à aller récupérer des choses chez les clients. Le plus souvent, il s'agit de débarrasser une maison de ses meubles à la mort de son propriétaire. M. Nakano récupère en vrac tous les objets qui ne sont pas susceptibles d'être légués en souvenir, ou encore les vêtements. Pour quelques milliers de yens, dix mille au maximum, il achète de quoi remplir un petit camion. Tel client qui a mis à part les objets lui paraissant avoir quelque valeur estime que c'est toujours mieux que d'avoir à payer la voirie pour qu'elle vienne ramasser les rebuts les plus encombrants : c'est dans cet état d'esprit que les gens font appel à M. Nakano. La plupart du temps, c'est sans rechigner qu'ils acceptent la somme modique qu'on leur donne et se contentent de regarder partir le camion, mais Takeo m'a raconté qu'ils se plaignaient parfois quand c'était par trop bon marché, ce qui plongeait le patron dans l'embarras.

Takeo a été engagé peu de temps avant moi, en tant que « récupérateur ». Quand il semble y avoir peu de choses, il y va tout seul.

La première fois que M. Nakano l'a envoyé faire le travail sans lui, Takeo s'est inquiété :

« Mais, et pour l'argent, comment je dois m'y prendre ?

— Enfin quoi, fais pour le mieux, c'est tout ce qu'on te demande ! Tu m'as déjà vu à l'œuvre, non ? »

A ce moment-là, Takeo ne travaillait que depuis trois mois et il n'y connaissait rien. Je me suis dit que tout de même le patron exagérait, mais à considérer les affaires qui marchaient plutôt bien, il était possible, après tout, que cette extravagance ne fonctionne pas toujours dans le mauvais sens. Takeo est parti de l'air de se dire que vraiment il n'était pas commode celui-là, mais quand il est rentré, il avait retrouvé son expression habituelle.

« Ben, j'ai eu aucun problème ! » Il arborait une mine dégagée. Trois mille cinq cents yens pour emporter le tout. M. Nakano a hoché plusieurs fois la tête, mais quand il a examiné le contenu du camion, il a écarquillé les yeux.

« Tout de même, mon garçon, tu y vas fort. C'est trop mal payé ! Décidément, les gens qui n'y connaissent rien, c'est effrayant, y a pas à dire ! » a-t-il dit en riant.

Dans le lot récupéré, il y avait une potiche qui s'est vendue pour trois cent mille yens. Ce détail aussi, je le tiens de Takeo. Comme la boutique ne traitait pas les objets de cette valeur, il est allé la vendre dans une foire aux antiquités qui se tenait dans l'enceinte d'un sanctuaire. A cette époque, la fille que fréquentait Takeo l'a accompagné à son stand sous prétexte de l'aider. Elle n'en revenait pas qu'un machin si sale et si moche ait pu trouver preneur pour une somme pareille. Après cette histoire, elle n'a cessé d'insister pour que Takeo laisse tomber le magasin et se mette à son compte pour faire commerce de brocante, ce qui lui aurait permis de vivre seul. J'ignore si c'est à cause de ça, toujours est-il que Takeo et la fille se sont séparés.

Il nous arrive rarement de prendre un repas ensemble, le patron, Takeo et moi. La plupart du temps, M. Nakano court à droite et à gauche : si ce n'est pas une récupération, c'est un marché ou des enchères, à moins que ce ne soit une vente réservée aux professionnels. Quant à Takeo, il ne traîne pas et disparaît dès qu'il en a terminé avec un chargement. Si nous nous sommes retrouvés cette fois tous les trois, c'est à l'occasion d'une exposition de Masayo, la sœur de M. Nakano.

A cinquante-cinq ans, Masayo est célibataire. A l'origine, les Nakano étaient une famille de grands propriétaires mais la génération précédente avait vu s'amorcer la chute de leur fortune, ce qui ne semblait pas empêcher Masayo d'avoir encore de quoi vivre grâce au rendement de certains biens immobiliers.

C'est que c'est une âartiste, ma sœur ! dit parfois M. Nakano pour se moquer d'elle, sans pour autant exécrer l'âartiste, loin de là. L'exposition de Masayo se tenait dans une galerie ouverte au premier étage du café *Poésie*, près de la gare. Cette fois, elle présentait ses créations de poupées.

Peu de temps avant que je ne sois embauchée, il y avait eu une exposition de tissages sur le thème « Arbres et feuilles ». Masayo avait obtenu la teinture à partir de décoction de feuilles qu'elle avait ramassées dans un bois à la limite de la ville. D'après Masayo, les tons étaient « chic », selon Takeo qui avait vu l'exposition, c'était plutôt du genre « couleur de chiottes », si j'en crois ce qu'il a raconté plus tard en secouant la tête. Masayo avait décoré la salle avec des branchages suspendus au plafond. A chaque pas qu'on faisait dans ce labyrinthe, les étoffes accrochées aux branches venaient s'emmêler aux cheveux ou autour des bras, embarrassant tout le monde, renchérissait M. Nakano.

Cette fois, aucune poupée ne pendait du plafond, Masayo s'était contentée de disposer sagement ses créations sur des tables alignées côte à côte dans la salle, qu'elle avait accompagnées d'un titre du genre « La libellule du soir » ou encore « Au jardin ». D'un air distrait, Takeo a jeté un œil rapide sur l'ensemble, quant à M. Nakano, il a examiné les poupées une par une, les prenant avec précaution, les retournant. Une lumière chaude pénétrait par les fenêtres, la salle était surchauffée et Masayo avait les joues en feu.

M. Nakano a acheté la poupée la plus chère, moi, j'ai choisi un chat dans la masse des petits objets qui remplissaient une corbeille à l'entrée.

Nous avons quitté la galerie sous le regard de Masayo qui, debout en haut de l'escalier, nous a suivis des yeux jusqu'à ce que nous nous retrouvions tous les trois dehors.

« Je fais un saut à la banque », a dit M. Nakano en même temps qu'il disparaissait par la porte automatique de la banque devant laquelle nous passions. « Incorrigible, le patron, décidément ! » a dit Takeo en continuant à avancer, les deux mains enfoncées dans les poches de son pantalon où il donnait l'impression de nager, mais c'était voulu.

Aujourd'hui, Takeo a prévu d'aller faire une récupération à Hachiôji, dans une maison occupée par deux vieilles sœurs que M. Nakano appelle « les frangines ». Pas un jour ne passe sans qu'elles téléphonent pour se plaindre que, leur frère aîné à peine disparu, des parents qui ne leur avaient jamais fait une seule visite se sont mis à défiler à tour de rôle, pour repartir avec des objets d'art ou des livres anciens dont le défunt faisait collection. On entend M. Nakano dire au téléphone : « Oui, en effet, je vous plains sincèrement ! » Il ponctue le tout avec sérieux. Pas une seule fois, il n'a cherché à raccrocher le premier.

« Dans ce métier, c'est comme ça qu'il faut faire ! » dit-il en clignant de l'œil, après avoir reposé le combiné au bout d'une demi-heure de jérémiades. Pourtant, bien qu'il ait donné l'impression de compatir sincèrement aux doléances des deux vieilles filles, il n'a pas manifesté la moindre velléité d'aller lui-même récupérer les choses.

« Je peux y aller seul ? » a demandé Takeo, et M. Nakano a répondu en tirant sur sa moustache : « Enfin quoi, offre-leur une somme un peu au-dessous de la moyenne. Parce que si tu donnes un trop bon prix, les grands-mères vont être interloquées, et si c'est trop bas, enfin, tu vois... »

Nous sommes arrivés devant le magasin, j'ai levé le rideau métallique et, comme le fait M. Nakano, j'ai commencé à disposer sur le banc quelques objets susceptibles d'attirer les clients tandis que Takeo sortait du garage derrière la boutique un petit camion de deux tonnes. Je lui ai lancé un au revoir, et il a répondu par un signe de la main en faisant gronder le moteur. Le petit doigt de sa main droite n'a plus qu'une phalange. C'est cette main qu'il a agitée dans ma direction.

Il paraît que M. Nakano avait demandé à Takeo au cours de l'entretien : « Tu n'en serais[1] pas, par hasard, toi ? »

« Si c'était vrai, c'était super risqué de m'embaucher, non ? » a dit Takeo quand il a commencé à s'habituer au magasin, mais le patron a

---

1. Allusion à une pratique du « milieu », voulant qu'un *yakuza* (gangster, truand) qui a trahi se coupe une phalange, à moins que ce ne soit un geste de réparation à l'égard de la famille d'un membre qui a commis une faute ou une offense.

répliqué en riant : « Tu sais, quand on fait ce métier, on sait tout de suite à qui on a affaire ! »

Takeo a eu le doigt coincé dans un battant de porte en fer. C'est un de ses condisciples qui a fait le coup, exprès. Pendant ses trois années de lycée, Takeo a été victime de mauvais traitements de la part de l'élève en question qui se prétendait « écœuré par le seul fait de son existence ». Takeo a quitté le lycée six mois avant le bac. C'était, disait-il, parce qu'il se sentait en danger pour de bon depuis l'incident de la porte métallique. Le professeur principal et ses parents ont fermé les yeux, en faisant comme si le style de vie de Takeo était à l'origine de l'abandon de ses études, en même temps qu'un laisser-aller fondamental. Ce qui n'empêche pas Takeo de dire : « En fait, j'ai plutôt eu de la chance de quitter le lycée ! » Quant à l'élève qui avait mis « sa vie en danger », il est entré dans une université privée et il paraît que l'année dernière, il a trouvé du travail dans une entreprise relativement cotée.

Quand je lui ai demandé : « Mais ça ne te met pas en colère ? », il a relevé un coin de sa bouche avec une expression particulière pour dire : « Etre en colère ou je sais pas quoi, est-ce que ça y change quelque chose ?

— Comment ça ? »

Cette fois, c'était moi qui ne comprenais pas. Alors, Takeo a dit en pouffant :

« Hitomi, elle peut pas comprendre ! Ben oui, quoi, tu aimes les livres, tu as l'air sérieuse. Moi, j'ai une tête pas compliquée, tout ça… » Voilà ce qu'il m'a dit.

« Mais moi aussi, je suis simple, tu sais ! »

Takeo a ri de nouveau :

« Alors, peut-être bien que tu n'es pas si compliquée, après tout ! »

L'extrémité de son petit doigt est toute lisse. Il m'a raconté que le médecin lui avait expliqué que si la cicatrice était impeccable, c'était en raison de la nature de sa peau qui permettait aux brûlures ou aux blessures de se refermer facilement, en somme il « cicatrisait bien ».

Après avoir regardé le camion partir, j'ai pris un livre de poche et je me suis mise à lire, installée sur une chaise à côté de la caisse. En une heure, trois clients sont passés, dont un qui est parti après avoir acheté une vieille paire de lunettes. Je me demande à quoi peuvent bien servir des lunettes dont la dioptrie ne convient pas, mais il paraît que c'est l'un des articles qui se vendent le mieux à la boutique.

C'est justement parce que l'objet est inutile que les gens l'achètent ! aime à dire le patron. Quand je lui demande si c'est vraiment de cette façon que les choses se passent, il prend un sourire un peu niais pour me demander :

« Hitomi, vous aimez ça, vous, les choses qui servent ?

— Mais oui ! » Alors, légèrement méprisant, il a reniflé, puis il s'est mis soudain à fredonner un couplet bizarre, du genre « assiette utile, étagère utile, homme utile… » J'étais ahurie.

Après le départ du client aux lunettes, plus personne n'a franchi le seuil de la boutique. M. Nakano ne revenait toujours pas. Paraît qu'il a quelqu'un. Quand il parle de la banque, je parie que, la plupart du temps, c'est pour aller chez cette femme. Ça lui avait échappé un jour, à Takeo.

Il y a quelques années, M. Nakano s'est marié pour la troisième fois. De sa première femme, il a eu un fils qui est maintenant étudiant, de la deuxième, une fille qui va à l'école et de la troisième, un bébé qui doit avoir tout juste six mois. Et il lui faut encore « une femme » par-dessus le marché !

Le patron m'a demandé une fois : « Dites-moi, Hitomi, est-ce que vous avez un copain ou quelque chose d'approchant ? » Mais il n'avait pas l'air de vouloir vraiment le savoir. Non, c'était du ton sur lequel on parle du temps ; il était debout à côté de la caisse, en train de boire un café. Il a prononcé le mot *copain* exactement comme il aurait dit amant ou amoureux, ou encore mec ou type.

« Oui, enfin, pendant un moment, mais je n'ai personne depuis quelque temps », ai-je répondu. M. Nakano s'est contenté de hocher la tête, et il n'a pas cherché à savoir quel genre de garçon c'était, ni quand on s'était quittés.

A mon tour, j'ai demandé :

« Et vous, comment avez-vous connu votre femme ? »

Il a répondu :

« C'est un secret.

— Un secret ? Alors, ça va me donner encore plus envie de savoir, vous ne croyez pas ? » ai-je continué.

M. Nakano a fixé les yeux sur moi.

« Qu'est-ce que vous avez à me regarder comme ça ? »

D'un ton posé, il a répondu :

« Vous savez, Hitomi, ce n'est pas la peine de vous forcer... »

Il avait raison, je n'avais pas particulièrement envie de pénétrer dans l'intimité du couple Nakano. Incroyable, le patron. Enfin, il faut croire qu'il a quelque chose qui plaît aux femmes, sûr et certain ! Takeo m'a chuchoté ça plus tard à l'oreille.

Le patron ne revenait pas, aucun client ne se montrait, Takeo était parti à Hachiôji. Désœuvrée, je m'étais mise à lire.

Depuis un certain temps, il y avait un client qui faisait son apparition quand j'étais seule au magasin. Il devait être sensiblement du même âge que le patron, ou un peu plus âgé peut-être.

J'ai d'abord pensé qu'il s'agissait d'une coïncidence, cette façon qu'il avait de venir justement quand je me trouvais seule à la boutique, mais apparemment ce n'était pas le cas. Quand il s'apercevait de la présence de M. Nakano, il filait en douce. Dès qu'il ne voyait plus le patron, il lui arrivait de réapparaître sur-le-champ.

Il vient souvent, ce client ? Interrogée un jour par M. Nakano, j'ai répondu par l'affirmative. Le lendemain, M. Nakano n'a pas cessé de faire du remue-ménage dans la remise dès midi. En fin de journée, l'homme a fait son apparition au magasin. Il s'attardait, allant et venant entre l'entrée et la caisse où j'étais assise ; le patron ne le quittait pas des yeux, observant son manège depuis l'arrière-boutique. Au moment où l'homme s'approchait de la caisse, il s'est précipité et lui a adressé quelques mots d'un ton aimable.

C'était la première fois que j'entendais la voix de l'homme. En un quart d'heure à peine de bavardage, M. Nakano lui avait fait raconter qu'il habitait dans la ville voisine, avait pour nom Tadokoro et faisait collection de sabres.

« Vous savez, ici, il n'y a rien d'ancien ! » Parole bien étrange dans la bouche du patron d'une boutique qui porte l'enseigne « Brocante ».

« Peut-être, mais je trouve que vous avez des choses vraiment intéressantes », a répondu

Tadokoro en pointant le doigt vers un coin où s'entassaient des magazines féminins et des objets en prime de la marque Glico devant dater des années trente.

Tadokoro était plutôt séduisant. Ses joues portaient la trace du rasoir, elles étaient bleutées. Un peu plus mince, il aurait ressemblé à un acteur français qui s'appelle... j'ai oublié le nom. Il avait une voix légèrement haut perchée, ça me gênait, mais sa façon de parler donnait l'impression d'une grande disponibilité.

Tadokoro parti, M. Nakano m'a dit au bout d'un moment : « Ce client-là, il va rester un bout de temps sans venir ! » J'ai dit entre mes dents qu'il avait pourtant bavardé avec familiarité, mais le patron a secoué la tête. Je lui ai demandé pourquoi, mais il n'a rien répondu. Je vais à la banque, a-t-il dit avant de disparaître.

Conformément à la prédiction de M. Nakano, Tadokoro est resté sans se montrer pendant environ deux mois. Mais ensuite, il a pris l'habitude de venir en l'absence du patron, comme s'il prévoyait le moment. Si nos regards se croisent, il me dit « Bonjour ! » et « Salut ! » quand il s'en va.

Notre échange ne va pas plus loin, pourtant, lorsque Tadokoro se trouve dans la boutique, je sens comme une densité dans l'atmosphère. Les quelques habitués du magasin entrent et sortent en se contentant de dire la même chose que Tadokoro, bonjour, au revoir, mais lui a une présence radicalement différente. Takeo l'a vu deux fois.

« Qu'est-ce que tu penses de ce client ? » ai-je demandé.

Takeo a hésité un moment, et il a fini par dire simplement :

« Il a pas une trop mauvaise odeur ! »

Une mauvaise odeur ? Qu'est-ce que ça veut dire ? Mais Takeo a gardé la tête baissée, sans un mot. Tandis qu'il aspergeait d'eau le trottoir devant la boutique, j'ai réfléchi au sens que ça pouvait avoir. J'ai eu l'impression que je comprenais vaguement, tout en me disant que je ne mettais sans doute pas dans ces mots la même chose que Takeo.

Quand Takeo a eu fini d'arroser, il s'est dirigé vers le fond du magasin en tenant son seau vide à la main.

Je l'ai entendu qui disait à mi-voix : « Parce que les gens qui pensent qu'à eux, eh ben ceux-là, ils sentent mauvais, et moi, je peux pas les sentir ! » Je ne comprenais pas exactement ce que voulait dire « ceux qui pensent qu'à eux ».

Comme je n'avais rien à faire, j'étais donc en train de lire un livre de poche, et Tadokoro s'est présenté au magasin. En un instant, l'atmosphère de la boutique s'est alourdie. Après le départ d'un jeune couple qui avait acheté un vase de cristal, il s'est approché de la caisse.

« Vous êtes seule aujourd'hui ? » a-t-il demandé.

J'ai répondu oui, d'un air méfiant. Encore plus que d'habitude, Tadokoro est enveloppé d'un air dense. Pendant un moment, il a parlé du temps, des nouvelles. C'était la première fois que nous bavardions aussi longtemps.

« Euh, il y a quelque chose que j'aimerais bien que vous m'achetiez... » s'est lancé brusquement Tadokoro au milieu de la conversation.

J'avais l'autorisation d'acheter directement les petites choses courantes que venaient proposer les clients, c'est moi qui en fixais le prix. Pour la vaisselle, les produits électroménagers, les objets destinés aux amateurs branchés, comme les primes de Glico, M. Nakano était seul à pouvoir en décider.

« Ça, a dit Tadokoro en me montrant une grande enveloppe en papier d'emballage.

— Qu'est-ce que c'est ? » ai-je demandé, mais il s'est contenté de poser l'enveloppe à côté de la caisse en disant : « Regardez d'abord. »

Quand on vous dit de commencer par regarder, il est difficile de s'en tirer sans jeter un œil. C'est plutôt le patron, pour ce genre de choses... ai-je tenté de protester, mais Tadokoro, s'appuyant contre la caisse, a regardé à droite et à gauche. Ce genre de choses ? Mais vous n'avez même pas vu ce que c'était. Jetez-y un coup d'œil ! D'accord ?

Pouvant difficilement faire autrement, j'ai ouvert l'enveloppe. A l'intérieur, il y en avait une deuxième, épaisse elle aussi, si bien que je n'arrivais pas à l'extirper : il n'y avait pas un millimètre d'espace entre les deux. Tadokoro ne me quittait pas des yeux, ça me gênait et je m'y prenais de plus en plus mal.

Enfin, j'ai réussi à la dégager. C'étaient en fait deux feuilles de carton maintenues l'une contre l'autre avec du scotch. A l'intérieur, il y avait quelque chose.

« Ouvrez donc ! » Tadokoro m'incitait à regarder le contenu d'une manière posée.

« Oui, mais le scotch…
— Donnez-moi ça. » En même temps, il a brandi la lame d'un cutter qu'il avait sorti je ne sais quand, et il a coupé le papier collant sans difficulté. J'ai eu l'impression que le cutter et la main de Tadokoro ne faisaient qu'un. Le geste était élégant. Je me sentais quelque peu troublée.

« Regardez donc, vous n'y perdrez rien. En plus, ça vous apprendra sûrement des choses ! » Tout en proférant ces étranges paroles, il a décollé les morceaux de scotch. Je pensais qu'il allait par la même occasion défaire le cartonnage, mais il n'a plus fait un geste. C'est moi qui ai écarté doucement l'emballage, d'où sont sorties des photos en noir et blanc. C'étaient des couples nus enlacés.

« Mais qu'est-ce que c'est que ça, je rêve ! » a été la première réaction de M. Nakano.

« Je sais pas, mais on dirait que c'est des photos qui datent pas d'hier, non ? » Voilà pour le sentiment de Takeo.

Tadokoro s'était contenté de me lancer :

« Je reviendrai. Tâchez de mettre un prix pour la prochaine fois, hein ? A bientôt ! » Moi, encore sous le choc, j'avais toujours à la main l'enveloppe en carton quand il a quitté le magasin.

J'ai eu l'impression que le cri qui m'avait échappé devant ces photos qui me sautaient au visage avait été comme aspiré dans l'instant par le corps mince de Tadokoro. Et j'ai eu une hallucination : j'ai vu ce corps s'agrandir et se dilater jusqu'à devenir énorme.

Après le départ de Tadokoro, j'ai de nouveau regardé les photos, elles étaient toutes des plus banales. Les hommes et les femmes qui avaient servi de modèles avaient l'air de gens tout à fait ordinaires, que j'aurais pu croiser n'importe où. Il y avait dix photos. Je les ai examinées une par une.

L'une d'elles me plaisait particulièrement. A la lumière du jour, un homme et une femme étaient en train de faire l'amour, tout habillés, offrant aux regards l'éclat de la chair de leurs croupes. C'était dans une ruelle où s'agglutinaient petits bars et estaminets. Les rideaux métalliques étaient baissés, les poubelles sorties.

Et dans cette venelle triste, un homme et une femme exhibaient leurs fesses rebondies et leurs cuisses charnues.

« Vous aimez l'art, vous, Hitomi ? » m'a demandé M. Nakano en écarquillant les yeux, tandis que je pointais le doigt vers la photo. Il a ajouté en s'emparant d'une photo qui présentait un couple nu assis devant une psyché : « Moi, décidément, je préfère les trucs classiques ! » Installée sur les genoux de l'homme, la femme avait les paupières closes et elle était impeccablement coiffée.

Après avoir soigneusement regardé toutes les photos, Takeo les a remises sur la table en disant : « Les hommes sont pas très beaux, et les femmes, c'est du pareil au même ! »

« Qu'est-ce qu'on va en faire ? ai-je demandé.

— Je vais les rendre à Tadokoro, a répondu M. Nakano.

— Vous croyez qu'on peut pas les vendre ici ? a demandé Takeo.

— Non, pas vraiment le genre de la maison. Telles qu'elles sont, c'est trop ou pas assez. »

La discussion était close, et M. Nakano a remis les photos dans leur emballage avant de poser l'enveloppe sur une étagère du fond.

Pendant un certain temps, l'enveloppe cartonnée m'a préoccupée. Enfin, je veux dire que j'hésitais à tourner la tête du côté de l'étagère, et c'est cette impression qui me mettait mal à l'aise. Chaque fois qu'un client entrait, je tremblais à l'idée que c'était peut-être Tadokoro. Le patron avait bien dit qu'il rendrait les photos lui-même, mais l'enveloppe ne quittait pas l'étagère. Pour commencer, personne ne connaissait l'adresse exacte de Tadokoro. Les jours ont passé, et une nouvelle année a commencé.

C'est le lendemain du jour où il a neigé que Masayo est venue au magasin.

« Vous avez bien déblayé, bravo ! » s'est-elle exclamée d'une voix joyeuse. Masayo a toujours une voix pleine d'entrain. Au début, Takeo tressaillait chaque fois qu'elle ouvrait la bouche. Depuis quelque temps, il a l'air de s'être habitué, mais j'ai remarqué qu'il s'arrangeait pour ne pas s'approcher d'elle.

« Je parie que c'est vous, mon petit Takeo, qui avez déblayé ? »

Mon petit Takeo ! Il a frémi l'espace d'une seconde. La veille, la neige avait atteint une épaisseur de vingt centimètres, mais Takeo avait soigneusement balayé devant le magasin chaque fois qu'elle risquait de s'amonceler, si bien que l'asphalte restait visible. Comme d'habitude, M. Nakano avait sorti le banc dans la rue, qui luisait avec des reflets noirs, et il avait disposé dessus des choses et d'autres.

« J'aime ça, moi, la neige, parce que ça rend joyeux ! » s'est exclamée Masayo, qui a le don de dire des choses désarmantes. Takeo et moi l'écoutions sans rien dire. Au bout de quelque temps, les clients ont commencé à arriver. En dépit de la neige, à moins que ce ne soit à cause d'elle, ils étaient particulièrement nombreux. Trois ont acheté un poêle, deux autres un *kotatsu*[1], deux matelas sont partis aussi, et Masayo est arrivée à la rescousse pour s'occuper des clients. En fin de journée, quand on a enfin pu souffler un peu, le soleil avait fait fondre presque toute la neige. On ne pouvait plus distinguer la partie de la rue que Takeo avait déblayée de celles où la neige avait fondu.

« Bon, on va se faire livrer un plat de nouilles », a annoncé M. Nakano, qui a fermé le magasin sans plus attendre, et nous l'avons suivi l'un derrière l'autre dans la pièce de tatamis qui se trouve au fond. Pas plus tard que tout à l'heure, il y avait un *kotatsu*, mais comme il avait été vendu, il ne restait plus que l'édredon tout plat posé à même les tatamis. M. Nakano est allé chercher dans la boutique une table basse assez grande qu'il a posée directement sur la couverture matelassée.

« C'est chaud, a dit Takeo en s'asseyant sur la couverture.

---

1. Système de chauffage incorporé dans une partie du plancher, sous les tatamis. Remplacé de plus en plus souvent par une table basse chauffante, démontable ou non.

— Quand on mange ensemble, on a chaud au cœur », a dit Masayo, complètement à côté.

M. Nakano a allumé une cigarette tout en téléphonant à la gargote pour passer la commande. Debout à côté d'une étagère, il jetait les cendres dans un cendrier ébréché qui se trouvait là.

C'est malin, a proféré M. Nakano, en même temps qu'il secouait l'enveloppe de Tadokoro. Apparemment, il avait posé dessus le bout de sa cigarette. Une petite fumée est montée, qui s'est vite estompée tandis qu'il secouait furieusement l'enveloppe. Les coins avaient brûlé, mais l'intérieur était intact.

« Qu'est-ce que c'est, une gravure ou quelque chose de ce genre ? » a demandé Masayo. M. Nakano s'est contenté de lui tendre l'enveloppe sans un mot. Masayo a sorti les photos qu'elle a regardées plusieurs fois.

« Elles sont à vendre ? » a-t-elle demandé.

M. Nakano a secoué la tête.

« Il faut dire qu'elles ne sont pas fameuses ! » a-t-elle dit d'un air content avant d'ajouter : « Ce que je fais, moi, c'est tout de même mieux que ça ! »

Takeo et moi avons échangé un regard. Nous étions surpris de constater que Masayo portait un regard objectif sur ses propres œuvres. Les artistes sont décidément imprévisibles. Masayo a poursuivi en énonçant quelque chose d'encore plus inattendu :

« Ces photos, ce ne serait pas Tadokoro qui les a prises ?

— Hein ? a crié M. Nakano.

— Eh bien, il faut vous dire que Tadokoro était mon professeur principal au collège... » a laissé tomber Masayo tout en s'efforçant de parler posément. Au même moment, on a entendu frapper des coups contre le rideau métallique. Takeo et moi allions nous précipiter, mais M. Nakano a marmonné : « C'est le marchand de nouilles ! » et il est passé du côté de la rue tout en tirant une bouffée. Takeo l'a suivi, Masayo et moi sommes restées dans la pièce du fond. Masayo a pris une cigarette dans le paquet de M. Nakano et l'a allumée en gardant les coudes posés sur la table. Elle tenait sa cigarette exactement comme lui.

« Tadokoro fait beaucoup plus jeune que son âge, mais il doit bien avoir dans les soixante-dix ans », a expliqué Masayo tout en avalant ses pâtes garnies de *tempura*, avec un petit chuintement.

Tadokoro avait été son professeur principal quand elle était en troisième. Aujourd'hui, il avait encore de l'allure, mais à cette époque, il n'avait même pas trente ans et selon elle, on aurait pu le prendre pour un acteur. Il n'avait rien de particulier en tant qu'enseignant, ce qui n'empêchait pas certaines élèves de s'agglutiner autour de lui comme des insectes attirés par le miel. Parmi celles que Tadokoro tenait sous son charme, il y avait une condisciple de Masayo qui se faisait spécialement remarquer, nommée Kasutani Sumiko. On racontait que Tadokoro et elle avaient leurs habitudes dans des lieux portant l'enseigne d'une source thermale.

« Qu'est-ce que c'est, ce genre d'endroits ? » a demandé Takeo, à qui M. Nakano a répondu avec sérieux que c'étaient des « hôtels de passe ».

La rumeur entourant Sumiko et Tadokoro avait pris de l'ampleur. Le professeur avait été licencié et la jeune fille avait dû quitter le collège. Pour l'éloigner de Tadokoro, sa famille l'avait envoyée chez ses grands-parents en province, mais les deux amants avaient vaillamment continué à correspondre et, au bout d'un an, ils s'étaient enfuis ensemble. Ils avaient ensuite parcouru le Japon en tous sens. Quand les choses s'étaient calmées, Tadokoro était revenu dans la ville voisine et il avait pris la succession de ses parents qui tenaient une papeterie.

« C'est drôlement courageux de faire ce qu'ils ont fait ! » a été la première réaction de M. Nakano. Suivi de Takeo : « Si je comprends bien, c'était pas pour rire ! »

Moi, j'ai demandé à Masayo :

« Comment avez-vous deviné que les photos appartenaient à Tadokoro ? » Elle a entrepris de picorer les beignets qu'elle avait mis à part :

« Eh bien, comment dire… » J'aime beaucoup manger l'enveloppe du beignet, moi. La chapelure est bien imbibée de bouillon, et c'est rudement bon, vous savez, contrairement à ce qu'on pense. Avec un murmure, elle saisissait les petits flocons entre ses baguettes.

Et elle a poursuivi, nous expliquant que Tadokoro vivait du commerce de ses photos, du temps où il parcourait le pays. Après leur fuite, il n'avait jamais été en manque de femmes pour ses photos. Il prenait des photos pornographiques, qu'il vendait immédiatement sous le manteau. Mais il avait beau faire ce travail en amateur, il lui arrivait d'être harcelé par les bandes locales ou les associations de yakuzas. Se sentant en danger, il avait cessé son commerce, mais il faut croire que ce genre d'activité convenait à son tempérament, car il s'était ensuite servi de Sumiko comme modèle en proposant ses photos uniquement à des gens qu'il connaissait, à un tarif proche du prix de revient.

« La fille sur les photos, c'est Sumiko », a dit Masayo en pointant le menton en direction de l'enveloppe sur l'étagère. « J'ai la même, a-t-elle ajouté.

— Laquelle ? a demandé M. Nakano.

— Celle des fesses », a-t-elle répondu.

Pendant un moment, nous avons avalé tous les quatre en silence notre bol de nouilles. Takeo a terminé le premier et il est allé mettre son bol dans l'évier, ensuite, c'est M. Nakano qui s'est levé. Moi, imitant Masayo, je suis allée à la pêche des bouts de beignets qui flottaient à la surface du jus et je les ai mangés.

« Oui, elle est vraiment bien, la photo du postérieur ! » ai-je dit, ce qui a fait rire Masayo.

— Elle coûtait drôlement cher, celle-là. J'ai sorti dix mille yens, vous vous rendez compte ! C'est qu'elle était dans la misère, Sumiko. »

— Impossible d'en donner mille yens, même pour les dix », a déclaré tranquillement M. Nakano en revenant de la cuisine. Takeo a acquiescé d'un air exagérément grave.

M. Nakano s'est dirigé vers le garage avec Takeo pour examiner le camion. Masayo et moi avons lavé les bols. Tout en faisant la vaisselle, j'ai demandé ce qu'était devenue Sumiko. Kasutani Sumiko ? Elle est morte, a répondu Masayo. Non seulement Tadokoro n'arrêtait pas de la tromper, mais son fils de dix-huit ans est mort dans un accident, si bien qu'elle a fait une dépression. Tadokoro n'est pas foncièrement mauvais, pourtant. Faites attention, Hitomi, il ne faut pas vous laisser embobiner par ce genre d'homme !

Masayo a frotté énergiquement les bols avec l'éponge. J'ai murmuré un vague oui. Ce n'est pas que j'avais peur, mais j'ai eu un frisson dans le dos en me souvenant de l'atmosphère dense que dégageait Tadokoro. C'était comme le tremblement qui précède un rhume.

En quittant le magasin avec Takeo, je lui ai dit : « Au fait, il paraît que Kasutani Sumiko est morte », et il a murmuré quelques mots indistincts en se frottant les mains l'une contre l'autre.

Tadokoro est resté un certain temps sans se montrer, mais le surlendemain du jour où il avait neigé, il est arrivé sans avoir l'air de rien et a déclaré :

« Les photos, finalement, j'ai décidé de ne pas les vendre. »

Je lui ai tendu le carton qui contenait les dix épreuves, et il a approché son visage pour me demander :

« Qu'est-ce que vous avez fait de l'enveloppe ? »

Takeo venait juste de rentrer d'une récupération et il s'est empressé de me venir en aide :

« Je vais tout de suite en acheter une ! »

Tadokoro s'est alors tourné vers lui et a passé commande sans se démonter :

« Dans ce cas, prenez du format n° 2, et carré, hein ! »

Takeo est parti en courant.

« Les photos vous ont appris quelque chose ? m'a demandé Tadokoro en s'approchant de moi dès que Takeo est devenu invisible.

— Il paraît que vous étiez professeur, autrefois ? »

Je me figurais qu'il serait surpris, mais il n'a pas eu un tressaillement, il s'est même approché davantage.

« Oui, j'ai connu ça aussi un moment… » Il était si près que je sentais son haleine. La neige qui n'avait pas fondu à l'ombre était étincelante. « Voilà, j'ai pris le format n° 2 », a annoncé Takeo en revenant. Tadokoro s'est écarté avec désinvolture, il a sorti lentement de l'emballage de cellophane une enveloppe, dans laquelle il a inséré le carton avec soin.

« Salut ! » a-t-il dit en s'en allant. Tout de suite après, M. Nakano est rentré en disant : « Enfin quoi, tu as payé trop cher aujourd'hui, Takeo ! » Takeo et moi avons regardé vaguement la moustache du patron. Il nous a demandé avec impatience : « Qu'est-ce que vous avez, tous les deux ? » Nous n'avons pas répondu. Au bout d'un moment, Takeo a dit :

« Je savais pas que ces enveloppes carrées, ça s'appelait du format n° 2.

— Qu'est-ce que c'est que cette histoire ? » a demandé M. Nakano, mais Takeo n'a plus rien dit. Moi, j'ai continué à regarder en silence la moustache de M. Nakano.

Le presse-papiers

Quand vient la saison des pluies, M. Nakano est un peu moins occupé. La pluie empêche les brocantes du week-end de déballer leurs stands sur le trottoir, les déménagements se font plus rares, les récupérations aussi forcément, ceci explique cela.

« Je me demande vraiment comment on peut tomber sur des choses intéressantes sous prétexte que les gens déménagent », a dit Takeo à M. Nakano, tout en buvant une canette de café. Ce dernier écrase le mégot de sa cigarette sur le couvercle de la boîte qu'il a vidée, et il secoue légèrement la tête. Comme il jette les cendres uniquement sur le couvercle, elles forment un petit tas prêt à tomber. Même quand il a un cendrier à sa disposition, M. Nakano préfère toujours mettre ailleurs les cendres de sa cigarette.

Une fois, j'ai posé la question à Takeo, en douce. Il m'a répondu que c'était peut-être parce que le patron avait l'intention de vendre le cendrier en question. Mais il n'est même pas vieux, c'est un cendrier offert en prime, tout ce qu'il y a d'ordinaire ! Je ne cachais pas mon étonnement, mais Takeo, avec une expression parfaitement neutre, m'a expliqué que ça ne se remarquait peut-être pas, mais le patron était âpre au gain, en clair un vrai rapace en affaires. Dis donc, Takeo, tu connais des termes plutôt passés de mode pour ton jeune âge ! Tu sais, Hitomi, des mots comme ça, j'en entends des tas dans, mettons, dans Mito Kômon[1] ! Parce que tu regardes cette émission ? Ouais, à cause de Yumi Kaoru.

Je me suis représenté Takeo en train de regarder l'actrice Yumi Kaoru, et j'ai pouffé. Au fait, ça me rappelle qu'on a parfois au magasin le panneau publicitaire du produit fumigène antimoustiques pour lequel elle a posé. C'était très demandé à une certaine époque, il ne fallait pas une semaine pour trouver acquéreur. Sans doute l'article a-t-il fait le tour des amateurs, car depuis quelque temps, il part moins bien.

« Enfin quoi, quand on déménage pour aller dans un endroit sympa, l'être humain, c'est normal, a envie d'installer mieux sa nouvelle maison ! » a répondu M. Nakano, qui a ajouté : « C'est pour ça qu'on voit remonter à la surface des trucs potables et pas cher.

---

1. Série télévisée très populaire mettant en scène Tokugawa Mitsukuni (1628-1700), seigneur de Mito.

— Des trucs potables et pas cher ? » a répété Takeo mot pour mot, comme un perroquet.

Nakano a hoché la tête sans conviction.

« Mais alors, qu'est-ce qui se passe quand on déménage pour un endroit moche ? a continué Takeo.

— Un endroit moche ? Qu'est-ce que ça veut dire, ça ? » a demandé Nakano en riant.

Moi aussi, j'ai ri. Mais Takeo gardait le même air grave.

« Par exemple, quand on déménage à la cloche de bois, ou bien parce que la famille se sépare…

— Enfin quoi, dans les situations d'urgence de ce genre, les gens n'ont pas le temps de demander qu'on passe récupérer, réfléchis ! » En même temps, M. Nakano s'est levé pour secouer les cendres de sa cigarette qu'il avait fait tomber sur son tablier noir. Oui, évidemment, s'est contenté de répondre Takeo en se mettant debout à son tour.

La pluie tombait plus fort qu'au début de l'après-midi. On avait rentré le banc et l'intérieur de la boutique s'était tout rétréci. M. Nakano a épousseté les articles.

Ce n'est pas parce que ce sont des vieilleries qu'il faut laisser s'incruster la poussière, se plaît-il à dire. C'est justement parce que c'est vieux qu'il faut que ce soit propre. Mais attention, pas trop non plus. Hé oui, c'est difficile, tout un art même ! soupire-t-il en passant le plumeau.

Takeo est allé jeter les boîtes de café dans une poubelle spéciale, à côté de la machine distributrice qui se trouve à quelques pas. Il y est allé en courant, sans parapluie. Quand il est revenu, il était trempé. M. Nakano lui a lancé une serviette. Une serviette imprimée avec un motif de grenouille. Elle provenait de la dernière récupération. Takeo s'est frotté la tête énergiquement et a pendu la serviette à un coin de la caisse. La grenouille était mouillée, le vert avait foncé. Du corps de Takeo, l'odeur de la pluie est d'un seul coup montée à mes narines.

A propos, il y avait longtemps qu'on n'avait pas vu Masayo.

« Comment ça, Masayo ? » Je m'en suis aperçue quand j'ai entendu M. Nakano prononcer son nom au téléphone, dans le fond du magasin.

C'est juste. Mais non. Enfin tout de même. C'est incroyable. Il n'arrêtait pas de faire chorus, ponctuant de diverses manières ce qu'on lui racontait à l'autre bout du fil.

« Tu crois qu'il est arrivé quelque chose à Masayo ? ai-je demandé à Takeo qui était assis, l'air distrait, sur le banc qu'on avait laissé dans le magasin à l'abri de la pluie.

— Possible », a-t-il répondu. Il est encore en train de boire une canette de café.

Quand je lui ai demandé une fois, tu aimes ce café, Takeo a eu l'air surpris.

Si j'aime ce café ? Il n'avait pas l'air de comprendre. Mais oui, écoute, tu achètes toujours le même, non ? Takeo m'a répondu qu'il ne s'en était jamais aperçu. Tu as vraiment le don de remarquer de ces détails, Hitomi !

Depuis que nous avions échangé cette conversation, Takeo continuait de prendre la même marque. J'ai fait comme lui une fois, mais j'ai trouvé que c'était désagréablement sucré. C'était du café au lait. Takeo était affalé sur le banc, les jambes largement écartées.

« Allons, au travail ! » a dit M. Nakano en revenant de la pièce du fond. Takeo s'est redressé lentement sur le banc. Il est sorti en faisant tinter la clé du camion, *charachara*. Décidément, il ne veut pas de parapluie. M. Nakano l'a regardé s'éloigner en soupirant avec ostentation.

« Qu'est-ce qu'il y a ? » ai-je demandé. M. Nakano avait envie qu'on lui demande ce qu'il y avait. Lorsqu'il pousse des soupirs ou marmonne tout seul, c'est qu'il a envie de parler à quelqu'un. Même si on ne lui pose aucune question, il ne manque jamais de se mettre à parler, mais je n'avais pas envie d'entendre le petit sermon qui vient toujours avant ses épanchements.

Une fois, Takeo a demandé : « Il s'est passé quelque chose ? » avant que le petit discours sentencieux ne débute, et depuis que je l'ai vu faire, j'use du même stratagème. Si on l'interrogeait, M. Nakano devenait intarissable, comme l'eau qui coule sans fin d'un tuyau d'arrosage. Si on ne lui demandait rien, il débitait d'étranges sermons, comme l'eau qui a du mal à jaillir parce que la terre bloque la sortie du tuyau.

« Eh bien, voilà », et M. Nakano a commencé à laisser couler le flot de ses paroles. « Figurez-vous que Masayo...

— Masayo ?

— Il paraît que Masayo est tombée dans les bras d'un homme.

— Quoi ?

— Et l'homme en question a tout l'air de s'être installé chez elle.

— Ils vivent ensemble, alors ?

— Ça, c'est une expression de jeunes ! Disons plutôt qu'ils jouent à Sachiko et Ichirô.

— Qu'est-ce que c'est que ça, Sachiko et Ichirô[1] ?

— Qu'est-ce que je disais ! C'est bien pour ça que les jeunes me tapent sur les nerfs ! »

Le coup de téléphone venait de la tante de M. Nakano, Hashimoto Michi. Cette Michi est la plus jeune sœur du père de Nakano, qui est mort : elle a épousé à l'époque le patron d'un magasin d'articles de sport installé dans le quartier. Bien entendu, c'est de l'histoire ancienne,

---

1. Allusion à l'union libre en vogue dans les années 1970.

le jeune patron d'alors est maintenant retiré et c'est son fils, du même âge que M. Nakano, qui a pris la relève.

Quelques jours plus tôt, Michi était allée rendre visite à Masayo, sans oublier d'apporter des gâteaux qui venaient du café *Poésie*. Les pâtisseries de cette boutique n'ont rien de particulier, le goût, rien d'exceptionnel, mais Michi a pour principe de faire ses achats dans les vieux magasins du quartier.

« C'est important, la tradition, tu comprends ! » a-t-elle dit un jour à M. Nakano. Celui-ci a murmuré une approbation en hochant la tête, mais à moi, il a dit plus tard : « La tradition, tu parles ! Comme si ça existait encore, dans le quartier commerçant par ici ! », et il a ri.

Michi avait acheté deux gâteaux au fromage avant d'aller chez Masayo. Elle a sonné, sans succès. Tout en se disant que celle-ci avait dû s'absenter, elle a tourné la poignée de la porte, qui n'était pas fermée à clé. La porte s'est ouverte en douceur. A l'idée qu'un voleur s'était peut-être introduit dans la maison, elle se tenait sur ses gardes. Elle a entendu un léger bruit. Elle s'est dit d'abord qu'elle avait dû se tromper, mais c'était bel et bien un bruit. Ce n'était pas le son d'une voix, ce n'était pas non plus de la musique. C'était un bruit lourd, et sourd. Comme si des êtres vivants se déplaçaient lentement dans la pièce.

Cette fois, persuadée qu'il y avait un voleur, elle s'est mise sur la défensive. Elle a sorti de son sac une alarme servant à éloigner les satyres, prête à s'en servir dès que nécessaire.

« Vous vous rendez compte, à son âge, se balader avec une alarme contre les satyres ! Enfin, passons, a grommelé M. Nakano au milieu de ses explications.

— Vous savez, ça se comprend, il se passe tellement d'incidents bizarres depuis quelque temps ! »

Mais il a secoué la tête sans tenir compte de mon intervention.

« Enfin quoi, si c'était le cas, quel besoin avait-elle de se fourrer exprès dans un endroit dangereux ? Dès l'instant qu'elle a cru à un voleur, elle devait normalement prendre ses jambes à son cou, non ? » a-t-il rétorqué en poussant un profond soupir.

M. Nakano voulait dire à demi-mots qu'en prenant la fuite, Michi aurait pu éviter de faire la découverte de la « liaison » de Masayo.

Michi est restée un moment dans l'entrée sans pénétrer à l'intérieur de la maison, mais au bout d'un moment elle a cru entendre des gémissements.

« Des gémissements ?

— Enfin tout de même, puisque, voyons, eh bien, Masayo, avec, avec l'homme, quoi ! a fini par articuler péniblement Nakano tout en tapotant la poussière avec son plumeau.

— Vous voulez dire qu'ils étaient en train de faire l'amour ?

— Ma petite Hitomi, une jeune fille ne doit pas parler de ces choses-là comme si ça ne lui faisait ni chaud ni froid ! »

Il jouait les offusqués, oubliant que c'était lui qui posait sans rime ni raison des questions équivoques et racontait des choses appelant ce genre de commentaires, puis il a de nouveau soupiré.

Sans plus hésiter, Michi est entrée et a ouvert un *fusuma*[1]. Elle a trouvé Masayo assise en face d'un inconnu. Entre eux, il y avait un chat.

« Ils ne faisaient pas l'amour. En tout cas, pas à ce moment-là. C'était le chat, oui, le chat ! » Les espèces de gémissements qu'elle avait entendus, c'était le chat.

« Mais alors, il n'y a pas de quoi fouetter un chat !

— Vous l'avez dit, quelle chance ! Parce que si la tante Michi les avait pris en flagrant délit, on en aurait entendu parler, vous pouvez me croire ! dit M. Nakano, comme si Masayo avait commis un délit.

— Mais puisque Masayo est célibataire, elle peut bien faire venir chez elle qui bon lui semble, vous ne pensez pas ? ai-je avancé, mais M. Nakano a secoué la tête.

---

1. Cloison mobile tendue de papier épais souvent orné de motifs décoratifs.

— C'est qu'il faut compter avec la réputation !

— En effet.

— On a beaucoup de parents dans le quartier, on n'est pas vraiment libres de nos mouvements.

— Mais ce, enfin, cet homme comme vous dites, il a vraiment des, euh, ce genre de rapports avec Masayo ?

— Je ne sais pas au juste. »

Le récit de M. Nakano devenait flou. Michi avait eu beau harceler Masayo de questions, celle-ci avait pris une expression dégagée, et il avait été impossible de lui faire dire qui était l'homme ni la nature de leurs relations. Michi avait également interrogé l'inconnu, qui avait louvoyé, et elle n'avait obtenu de lui que des réponses ambiguës.

Pour finir, elle leur avait lancé à la figure le carton contenant les gâteaux et elle était partie. Moi qui, qui, qui me faisais un plaisir de, de les manger avec elle ! bégayait-elle de colère au téléphone. Dans la foulée, elle en avait profité pour sermonner M. Nakano, à qui elle conseillait fortement de surveiller sa sœur, étant entendu qu'il était son seul frère.

« Voilà ce que c'est d'acheter seulement deux gâteaux. Des gâteaux gros comme des petits fours ! C'est dix qu'il fallait en prendre, vingt même !

— C'est peut-être un petit peu exagéré…

— Enfin quoi, une femme dans le milieu de la cinquantaine, je ne vois vraiment pas, il n'y a rien à surveiller ! maugrée M. Nakano, les sourcils froncés. Qu'est-ce qu'il faut faire, à votre avis, ma petite Hitomi ? »

J'avais envie de lui dire que cette histoire ne me concernait pas, je n'en avais strictement rien à faire, mais je ne me voyais pas non plus en train de parler de cette façon à mon employeur. Mon emploi me plaisait. Le patron n'était pas méchant. Je ne gagnais pas beaucoup, mais compte tenu du travail que je fournissais, j'étais loin d'avoir à me plaindre.

« Ecoutez, j'ai l'impression que Masayo vous aime bien, non ?

— Comment ? » Je voulais lui faire répéter ce qu'il venait de dire, parce que c'était la première fois que j'entendais parler des sentiments de Masayo à mon égard, et je n'avais jamais ressenti jusque-là les choses de cette manière.

« Vous ne voudriez pas un de ces jours faire un saut chez elle ? »

Quoi ? J'ai presque crié.

« Allez voir un peu quel genre d'homme c'est, a continué M. Nakano d'un ton volontairement léger, comme sans y penser.

— Comment ça, moi ?

— Vous êtes la seule à qui je peux demander ça.

— Mais c'est que…

— Vous comprenez, ma femme n'est pas en très bons termes avec elle, alors… »

Il suffit que vous alliez voir un peu ce qui se passe, je ne vous en demande pas davantage. Je vous paierai en heures supplémentaires, c'est d'accord ? M. Nakano avait joint les mains. Qu'est-ce que c'est que cette histoire d'heures supplémentaires ? M. Nakano a fait un clin d'œil. Surtout, ne dites rien à Takeo, ni à ma frangine. En même temps, il a ouvert le tiroir-caisse, en a sorti un billet de cinq mille yens, qu'il m'a mis dans la main. Mais je ne pourrai rien faire, je vous préviens, j'y vais et c'est tout. Tout en bafouillant, j'ai fourré en vitesse le billet dans mon porte-monnaie.

Ce soir-là, à la supérette où je passe en rentrant du travail, au lieu de me contenter d'acheter, comme je le fais toujours, un plat de poulet cuisiné, j'ai mis dans le cageot de plastique deux canettes de bière. J'y ai ajouté un sachet contenant des petits rouleaux de pâté de poisson au fromage et un autre avec des morceaux de seiche grillée goût mayonnaise. Après une hésitation, j'ai pris aussi deux canettes de boisson alcoolisée. Un éclair et un petit carton de jus de légumes. Avant de passer à la caisse, un magazine de manga pour finir, et j'en ai eu en tout pour un peu plus de trois mille yens.

Moi aussi, je connais l'expression « gagner de l'argent sans lever le petit doigt ». Parlons-en !

Tout en marmonnant, j'ai marché dans les rues sombres. Dans le sac en plastique de la supérette, les boîtes cliquetaient en se heurtant. En chemin, je me suis assise sur un banc dans un square et j'ai décapsulé une bière. J'ai déchiré le sachet des rouleaux au fromage et j'en ai mangé trois. Le banc était humide de la pluie qui était tombée jusqu'à la fin de l'après-midi. Un bref instant, j'ai regretté que Takeo ne soit pas avec moi, on aurait partagé la bière, mais j'ai aussitôt pensé que les choses se compliqueraient s'il était là.

Mon jean a fini par être mouillé, je n'avais pas fini ma bière mais je me suis levée. En marchant, j'ai continué à aspirer le liquide à petites gorgées. J'avais pris la décision d'aller chez Masayo le lendemain dans la matinée. La lune est apparue haut dans le ciel, voilée de brume. C'était la nouvelle lune, toute frêle.

Au fait, les sourcils de Masayo ressemblent à un croissant de lune, ils sont arqués et bien effilés.

Masayo ne se maquille pour ainsi dire pas, à peine une touche de rouge sur les lèvres, pourtant elle a toujours un visage éclatant. L'expression toute faite qui dit « un œuf avec des yeux et un nez » correspond exactement aux traits de Masayo. Elle a dû être très belle dans sa jeunesse. M. Nakano a les mêmes traits, mais son visage n'a rien d'ovale, il serait plutôt carré, avec un puissant maxillaire et toujours hâlé, dans le genre morceau de savon au sucre brun avec des yeux et un nez.

Si Masayo ne se farde presque pas, en revanche, elle prend grand soin de ses sourcils. Ils sont fins, tracés en une courbe souple, à la manière des belles de l'époque Taishô[1] qu'on peut voir en peinture ou sur les affiches. Elle m'a dit une fois qu'elle utilisait une pince à épiler pour obtenir une ligne harmonieuse, poil par poil.

« Je suis presbyte maintenant, alors je me plante de temps en temps ! » a-t-elle dit en riant. Elle a ajouté : « Mais comme je m'épile depuis de longues années, ils ne poussent plus beaucoup… »

Tandis qu'elle parlait, j'ai passé le doigt sur mes propres sourcils. Je m'en occupe si peu qu'ils sont trop fournis et broussailleux.

J'ai sonné et Masayo est apparue tout de suite. Dans l'entrée, j'ai remarqué sur la boîte à chaussures un couple de poupées, longues et minces, une de ses créations qu'elle avait exposée six mois plus tôt. J'ai enfilé la paire de mules qu'elle me présentait, et je l'ai suivie. J'avais finalement acheté quatre gâteaux de chez *Poésie* après avoir beaucoup réfléchi. En entrant dans la pièce, je les ai tendus à Masayo, qui a mis la main devant sa bouche en riant :

---

1. 1912-1926. Période correspondant au « règne » de l'empereur Yoshihito, appelée aussi « démocratie de Taishô » en raison du vent libéral qui a caractérisé cette brève époque.

« J'imagine que c'est Haruo qui vous envoie, n'est-ce pas ? »

J'ai dit oui, et Masayo a enchaîné sans me laisser le moindre répit :

« Combien est-ce qu'il vous a donné en récompense ? »

Nn... on, mais non. Je bredouillais. Alors Masayo a levé ses sourcils en forme de croissant de lune, et elle m'a dit :

« Haruo veut éviter de mettre de l'huile sur le feu, c'est pour ça qu'il ne vient pas lui-même ! »

Hum, cinq mille yens ? Il est bien démuni ! Et Masayo a piqué sa fourchette dans la tartelette au citron de chez *Poésie*.

Sans même m'en apercevoir, j'avais tout raconté à propos de « l'allocation pour travail extra ». Quand je dis sans le vouloir, ce n'est pas tout à fait vrai car j'avais plus ou moins une arrière-pensée : je voulais voir sa réaction en face de cette somme dont je ne pouvais moi-même m'empêcher de penser que c'était trop ou pas assez.

« Excusez-moi, ai-je dit en picorant ma tarte aux myrtilles, la tête baissée.

— Vous, Hitomi, vous aimez tout ce qui est pâte brisée ou feuilletée, non ?

— Pardon ?

— Ecoutez, ce n'est pas compliqué ! Une tarte aux myrtilles, une au citron, un millefeuille et une tarte aux pommes ! » Masayo a énuméré gaiement les gâteaux que j'avais achetés, comme un oiseau qui chante. Puis elle s'est levée, a ouvert un petit placard sous le téléphone et en a sorti un portefeuille.

« Débrouillez-vous pour lui raconter ce que vous voudrez, a-t-elle dit en enveloppant dans un mouchoir en papier un billet de dix mille yens, qu'elle a posé à côté de mon assiette.

— Non, je vous en prie, je ne veux pas », ai-je dit en repoussant la pochette, mais Masayo a fourré le tout dans ma poche. Le bord du mouchoir était corné, le billet dépassait à moitié.

« Ne vous gênez pas, je vous assure. De toute façon, Haruo n'a qu'une envie, c'est que les choses en restent là ! »

Si la tarte aux pommes vous fait envie aussi, allez-y surtout ! insistait Masayo tandis qu'elle tapotait ma poche. Les mouchoirs en papier voletaient. Tout de même, j'aimerais bien qu'on me laisse en paix, j'ai largement dépassé la cinquantaine, à la fin ! Tout en marmonnant le même genre de plaintes que M. Nakano, elle a avalé la tartelette au citron en un rien de temps. Moi, j'ai mangé gravement ma tarte aux myrtilles. A peine effacée la tarte au citron, elle a entrepris le millefeuille.

La bouche pleine, Masayo s'est mise à me parler de l'inconnu. Il s'appelait Maruyama. De la même manière que M. Nakano devenait intarissable dès qu'il ouvrait le robinet, elle a laissé couler le flux interminable de son récit.

Figurez-vous que ce Maruyama, eh bien, autrefois, je lui ai donné une gifle ! Masayo avait un air réjoui en me racontant cet épisode. Maruyama avait ensuite épousé Keiko, la fille du marchand de riz de la ville voisine, et il s'était établi, mais tout récemment, il avait divorcé. Je ne sais pas si on peut parler dans son cas de « divorce à la retraite[1] », mais toujours est-il que Keiko lui a mis sous le nez une déclaration de divorce, et il a donné son consentement sans opposer de résistance. Et vous savez, Keiko a paniqué un peu, parce qu'elle ne semblait pas du tout s'attendre à ce qu'il accepte si facilement.

Masayo a finalement tout raconté, sans jamais ralentir son débit. D'après les photos qu'elle m'a montrées, Maruyama était un homme de taille moyenne, replet, aux yeux tombants. On les voyait ensemble avec en arrière-plan un sanctuaire. C'est le sanctuaire de Hakone, a expliqué Masayo d'une voix enjouée. J'ai aussi acheté un objet en bois, vous savez, cette spécialité artisanale de Hakone.

De la pièce de six tatamis au fond de la maison, elle est revenue en tenant une boîte en bois

---

[1]. Les divorces de ce genre ne sont pas rares au Japon, alimentent les séries télévisées où l'on voit le mari trouvant la maison vide au retour de la soirée donnée à l'occasion de son départ à la retraite : sa femme l'a quitté, laissant un simple mot d'explication, voire une déclaration de divorce qu'elle a elle-même déjà signée.

cloisonné. Oui, c'est joli, ai-je dit. Elle a souri en abaissant la pointe de ses sourcils. C'est bien, les objets qui ont une tradition, ils sont beaux, je trouve. J'ai hoché la tête de manière ambiguë. Ainsi donc, on aimait la tradition dans la famille Nakano.

Donnez un gâteau à M. Maruyama, ai-je dit en repoussant la tarte aux pommes qu'elle avait posée près de moi. Vraiment ? Elle l'a remise avec précaution dans le carton. Ensuite, elle a doucement passé la main sur la boîte, d'un geste furtif.

« Qu'est-ce que je vais bien pouvoir raconter au patron ? ai-je demandé à Takeo en me tournant vers lui.

— Arrange l'histoire à ta manière », a-t-il répondu en sirotant son soda au citron. Avec les dix mille yens que m'avait donnés Masayo, je me retrouvais en fin de compte à boire en compagnie de Takeo.

Même avec l'alcool, Takeo restait peu bavard. Ça t'arrive de voir des films ? Qu'est-ce que tu aimes comme jeux vidéo ? C'est sympa, hein, de travailler avec M. Nakano, tu n'es pas de mon avis ? Le sashimi de foie, tu ne trouves pas qu'il est plutôt bon, ici ? Je parlais au compte-gouttes.

Pas spécialement. Normal. Ouais, plutôt. Ses réponses n'allaient pas plus loin. Pourtant, quand il lui arrivait de lever les yeux vers moi, je me rendais bien compte que ça ne lui était pas désagréable.

« Masayo avait l'air pleine de vie, je sais pas, mais...

— Evidemment, si elle a quelqu'un, faut pas s'étonner, a répondu Takeo d'un air imperturbable, et je n'ai pas pu m'empêcher de lui lancer :

— Et toi, Takeo, où en es-tu avec ta copine ?

— Nulle part. »

Ça fait quatre mois que je suis sans copine. Takeo s'est remis à siroter son soda. Eh bien moi, je suis sans copain depuis exactement deux ans et deux mois plus dix-huit jours. Qu'est-ce que c'est que ça, plus dix-huit jours ? a demandé Takeo en riant. Quand il rit, il donne l'impression d'être encore plus apathique, comme un « défaut de cœur ».

Il est lourd, avait dit Masayo. Maruyama est encore plus lourd qu'il en a l'air. Elle avait murmuré ces mots en caressant le souvenir de Hakone. Lourd ? Vous voulez parler de son poids ? Masayo avait levé bien haut ses sourcils, puis elle avait répondu avec un sourire plein de sous-entendus, oui, enfin, on peut le dire comme ça.

En observant l'expression impassible de Takeo, je me suis souvenue de ce rire rentré que Masayo avait eu. Un rire qui restait au fond de la gorge, comment dire, oui, un son presque imperceptible. Comme un secret. Une voix qui faisait penser à un secret.

« Toi, Takeo, tu comptes continuer à travailler longtemps chez Nakano ?

— Je sais pas.

— Il est un peu original, hein, le patron ?

— Euh, ouais, peut-être. » Le regard de Takeo était devenu vague. Puis, il a passé la main sur son petit doigt gauche. Le petit doigt de sa main droite, celui qui n'a plus qu'une phalange, caresse doucement le gauche, intact celui-là. Pendant un moment, je l'ai regardé faire, puis je lui ai demandé de me laisser toucher, et j'ai effleuré le bout de son petit doigt qui a été sectionné.

Tandis qu'il me laissait faire, il a saisi son verre de la main gauche et, renversant la tête, il a avalé son soda jusqu'à la dernière goutte.

« Il paraît que c'est un presse-papiers, ai-je dit en retirant ma main.

— Un presse-papiers ? »

Maruyama, on dirait un presse-papiers. C'est ce que m'a dit Masayo. Vous n'êtes pas de mon avis, ma petite Hitomi ? Quand un homme vous monte dessus, vous ne vous sentez pas comme une feuille de papier écrasée sous le poids du presse-papiers ?

Vous voulez parler de cet objet qui se trouve à l'intérieur de l'écritoire dont on se sert pour les exercices de calligraphie ? Masayo a froncé les sourcils. C'est pour ça que je n'aime pas les jeunes ! Ça ne m'étonnerait pas que vous n'ayez pour ainsi dire jamais eu à vous en servir ! Bon, enfin, on ne l'utilise pas seulement pour maintenir le papier pour la calligraphie, on l'utilise aussi dans la vie quotidienne ! En même temps, Masayo picorait avec sa fourchette les miettes du millefeuille éparpillées dans l'assiette.

Il y en a un à la boutique de M. Nakano, de presse-papiers. Mais oui, c'est que c'est rudement pratique. Moi, je m'en sers pour maintenir la boîte où je range les reçus. Parce que, quand ils s'accumulent, ils s'échappent et volent dans tous les sens. Alors, je leur colle dessus un presse-papiers pour qu'ils se tiennent tranquilles !

Tout en l'écoutant, il m'a semblé me rappeler que moi aussi j'avais eu recours à un presse-papiers massif pour empêcher une pile de feuilles de s'envoler.

« Tu es lourd, toi, Takeo ? » J'étais de plus en plus ivre. Oui, je lui ai posé cette question.

« Tu veux essayer pour voir ?
— Non, non, pas aujourd'hui.
— C'est quand tu veux, tu sais. »

Takeo en était au même point que moi, il avait les yeux noyés. Il ne donnait pas l'impression de peser bien lourd. Je ne sais pas pourquoi, mais M. Nakano aussi semblait plutôt léger. Ce soir-là, j'ai dépensé près de six mille yens. Takeo et moi étions ivres, et sur le chemin du retour, nous nous sommes finalement embrassés deux fois. La première fois, c'était avant d'arriver au parc, un baiser léger, nos lèvres se sont seulement effleurées, la seconde fois, à côté d'un massif de fleurs, mais quand j'ai introduit ma langue, Takeo a eu comme un léger recul.

« Oh, excuse-moi ! » Mais Takeo a mis sa langue dans ma bouche, carrément et avec cœur, tout en disant : « Ça va aller. » Moi, j'ai entendu quelque chose comme « chavaaler », forcément, à cause de la salive.

J'ai demandé en riant, qu'est-ce que c'est que ça, ça va aller ? Takeo s'est mis à rire à son tour, et nous en avons profité pour nous arrêter. « Bye-bye ! » J'ai agité la main, et Takeo m'a répondu de la même manière, au lieu de son habituelle formule qui n'est pas vraiment une façon de dire au revoir. Mais le « bye-bye » de Takeo était terriblement décourageant.

Masayo était seule, vous savez ! Pas d'homme. En tout cas, quand je suis allée la voir. Après avoir écouté le rapport de ma visite, M. Nakano s'est déclaré rassuré. Takeo était en train de sortir le banc pour le mettre devant la boutique.

Pour la première fois depuis longtemps, le ciel était dégagé, la pluie avait cessé. Comme d'habitude, M. Nakano a disposé avec art sur le banc une lampe de chevet, une machine à écrire et un presse-papiers.

« Ah, un presse-papiers ! ai-je dit à mi-voix.

— Ouais, un presse-papiers, a répondu Takeo en jetant un œil dans ma direction.

— Qu'est-ce que vous avez, tous les deux ? Presse-papiers, presse-papiers, c'est un mot de passe ou quoi ? a demandé M. Nakano en se mêlant à la conversation.

— Non, rien, a dit Takeo.

— Non, rien », ai-je dit à mon tour.

M. Nakano a secoué la tête et il est passé derrière le magasin, là où on laisse le camion. Ce jour-là, trois récupérations étaient prévues. On a entendu le patron qui appelait Takeo. Celui-ci est tout de suite allé le rejoindre.

Etait-ce à cause du beau temps, les clients ont défilé toute la journée. Alors que d'habitude la plupart entrent et se contentent de regarder, plusieurs personnes sont venues à la caisse régler leurs achats. Petites assiettes, vieux tee-shirts, c'étaient des choses bon marché, mais le *drinn drinn* du tiroir-caisse n'arrêtait pas de retentir. Le soir est tombé sans que j'aie eu une minute de répit, et les clients continuaient d'affluer. Vers sept heures, heure habituelle de fermeture du magasin, on en a encore vu arriver, sans doute des employés qui avaient fini leur journée. Vers huit heures, comme M. Nakano et Takeo étaient de retour après la dernière récupération, on a décidé de baisser le rideau à moitié, malgré la présence de deux clients.

« Nous voilà ! » a dit le patron en arrivant. Takeo est entré à sa suite sans un mot.

En entendant le bruit du rideau métallique, l'un des clients est parti, l'autre s'est présenté à la caisse.

Il avait dans les mains un cendrier et un presse-papiers. Le cendrier, c'était celui que le patron faisait toujours attention de ne pas utiliser, l'article en prime.

« Monsieur Nakano, c'est combien, ça ? » ai-je demandé en regardant tour à tour le patron et le cendrier. M. Nakano est venu à la caisse.

« Je vois que vous êtes connaisseur, le seul fait d'avoir jeté votre dévolu sur ce presse-papiers en dit long… a commencé le patron qui ne tarissait pas d'éloges.

— Vous croyez ? disait le client, d'un ton qui montrait qu'il ne partageait pas forcément cet avis.

— Le cendrier, mettons, cinq cents yens, non, allez, quatre cent cinquante yens ! » M. Nakano était intarissable.

Takeo gardait un visage inexpressif. Près de l'entrée du magasin s'entassaient plusieurs cartons bourrés d'objets hétéroclites qui venaient des récupérations.

Après le départ du dernier client, M. Nakano a baissé complètement le rideau, *garagara*. J'ai les crocs, a-t-il lancé. Ouais, a dit Takeo. J'ai faim, ai-je émis en dernier. M. Nakano a décroché le téléphone en nous lançant : « Trois bols de riz avec du porc pané, ça vous va ? »

Tout en mangeant, le patron a demandé, qu'est-ce que c'est que votre histoire de presse-papiers ? Mais Takeo et moi avons fait comme si nous ne comprenions pas. L'odeur de sueur des deux hommes est montée à mes narines. En posant ses baguettes, Takeo s'est brusquement mis à rire. Qu'est-ce qui te prend, pourquoi est-ce que tu rigoles comme ça ? M. Nakano avait l'air fâché. Takeo a réussi à prononcer « le cendrier », et il a ri de plus belle. La mine boudeuse, le patron s'est levé et a commencé à laver son bol. Sur l'étagère à côté du tas de cartons, le lapin presse-papiers que le client avait acheté était parti, seul demeurait l'autre, la tortue, qui faisait la paire et avait maintenant un petit air désemparé. Dans la boutique sombre, le bruit de l'eau retentissait avec intensité. Takeo n'en finissait pas de rire.

L'autobus

« Ma parole, c'est qu'il y en a pour deux personnes ! » s'est exclamé M. Nakano en sortant d'une enveloppe recommandée des billets d'avion, non sans l'avoir littéralement déchiquetée. Bien que patron d'un magasin de brocante, profession qui réclame une certaine précaution dans le maniement des objets, M. Nakano fait preuve dans l'ensemble d'un manque total de délicatesse à l'égard des choses inanimées.

« C'est le beau-père de Konishi Tamotsu qui est mort », a-t-il continué.

Ah bon, fait Takeo, avec son apathie habituelle. Ah bon, ai-je dit en même temps que lui. Konishi Tamotsu, c'est la première fois que nous entendons ce nom.

« Le Tamochan, en voilà un qui donnait drôlement l'impression d'être un fils de famille ! Ouais, depuis toujours ! Tout à fait le genre à envoyer des places pour deux ! » Admiratif, M. Nakano n'en revenait pas.

« Il me demande de venir à Hokkaidô. Le week-end prochain, par exemple. Disons que c'est pour un travail. Mettons une récupération, non, une estimation plutôt », a expliqué M. Nakano, les yeux ronds, tout en secouant entre ses doigts un des billets (il y en avait quatre en tout : deux allers et deux retours) avec un petit bruit d'éventail. Il a d'abord regardé Takeo. Ensuite, ses yeux se sont déplacés dans ma direction.

Vous faites vraiment des estimations ou des expertises d'antiquités, monsieur Nakano ? ai-je demandé. Il a eu un geste léger de dénégation. Non, disons que, enfin je n'ai pas un œil très sûr.

« Je me demande vraiment ce qui a pris à Tamochan de me demander ça », a-t-il grommelé tout en crachant dans un mouchoir en papier. En ce moment, mes poumons, c'est pas ça ! » C'est le tic de langage du patron depuis quelque temps. Toi, Takeo, et vous aussi, ma petite Hitomi, je vous assure que c'est dans votre intérêt de ne pas fumer, dans la mesure du possible. Moi d'ailleurs, si je voulais, je pourrais m'arrêter n'importe quand. Seulement voilà, je préfère respecter la raison pour laquelle je ne m'arrête pas. Hé oui, c'est comme ça que les choses se passent quand on arrive à l'âge que j'ai !

Sans montrer s'il écoutait ou non ce que disait le patron, Takeo est bientôt sorti par-derrière, avec la clé du camion à la main.

« Qui est ce M. Konishi ? ai-je bien été obligée de demander.

— C'est un camarade de lycée. »

Ah bon. Une fois de plus, j'ai hoché la tête. J'avais du mal à imaginer que M. Nakano ait connu le lycée. Portait-il alors un uniforme, avec le col officier de rigueur ? Dévorait-il dans la rue son sandwich fourré d'une croquette de viande, que sais-je, aux côtés de l'ami en question ? Avait-il le blanc des yeux bleuté, et non pas trouble comme maintenant ?

« Mon Tamochan, eh bien, dès cette époque, il n'était jamais en manque de femmes », a dit M. Nakano en poussant un léger soupir. Puis il a de nouveau craché dans un mouchoir en papier.

« Après s'être amusé tant et plus, il a fait un riche mariage, et il s'est installé à Hokkaidô, où vivent les parents de sa femme. »

Ah bon, ai-je dit en hochant la tête pour la troisième fois.

« Et ce n'est pas tout ! C'est qu'elle est bien, sa femme ! »

Renonçant à agiter le menton, je l'ai regardé bien en face. M. Nakano semblait avoir envie d'en dire plus, mais je me suis mise à feuilleter le cahier de notes du magasin et il en a profité pour se lever. Takeo ! a-t-il appelé en se dirigeant à son tour derrière le magasin. Ils devaient aller ensemble faire une récupération.

Cette fois, c'était quelqu'un que connaissait Masayo. C'était une vieille demeure, et ils devaient y trouver des choses intéressantes, avait-elle affirmé, mais Nakano s'était préparé sans enthousiasme à y aller, prétendant qu'« on avait souvent de grandes déceptions avec les grands propriétaires ».

J'ai entendu démarrer le camion qui emportait Takeo et M. Nakano, et quand ils se sont éloignés, j'ai poussé un soupir, sans savoir pourquoi. J'avais rendez-vous le soir avec Takeo. C'était moi qui avais proposé qu'on se voie.

« Ça fait longtemps que ça ne m'était pas arrivé, un rendez-vous », a dit Takeo en s'asseyant. C'était lui qui avait choisi l'endroit où l'on devait se rejoindre, un café qui donnait l'impression d'exister depuis plus de trente ans.

« Le tableau accroché au mur, c'est de qui déjà ?
— Tôgô Seiji [1].
— Il dégage comme un sentiment de nostalgie, non ?
— Je vois pas très bien, moi.
— Mais c'est toi-même qui m'as dit le nom du peintre !
— Ça s'est trouvé comme ça, excuse-moi.

---

1. Tôgô Seiji (1898-1978), peintre impressionniste. Il a surtout peint des femmes *(La femme à l'ombrelle)*.

— Tu n'as pas besoin de t'excuser tu sais.
— Excuse-moi, c'est une manie.
— Encore !
— Pardon. »

Quand il était revenu au magasin en fin de journée, son tee-shirt était mouillé de sueur, mais le Takeo assis maintenant en face de moi dégageait une légère odeur de savonnette.

« Tu n'as plus aucune nouvelle de ta copine ?
— Non, elle ne me donne plus signe de vie, a-t-il répondu nettement. »

Takeo a commandé un thé. Avec du citron, s'il vous plaît. En même temps, il a incliné légèrement la tête à l'adresse de la patronne. Enfin, je dis qu'il a incliné la tête, mais c'était plutôt comme un retrait du menton. Comment dire... les gestes de Takeo ont toujours un aspect emprunté.

« Tu viens souvent ici ?
— C'est bon marché et il n'y a pas beaucoup de monde. »

Je n'ai pas pu m'empêcher de rire. Takeo a ri, lui aussi. Il avait l'air gauche, mais je l'étais, moi aussi. On va manger quelque chose ? a-t-il proposé. J'étais d'accord.

Nous sommes allés manger des brochettes. Foie de volaille grillé au sel, cuisses de poulet, boulettes hachées. On proposait aussi de la peau de poulet au vinaigre. Quand j'en ai commandé, Takeo a dit simplement : « Ah, un truc au vinaigre ? » Je lui ai demandé : « Tu n'aimes pas ça ? » Il a répondu : « Avant, on me faisait boire du vinaigre tous les jours. »

Qui ça ? Mon ancienne copine. Pourquoi ? Elle disait que c'était efficace.

Bizarre, cette histoire. Efficace pour quoi ? Je lui ai posé la question en riant, mais il n'a rien répondu.

Takeo a pris pour finir une bolée de riz, et il a tout avalé en un clin d'œil, accompagnant son riz de peau de poulet vinaigrée et de radis noir confit. Moi, j'aspirais à petites gorgées ce qui restait dans mon verre d'alcool de riz allongé d'eau et de citron. Puisque c'est moi qui t'ai invité, c'est moi qui paie ! Mais avant que j'aie eu le temps de finir, Takeo s'était emparé de l'addition et dirigé vers la caisse. Il a marché d'abord d'un pas léger, mais juste au moment d'arriver à la caisse, il a trébuché à un endroit où il n'y avait pas le moindre obstacle. J'ai fait comme si je n'avais rien vu.

En sortant du restaurant, j'ai dit : « On dirait un vrai rendez-vous ! » Les sourcils froncés, Takeo a répété : « Un vrai rendez-vous ? »

La soirée n'était pas encore avancée, les racoleurs vêtus de noir bavardaient ensemble au bord du trottoir, épaule contre épaule. On va boire encore un verre ? a proposé Takeo. J'ai dit oui. Nous sommes entrés dans un petit bar désert un peu à l'écart du quartier animé, et Takeo a commandé le bourbon le moins cher avec du soda, moi, j'ai bu un piña colada. J'avais demandé un alcool de couleur blanche, et c'est ce que j'ai vu arriver.

Après avoir avalé chacun deux verres, nous sommes sortis. A un moment, Takeo m'a pris la main. L'allure gauche, nous avons marché main dans la main. Un peu avant d'arriver à la gare, Takeo a lâché ma main. Il a pénétré dans la gare après m'avoir dit un petit au revoir, plutôt du genre bon, ben. Je suis restée près du contrôle et je l'ai regardé s'éloigner, mais il ne s'est pas retourné une seule fois. Comme j'avais encore faim, je suis entrée dans une supérette où j'ai acheté une crème caramel. Quand je suis rentrée chez moi, le voyant du répondeur clignotait. C'était Takeo, un tout petit message : « C'était sympa. »

La voix était sans relief. On entendait en bruit de fond le haut-parleur de la gare. Tout en écoutant l'enregistrement, j'ai soulevé le couvercle du pot de crème caramel, et je l'ai mangée lentement. Trois fois, je me suis passé l'enregistrement pour entendre la voix de Takeo. Puis, j'ai soigneusement appuyé sur la touche d'effacement.

A la fin de la semaine, M. Nakano s'est envolé pour Hokkaidô.

« Tu ne veux pas venir avec moi ? » avait-il proposé à Takeo, mais celui-ci avait refusé.

« Pourquoi est-ce que tu n'y vas pas ? Hokkaidô, gratuit, tu te rends compte ! » lui ai-je dit après, en douce. Il a répondu sans détourner les yeux :

« J'ai peur de l'avion.

— Tu plaisantes ou quoi ? » ai-je dit en riant.

Alors, tout en me fixant de plus belle, Takeo a ajouté :

« En plus, je suis tranquille que M. Nakano me dira de payer les frais d'hôtel, peut-être même une partie du billet d'avion.

— Il n'irait tout de même pas jusque-là ! » En même temps, je ne pouvais pas m'empêcher de penser qu'après tout il en était capable et, intérieurement, j'ai admiré la sagacité de Takeo.

Sans se douter de nos réflexions, M. Nakano s'est mis en route pour l'aéroport de Haneda vendredi matin, très tôt. Il devait s'être fait rembourser le deuxième billet. Il nous a expliqué qu'il devait rejoindre chez Konishi Tamotsu un professionnel de sa connaissance qui se trouvait sur place, et faire comme s'ils arrivaient ensemble de Tôkyô.

« Vous faites feu de tout bois ! » ai-je dit, mais M. Nakano a répliqué d'un air tout à fait sérieux : « Soyez gentille, ma petite Hitomi, et appréciez plutôt ma sincérité ! » Le patron est quelqu'un qui m'échappe.

Le billet de retour qu'avait envoyé Konishi Tamotsu n'était pas à date fixe.

« Dieu seul sait quand je rentrerai ! » a dit M. Nakano en sifflotant. Justement, Masayo était venue passer un moment au magasin et elle a haussé les épaules.

« Comme les clients se font rares, je vais peut-être me retirer et confier la boutique à Hitomi et Takeo », a continué M. Nakano.

Alors, Masayo a déclaré simplement :

« Dans ce cas, c'est moi qui te remplacerai !

— Toi ? Mais si tu prenais la direction d'une pareille boutique, ce serait la faillite assurée !

— Une pareille boutique ? Si je comprends bien, tu ne tiens pas ton magasin en grande estime !

— Enfin quoi ! Tu ne comprends pas que ça signifie que les affaires marchent grâce à une gestion qui tient du miracle, bien que ce soit justement une pareille boutique ? »

Le frère et la sœur sont vraiment des originaux. Quoi qu'il en soit, M. Nakano est parti. Masayo vient tous les jours vérifier le coffre-fort. Il contient l'argent des ventes, le livre de comptes, ainsi qu'une amulette provenant de Toyokawa Inari [1]. C'est Masayo qui l'a achetée, pour que les affaires soient florissantes.

---

1. Le Myôgonji, communément appelé Toyokawa Inari, temple de la secte Sôto, situé à Toyokawa, dans la préfecture de Aichi. Il s'agit sans doute ici du temple du même nom, situé à Tôkyô dans le quartier d'Akasaka, dont l'entrée est gardée par Dakini-ten, plus ou moins assimilé à Inari, divinité protectrice du riz très populaire, dont le bouddhisme s'est emparé.

Accroche-la au-dessus de la porte, par exemple, a-t-elle suggéré, mais M. Nakano s'obstine à la dissimuler aux regards. J'ai grandi en écoutant Janis Jopplin, moi ! Tu me vois avec ça dans mon magasin ? a-t-il confié un jour à Takeo, tout en lançant un regard oblique à l'amulette enfermée dans le coffre. Comme à son habitude, Takeo est resté sans réaction et s'est contenté d'acquiescer vaguement.

Trois jours après le départ du patron, une carte postale est arrivée. Elle était adressée à la brocante Nakano.

« Tiens, le magasin s'appelle *Brocante Nakano* ? » ai-je dit, mais Masayo a secoué la tête en répondant : « C'est bien la première fois que j'entends ce nom ! »

C'est Masayo qui a lu la carte en premier, puis elle me l'a tendue. A mon tour, je l'ai passée à Takeo, qui l'a presque collée sur ses yeux et fixée un long moment.

Je suis maintenant à Sapporo. J'ai mangé des soupes chinoises. J'ai mangé aussi de la viande de mouton grillée. Ishii a eu un empêchement, si bien que je suis bloqué à Sapporo jusqu'à après-demain.

Hokkaidô est vaste, si étendu qu'on a l'impression d'un manque de nuances, un peu comme le charme d'une femme de grand calibre.

A bientôt ! Nakano Haruo.

Takeo a lu la carte à mi-voix. Ishii, je me demande, c'est sans doute le confrère de Hokkaidô qui devait l'accompagner, non ? Lentement, Takeo déchiffrait la carte en ponctuant sa lecture de petites remarques.

Nous étions justement en train de manger des pâtes chinoises, nous aussi. C'était une préparation de Masayo. Elle avait ajouté beaucoup de pousses de soja, de l'ail chinois et des pousses de bambou. Il n'y avait presque aucun client. Vous savez, ma petite Hitomi, si vous avez des choses à faire, je peux très bien m'occuper du magasin ! proposait Masayo de temps à autre. Merci, mais j'ai tout mon temps, répondais-je. Alors Masayo fumait une ou deux cigarettes, puis elle repartait chez elle.

A onze heures, heure à laquelle j'ouvrais le magasin, ainsi que vers sept heures, à la fermeture, Masayo ne manquait jamais de rappliquer. Elle était incomparablement plus ponctuelle que M. Nakano, et d'ailleurs, quand elle restait au magasin, les choses se vendaient très bien.

« Je dois avoir le don de mettre les gens en confiance, a-t-elle dit.

— Hum, alors comme ça, les gens achètent plus facilement quand ils se sentent rassurés ? » a demandé Takeo sans conviction.

Une semaine s'était écoulée depuis que Takeo et moi avions eu notre « vrai rendez-vous ». Entre-temps, je lui avais envoyé un mail à deux reprises et je lui avais téléphoné une fois. La réponse à mon message était à chaque fois : « Je vais bien. Toi aussi j'espère. » Quant au téléphone, nous avions épuisé le sujet en moins de cinq minutes et j'avais raccroché sans insister.

« Je me demande vraiment comment il faut s'y prendre pour parler à l'aise avec un garçon ! » ai-je dit une fois à Masayo, un après-midi où Takeo n'était pas là. Elle était en train de vérifier le livre de comptes, mais elle a levé les yeux et a réfléchi pendant quelques instants.

« Je crois qu'en couchant ensemble, ça devient plus facile de parler, non ? »

Euh, sans doute.

« Vous ne trouvez pas que c'est un miracle si cette boutique ne fait pas faillite ? » a continué Masayo d'un ton admiratif. Puis elle a refermé le registre avec un claquement. Si ça se trouve, Haruo a peut-être vraiment l'intention de ne jamais revenir ! a-t-elle dit avec un rire étouffé. Le magasin est en perte de vitesse, lui-même est harcelé par une femme, et j'en passe.

Quoi, comment, c'est vrai, ça ? Masayo a plissé les yeux. Vous comprenez, c'est une femme résolue. Vous me direz que c'est toujours le même scénario. En même temps, elle a haussé les épaules. Je me demande pourquoi cet homme s'entiche invariablement du même genre de femmes. C'est vraiment ridicule !

Ce mot « femme » désignait-il l'épouse de Nakano (sa troisième femme), ou bien sa maîtresse ? Je n'en savais rien. Je répugnais à interroger Masayo. Quant à me retrouver au lit avec Takeo, j'avais un certain mal à l'imaginer. Je vais changer les objets de place, ai-je dit en sortant du magasin, et j'ai déplacé un cendrier et un abat-jour qui étaient en décoration sur le vieux banc, paré lui-même d'un certain cachet. La saison des pluies n'était pas encore achevée, mais les journées chaudes se succédaient, qui faisaient croire à l'été, et le soleil brûlant a illuminé le cendrier.

Tout s'est bien passé pour l'estimation. Ishii sait parler et il m'a été d'un grand secours.

Je compte voyager pendant quelques jours en compagnie de Tamotsu. Bien qu'il vive à Hokkaidô, il ne sait pas conduire, si bien que nous nous déplaçons en autobus. Evidemment, il y a le train, mais les changements sont moins nombreux avec l'autobus.

Comme il faut environ deux heures pour se déplacer d'une ville à l'autre, le problème du pipi en cours de route se pose de façon pressante !

Aujourd'hui, nous passons la nuit dans une station thermale face à la mer, que longe la route nationale.

Nous avions prévu d'aller jusqu'au terminus, mais Tamotsu a brusquement décidé de passer la nuit là.

C'est la seule auberge du coin, pas de maisons, pas de magasins, aucun stand ou buvette sur la plage, rien.

J'aurais voulu aller jusqu'à la pointe du cap, parce qu'il y a une grotte, paraît-il, mais en apprenant qu'il y avait des crabes tout blancs (ils ne reçoivent en effet jamais la lumière du soleil), Tamotsu a été pris de peur. Il a beau avoir perdu ses cheveux et gagné du poids, il n'est pas en reste avec les femmes.

Baisers à tous. Nakano Haruo.

Takeo avait lu avec lenteur. Il faisait chaud. Dans les premiers temps de la chaleur, on a l'impression qu'on va devenir fou, mais une fois que ce moment est passé, on finit par supporter la canicule, je me demande pourquoi.

« Tu veux pas une glace ? » a demandé Takeo.

Quand j'ai répondu que j'en voulais, il s'est précipité à la supérette de l'autre côté de la rue et il est revenu avec de la glace au coca-cola. J'ai bien fait d'acheter ce goût-là, Hitomi ? a-t-il demandé en me la donnant.

« M. Nakano écrit régulièrement ! » ai-je remarqué, et il a hoché la tête. Comme il a la bouche pleine de glace, il est dans l'impossibilité de parler.

Takeo venait de faire une récupération chez des gens. Ce n'était pas à cause d'un décès, c'était un simple déménagement, et il n'y avait pas beaucoup de choses. Takeo avait débarrassé sans rien payer. Il avait rempli deux cartons de bric-à-brac, qu'il avait apportés au magasin. Sur le papier qu'il a étalé par terre, une vieille boîte de gâteaux qui s'était échappée du carton le plus grand a roulé. Une boîte en fer, de couleur vert clair, ornée de jolis motifs. Une partie du couvercle était rouillé. J'ai essayé de l'ouvrir, mais le métal était tellement corrodé qu'il n'y avait rien à faire.

Takeo me l'a prise des mains sans mot dire. Il a tiré dessus avec effort, et le couvercle est parti sans peine. L'intérieur était plein à craquer de dinosaures en caoutchouc.

« Ça alors ! s'est exclamé Takeo.

— Quoi ?

— Si ça se trouve, ils ont pas mal de valeur ! »

Les couleurs criardes des dinosaures, jaune, rouge, orange, n'avaient nullement passé. Tout de même, pour rien, tu ne crois pas que... ai-je risqué, mais Takeo a secoué doucement la tête. Puisque je ne savais pas, c'est bon. Si c'était en connaissance de cause, je me sentirais mal à l'aise, mais là...

A condition de ne pas savoir ? En moi-même, je me suis répété les paroles de Takeo sans m'y arrêter vraiment. Takeo, tu veux qu'on dîne ensemble comme l'autre fois ? ai-je demandé sans intention précise. Il a accepté sans hésiter. Mais alors, chez moi ! ai-je continué. Ce soir, si tu veux. D'accord, je viens ce soir. J'ai croqué le bâton de glace. Quelques gouttes sucrées où se mêlait le goût du bois ont dégouliné le long du bâtonnet.

C'est juste avant la fermeture du magasin que je me suis rappelé que tout était en désordre chez moi. Takeo était déjà parti. C'était son habitude de rentrer dès qu'il en avait fini avec le travail dont il était chargé.

Masayo est arrivée juste au moment où je partais en courant. J'ai fourré en bas du placard les vêtements que j'avais enlevés sans les ranger, ainsi que revues et CD, j'ai passé l'aspirateur à une allure vertigineuse, j'ai frotté la lunette des toilettes et, après avoir renoncé à nettoyer le sol de la salle de bains et la baignoire, j'ai jeté un coup d'œil circulaire : j'ai eu l'impression que tout était rangé trop soigneusement, ça ne faisait pas naturel. J'ai de nouveau sorti magazines et CD du placard, et je les ai posés au hasard ici et là dans la pièce.

Takeo est arrivé en apportant de nouveau avec lui une odeur de savonnette. L'espace d'une seconde, j'ai pensé que j'aurais dû prendre une douche, mais l'instant d'après, je me suis félicitée d'y avoir renoncé, car il aurait pu avoir l'impression que je l'attendais de pied ferme. C'est bien pour ça que c'est difficile, l'amour. Ou plutôt, ce qui est difficile en amour, c'est de savoir d'abord discerner si on veut être amoureux ou non.

On verra bien ! ai-je murmuré, et j'ai fait un signe de la main pour accueillir Takeo. Salut ! a dit Takeo d'un ton mi-familier, mi-distant.

On verra bien quoi ? a-t-il demandé. Tu, tu as l'ouïe fine, dis donc ! J'étais troublée. Takeo n'était plus Takeo tout court, il me semblait avoir devant moi « un homme nommé Takeo ».

« Est-ce qu'on se fait apporter quelque chose, une pizza par exemple ? ai-je demandé prudemment.

— Tu aimes les pizzas, Hitomi ?
— Normal. »

Mmm. Tu veux une pizza à quoi ? ai-je demandé. Avec des tomates, je pense. Moi, je veux qu'on mette des anchois ! Oh oui, c'est ça !

Takeo était assis sur une chaise, enfin, un tabouret plutôt, parce qu'il n'y avait pas de dossier. Un tabouret jaune. Je l'avais acheté chez Nakano, pas cher. C'est la couleur qui m'avait plu, une espèce de jaune pâle. J'ai préparé une salade de concombres (c'est-à-dire que j'ai coupé des concombres en lamelles et arrosé le tout d'une vinaigrette toute faite), j'ai sorti d'un placard des verres à bière et j'ai mis des assiettes. Une fois que c'était fait, comment passer le temps en attendant la livraison de la pizza ? Vingt minutes environ. Un léger désespoir m'a saisie : comment les jeunes de la planète faisaient-ils l'expérience de ces terribles minutes ?

Figure-toi que j'ai reçu une carte postale de M. Nakano, a dit Takeo en fouillant dans sa poche arrière sans se lever de son tabouret. Il en a sorti une carte pliée en deux, qu'il s'est mis à me lire à haute voix, lentement, comme à son habitude.

Bonjour, Takeo, tu vas bien ?

J'ai un peu bu.

Depuis que je suis ici, je deviens gris très facilement.

C'est peut-être parce que je suis tout le temps en autobus.

Il y avait beaucoup de mouches toute la journée le long de la mer.

Elles venaient sans doute de naître.

Elles tournoyaient dans un bourdonnement assourdissant, si bien que je suis resté longtemps à les observer.

Elles n'avaient pas le moins du monde l'air de se soucier de moi.

Comme Hokkaidô est grand ! Peut-être qu'on s'enivre plus vite dans l'immensité.

Je ne comprends pas bien les femmes.

Toi, Takeo, tu sembles ne pas te laisser émouvoir par la gent féminine, malgré ta jeunesse. Je t'envie.

Ce soir, Tamotsu a l'intention de passer la nuit ici avec une femme qu'il a rencontrée hier, puis il rentrera chez lui.

Takeo, si j'ai un bon conseil à te donner, ne t'implique jamais à fond avec une femme !
A bientôt, Nakano Haruo.

Je sais pas, mais il m'inquiète un peu, M. Nakano, ai-je dit. Takeo s'est étiré de tout son long :

« Il était ivre, c'est tout. »

Il y a peut-être quelque chose qui le tourmente ?

« Quelqu'un qui aurait vraiment des soucis n'aurait pas le temps de rédiger une pareille carte ! »

Comme Takeo avait pris un ton léger, je l'ai regardé, sans y penser. Aujourd'hui, je n'avais pas encore vraiment regardé son visage. Il avait fermé les yeux. Sa physionomie démentait le ton de ses paroles : son expression évoquait un petit animal blotti dans son terrier. Il m'a semblé que tout son corps était parcouru de légers tressaillements, comme une décharge électrique.

« Tu es fâché ? lui ai-je demandé à mi-voix.

— Pourquoi est-ce que je serais fâché ? »

Il l'avait dit du même ton léger, mais il continuait à frémir. Peut-être en effet sa tête n'était-elle pas en colère, mais son corps l'était. J'ai détourné les yeux. Qui était Takeo au juste ? Je ne savais plus.

« Il ne s'en fait pas, quelle chance il a ! » a murmuré Takeo. Le ton est léger, seulement le ton. Qu'est-ce qui m'avait pris de l'inviter chez moi ? Je songeais avec regret que j'aurais préféré pour de bon que ce soit M. Nakano qui soit là, à la place de Takeo.

Le voyant tous les jours, je m'imaginais que je le connaissais un peu. Mais je me rendais compte que je m'étais complètement fourvoyée. Et si je me précipitais sur lui, tant qu'à faire, là, tout de suite ? L'idée m'a effleurée. Il y avait du vrai dans ce que Masayo m'avait dit : une fois qu'on a couché ensemble, il y a une foule de choses qui tombent dans le vague sans qu'on sache pourquoi.

Takeo balançait les jambes sur son tabouret. On a finalement entendu sonner, j'ai donné un peu plus de deux mille yens pour les pizzas. Takeo a dit « bon appétit » avant de se mettre à table. Nous avons vidé plusieurs canettes de bière. Quand nous avons eu fini de manger tout ce qu'il y avait, Takeo a fumé une cigarette. Je ne savais pas que tu fumais, ai-je dit. Oui, enfin, pas souvent, a-t-il répondu. Nous sommes restés l'un en face de l'autre, sans rien dire qui porte à conséquence. Nous avons bu encore chacun une bière. Takeo a regardé l'heure, deux fois. Moi, trois fois.

Bon, a dit Takeo en se levant. Dans l'entrée, il a approché ses lèvres de mon oreille. J'ai cru qu'il allait m'embrasser. Je me trompais. Il m'a dit :

« Tu sais, moi, faire l'amour, tous ces trucs-là, j'ai du mal, excuse-moi. »

Tandis que je restais sans réaction, Takeo a refermé la porte et il a disparu. Au bout d'un moment, j'ai repris mes esprits. Tout en lavant les assiettes et les verres, je me suis dit, tiens, au fait, Takeo a fait exprès de manger les parts où il y avait le moins d'anchois ! Est-ce que je devais me fâcher, avoir du chagrin, ou fallait-il en rire ? Je ne savais plus du tout où j'en étais.

Le lendemain, quand je me suis présentée au magasin, Takeo était déjà arrivé. Masayo aussi était là. J'ai regardé l'heure, il était presque une heure. C'était moi qui étais en retard.

Dès que je suis arrivée, Masayo est partie. Ce n'est qu'après un certain temps que je me suis aperçue que Takeo n'avait normalement rien à faire à la boutique aujourd'hui.

« Tiens », m'a dit Takeo en me tendant deux mille yens. Et il a ajouté : « Hier, la pizza, la bière, c'était bon. »

J'ai vaguement murmuré quelque chose. Je ne sais pas pourquoi, mais je n'ai pas pu dormir hier soir, finalement j'ai regardé la télé jusqu'au petit matin. Je me demande vraiment pourquoi les programmes de la nuit sont aussi guindés.

Sans rien dire, j'ai rangé les deux mille yens dans mon porte-monnaie. Takeo aussi se taisait. Comme toujours, le magasin était désert. Au bout d'une heure, personne ne s'était montré.

« Le vinaigre… » a dit Takeo tout d'un coup. Hein ?

« Ma copine avait appris quelque part que le vinaigre était efficace dans les cas d'érection difficile, et elle m'en faisait prendre tous les jours. »

Quoi ?

« En fait, je n'ai pas de problème de ce côté-là, c'est tout simplement que je n'en ai pas tellement envie, voilà. »

Euh, oui, je comprends.

« Je n'arrivais pas à lui expliquer. Finalement, j'en ai eu assez et j'ai laissé tomber. »

Takeo est retourné à son silence.

Je me demande si on va recevoir une lettre de M. Nakano aujourd'hui, ai-je dit pour rompre le silence, et Takeo a ri légèrement.

Tu crois qu'il a pris l'autobus encore ? Mine de rien, j'observais l'expression de Takeo.

Quelle tête il peut bien avoir, M. Nakano, tout seul dans l'autobus ? Takeo m'a lancé un regard en coin, lui aussi.

J'ai eu l'impression que M. Nakano allait pousser la porte et apparaître. Mais le temps avait beau passer, personne ne s'est montré.

Hitomi, comment dire, je, je suis maladroit, excuse-moi. Takeo avait une toute petite voix.

Maladroit ? A propos de quoi ?

A propos de tout. Nul.

Mais non, tu sais. D'ailleurs, moi non plus, je ne sais pas m'y prendre.

Ah bon ? Dis… Takeo me regardait droit dans les yeux pour une fois. Hitomi, est-ce que toi aussi, vivre, tout ça, tu as du mal ?

Il a pris une cigarette dans le paquet tout froissé que M. Nakano avait laissé en partant au coin d'une étagère. Moi aussi, j'en ai allumé une, pour voir. Comme le patron, il a craché dans un mouchoir en papier. Laissant sa question sans réponse, j'ai demandé : « Quand est-ce qu'il va rentrer, d'après toi ? » Takeo a répondu : « Dieu seul le sait ! » Et, plissant légèrement les lèvres, il a avalé la fumée de sa cigarette.

Le coupe-papier

Tch. Un petit bruit très bref. Le flash brille avec une jolie petite étincelle.

« Enfin quoi, c'est bien pour ça : les appareils numériques, moi, ça me donne la frousse, a dit M. Nakano en pointant un doigt, sans avoir particulièrement l'air apeuré.

— Pour ça, quoi ? demande Masayo en relevant la tête qu'elle a collée contre l'appareil.

— Ça fait pas de bruit !

— Comment ça, pas de bruit ?

— On n'entend pas le déclic du diaphragme. »

Si, si, il y a un tout petit bruit, répond Masayo. De nouveau, elle applique son œil sur le viseur et elle s'accroupit. Elle prend, de face, la photo d'un vase en verre posé à même le sol, à l'extrémité du mur. Elle se déplace de côté, une autre photo. Pour finir, elle met le vase à l'envers et prend le fond de tout près. La peinture du mur est légèrement jaunie. Les paquets qui d'habitude s'empilent à cet endroit, Takeo les a transportés derrière tout à l'heure. Dans le désordre hétéroclite du magasin, seul le coin du mur où on a posé le vase forme un espace serein éclairé d'une lumière diffuse.

A partir de maintenant, on va vendre aux enchères sur Internet! a déclaré Masayo, à peu près au moment où M. Nakano est revenu de Hokkaidô. Vous allez voir, grâce au site de Tokizo qui nous mettra des photos, on va écouler les marchandises tant et plus! Depuis, toutes les semaines, elle prend photo sur photo des articles dans le genre « offres exceptionnelles ». A chaque fois, Takeo et moi nous retrouvons à débarrasser le coin du mur, obligés de nous soumettre aux consignes de Masayo qui nous demande de tenir ce qu'elle appelle le réflecteur (enfin, c'est ainsi qu'elle appelle une simple feuille de carton blanc qui doit rester inclinée à quarante-cinq degrés, ce qui fait bougonner M. Nakano derrière son dos, rien à faire, c'est une âartiste, que voulez-vous). Le Tokizo en question négocie des vieilleries occidentales, c'est une relation d'une relation de Maruyama, le concubin de Masayo. Elle n'a pas caché son étonnement quand le patron a déclaré que Tokizo avait l'air de s'y connaître en montres. Mais comment tu connais Tokizo, toi? J'ai eu plusieurs fois l'occasion de le rencontrer dans des ventes. Je n'en reviens pas! Ce vieux bonhomme filandreux comme une grue, il sait se servir d'Internet! Grue ou pas, filandreux ou pas, il a le don de savoir s'adapter au progrès, lui ! Rien à voir avec toi ! Masayo accablait son frère sans quitter des yeux l'écran de son appareil.

A propos de grues, M. Nakano avait grossi quand il était revenu de Hokkaidô. En fait de grue, il avait plutôt l'air d'une chèvre efflanquée, seul son ventre était gonflé comme si on avait mis autour plusieurs serviettes, et alors que le visage et les membres n'avaient pas changé, la poitrine non plus, si maigre qu'elle en était creuse, le ventre était rebondi.

« Dis, tu ne crois pas qu'il a chopé quelque chose de grave ? ai-je demandé en douce à Takeo, mais il a secoué la tête.

— C'est parce qu'il a trop mangé.

— Tu crois ?

— C'est comme mon grand-père : quand il grossissait, il devenait toujours comme ça.

— Il a peut-être mangé plein de truites ou bien beaucoup de pommes de terre, si ça se trouve !

— Non, c'est le mouton grillé, faut pas chercher plus loin », a conclu Takeo d'un ton définitif.

M. Nakano n'a pas mis longtemps à retrouver son poids initial. L'épaisseur de trois serviettes qui lui enveloppait l'abdomen s'est réduite à deux, puis une, et il a même fini par être un peu plus mince qu'avant.

« Cette fois, il a maigri bien brutalement. Moi, je me demande sérieusement s'il n'est pas malade ! »

Mais Takeo s'est mis à rire.

« Hitomi, j'ai l'impression que tu l'aimes bien, M. Nakano !

— Hein ?

— Tu es pleine d'attentions, non ? »

Ce n'était absolument pas ce qu'il croyait. Ma curiosité était gratuite. Ce n'est pas ça du tout, ai-je dit après, mais je n'ai pas pu continuer parce que, tout de même, dire que c'était simplement de la curiosité me gênait un peu. Takeo venait juste de poser les paquets qu'il rapportait d'une récupération et la sueur coulait de ses tempes sur son menton. J'ai regardé à la dérobée les gouttes de sueur de Takeo. J'ai fermé les yeux, et comme je commençais à éprouver un léger trouble agréable qui me donnait l'envie de frotter mes genoux l'un contre l'autre, j'ai ouvert précipitamment le cahier de notes.

Dans ce cahier sont consignés toutes sortes de notes et messages divers. *Midi et demi, Cherry Heights 204. Enchères, plafond 120 000. Tél. révision voiture. Réclamation, femme, pierre à aiguiser.*

Pierre à aiguiser était écrit au feutre bleu clair. *Femme*, en orange ; quant à *Réclamation*, c'était un assortiment de noir, de bleu et de rouge. Sans doute M. Nakano avait-il noté le mot sur le carnet tandis qu'il parlait au téléphone. Quand la conversation semble vouloir s'éterniser, il ouvre le cahier et s'amuse toujours à griffonner. Ce qui explique qu'entre les mots *Tél. révision voiture*, on découvre la silhouette d'un jeune homme de dos qui doit être celle de Takeo, plusieurs lignes sans signification, l'esquisse d'un vase, etc. Les dessins de M. Nakano sont maladroits, néanmoins, sans que je puisse m'expliquer pourquoi, on comprend immédiatement ce qu'il a dessiné.

Le vase, c'est celui que Masayo est en train de photographier avec son appareil numérique. « C'est peut-être un Gallé ! » avance-t-elle, mais M. Nakano est parti à rire.

« Un Gallé, qu'est-ce que c'est ? » a demandé Takeo. Après un moment de réflexion, M. Nakano a répondu :

« Gallé, c'est quelqu'un qui fabriquait des objets en verre sur lesquels on dirait qu'on a collé des motifs de libellules ou de champignons !

— Quelle horreur !

— Question de goût, pas vrai ? »

Vous n'êtes pas capables de comprendre la beauté de ce vase ? dit Masayo en prenant une photo de l'objet en plan incliné. On entend un petit bruit, *tch*. Décidément, je suis pas fait pour le numérique, grommelle M. Nakano. Comment dire, tant que j'entends pas le déclic de l'appareil, sa voix, je m'y retrouve pas ! a-t-il murmuré.

Est-ce qu'on peut appeler ça une voix ? Takeo hoche la tête sans conviction. M. Nakano s'est levé, est passé derrière, avant de disparaître. Haruo est vraiment vieux jeu, dit Masayo tout en déplaçant le vase, et cette fois, elle pose près du mur une statue qui représente un animal difficile à identifier. C'est un chien, n'est-ce pas ? En même temps, elle le tourne et le retourne sous tous les angles. Ce ne serait pas un lapin ? C'est un ours, voilà !

Le bruit du camion que M. Nakano a mis en marche a traversé le mur. Le moteur avait du mal à partir. A peine l'avait-on entendu démarrer que tout est redevenu silencieux. Je me demande si ce n'est pas la batterie qui est à plat, a dit Takeo tout en allant voir.

Masayo appuie sur le bouton, *tch*, le bruit de l'appareil numérique est aussitôt effacé par celui du moteur qui tourne à vide. Comme il suffit d'une légère pression, le doigt enfonce à peine, et je ne me rends pas compte de l'instant où Masayo prend la photo. Ses gestes qui se découpent comme des ombres, tantôt immobilisant l'appareil, tantôt se déplaçant, aboutissent à une confusion du point focal.

Cessant de la regarder, lentement, j'ai posé de nouveau les yeux sur le cahier. Je suis restée un long moment à fixer la couleur bleu clair des mots *pierre à aiguiser*. Pour la énième fois, on entend derrière la boutique résonner le bruit rauque du moteur qui s'épuise.

« Alors, votre impression ? » a demandé M. Nakano.

Il y avait encore à l'instant des clientes, trois femmes d'âge mûr qui étaient venues ensemble. Elles avaient sensiblement le même âge que le patron, un peu moins peut-être, elles devaient avoir pris le train pour venir passer un moment dans le quartier. Depuis que la gare a été rénovée, il y a deux ans, la clientèle a légèrement changé, je trouve, avait dit Masayo un moment plus tôt.

« Il y en avait une qui était pas mal… » Deux d'entre elles portaient de grosses bagues et des boucles d'oreilles voyantes, avec des tee-shirts pour le moins originaux, ornés de dentelles et de dessins de chats, dont on se demandait où elles avaient bien pu les dénicher, mais la troisième était vêtue d'un pull léger de couleur beige, très ample, sur un pantalon étroit, avec comme seul accessoire une montre dorée au poignet, qui semblait d'une facture de qualité.

« Elle doit valoir rudement cher. Je parie que c'est une montre ancienne ! »

La maison Nakano fait commerce de vieux objets. Je ne traite ni les antiquités, ni les choses anciennes, je vous préviens. Me souvenant de ce que le patron m'avait dit quand j'avais commencé à travailler à la boutique, j'ai ri doucement.

« Elles n'ont rien acheté, finalement ! »

Celle qui portait une montre en or a hésité pendant un moment en gardant serré dans la main le presse-papiers en forme de tortue. Puis elle l'a reposé doucement pour s'attarder sur un bol en porcelaine Imari qui provenait d'une récupération chez quelqu'un que connaissait Masayo. Pendant ce temps, les deux clinquantes alignaient à n'en plus finir des commentaires mêlés de critiques sur le menu du restaurant où elles avaient apparemment déjeuné.

Il y avait écrit *truffes* mais moi, j'ai cru qu'une saleté était tombée dans la sauce quand j'ai vu cette espèce de petit grain noir. Quant au sorbet au litchi, ça ne m'étonnerait pas qu'ils aient mis seulement l'arôme... Des produits tout faits qu'on peut acheter à Hongkong ou je ne sais où. Mon dieu, ce serait déjà bien beau qu'ils soient allés chercher ça jusqu'à Hongkong ! Bien sûr qu'on en vend au Japon ! Tout en mettant le nez sur un sac de la fabrication de Masayo, en tissu teint avec des couleurs naturelles, elles n'arrêtaient pas de jacasser.

« J'ai cru qu'elle allait acheter la porcelaine Imari, ai-je dit, et M. Nakano a hoché la tête.

— Bon, alors, à votre avis, elle est du genre à dire quoi... au moment d'entrer dans l'hôtel ? »

J'ai poussé une exclamation. Comme d'habitude, M. Nakano était passé du coq à l'âne.

Comment ça, quel genre ?

Enfin quoi ! Mais ses paroles à ce moment-là, voyons ! Par exemple : « Toi, tu choisis trop bien le moment pour entrer » ou bien, je sais pas, moi !

Hein ? J'étais interloquée. Vous voulez dire que vous imaginez la réaction de la femme à la montre en or de tout à l'heure ?

« Pourquoi est-ce qu'il faut en arriver là ? »

Les sourcils froncés, M. Nakano m'a regardée. C'était moi plutôt qui avais envie de froncer les sourcils ! Il s'est tout de suite radouci et a proféré d'un air extasié, les yeux au ciel :

« Bon sang, comme j'aimerais m'entendre dire ça par la femme de tout à l'heure !

— Vous voulez dire que quand on choisit trop bien le moment, ce n'est pas une bonne chose ?

— Quand c'est trop bien choisi, le charme y perd. »

J'ai éclaté de rire en entendant ce mot. M. Nakano a poursuivi avec grand sérieux :

« L'entrée des hôtels de passe dans les grandes villes, c'est toujours près d'une rue très fréquentée, une rue comme les autres, d'accord ? »

Quand c'est un hôtel en bordure d'une nationale à la campagne, on y pénètre en voiture et on ne s'occupe de rien, mais quand il s'agit d'un hôtel en pleine ville, eh bien, on fait attention aux regards. Surtout quand c'est dans la journée. M. Nakano explique tout.

Tout en suivant ses explications que je ponctuais par des *mmm* et des *hum*, j'ai fini par prendre conscience que je m'étais totalement habituée à sa façon de parler, ce qui n'était pas le cas au début, et j'ai poussé un léger soupir. M. Nakano a poursuivi d'une seule haleine :

« On jette un coup d'œil derrière, un coup d'œil devant, à gauche et à droite, et on entre en douce. Ça paraît tout simple, et pourtant... » En même temps, il ne me quittait pas des yeux. Sa physionomie était presque tendue.

« Tout de suite en entrant, il y avait une marche, et elle a trébuché.

— Ce n'est pas vous qui avez trébuché ? ai-je demandé, mais il a secoué la tête.

— Je n'en ai peut-être pas l'air, mais j'ai d'excellents réflexes !

— Donc, vous dites qu'elle a trébuché ? »

Oui. Et puis après, on est entrés dans la chambre et, bon, on a fait plein de choses, mais quand tout a été fini, la femme, tout en disant que c'était bien et tout et tout, la voilà qui s'est mise à me faire des reproches.

Quand j'écoute M. Nakano, cette manière qu'il a de parler comme au compte-gouttes, avec des ellipses, ça me rappelle irrésistiblement Masaki, un camarade de primaire qui a suivi la même classe que moi pendant trois ans. Ce Masaki avait au milieu du crâne un endroit chauve grand comme une pièce de dix yens, il était de petite taille, ce qui ne l'empêchait pas d'avoir des pieds qui n'en finissaient pas, et il était nul au ballon prisonnier. Il était toujours le premier à être touché par la balle et à sortir du terrain de jeu. Comme la plupart du temps j'étais la deuxième ou la troisième, il nous arrivait très souvent de rester vaguement côte à côte derrière la ligne de jeu.

Je n'échangeais presque aucune conversation avec Masaki, mais un beau jour, il m'a déclaré : « Tu sais, moi, je possède un os ! » La plupart des enfants avaient été touchés par la balle, et il ne restait sur le terrain que deux ou trois parmi les plus forts. Nous avons reculé jusque sous la barre de fer et nous sommes restés à regarder la balle passer de l'un à l'autre côté du terrain.

Moi, j'ai un os de mon grand frère. Voilà ce que Masaki m'a dit. Qu'est-ce que c'est que cette histoire, ai-je demandé. Il a répondu, mon frère, il est mort, il y a deux ans. D'accord, mais comment tu as fait, pour l'os ? Je l'ai pris dans l'urne, mon frangin, tu comprends, je l'adorais. Ensuite, Masaki s'est tu. Il est resté appuyé contre la barre en fer et il n'a plus dit un seul mot. Moi non plus, je n'ai pas insisté.

Quelque temps avant de sortir du lycée, j'ai rencontré Masaki. Je ne l'avais pas vu depuis longtemps. Il était devenu très grand, il m'a raconté qu'il avait décidé de se présenter à un examen d'entrée difficile pour entrer à l'université. J'ai demandé : l'université de Tôkyô ? Il a ri et a répondu oui d'un ton dégagé. Je parie que tu ne connais que Tôdai comme université difficile ? Hé oui, ai-je répondu avec arrogance, tandis que je regardais son crâne. Je n'ai pas pu voir la pièce de dix yens, dissimulée par les cheveux.

« Et qu'est-ce qu'elle vous a fait comme reproches, la femme ? ai-je demandé à M. Nakano.

— Eh bien, comme quoi je m'y prenais trop bien en tout, et elle n'aime pas ça ! »

Vous vous vantez, non ? ai-je rétorqué. Mais non, il ne s'agit pas de ça. M. Nakano avait l'air confus. Je suis pourtant à peu près certain de lui avoir fait prendre son pied deux fois, je prends mon temps, comme il faut, normalement, je change de caleçon tous les jours...

Quoi ?

« Eh bien, non seulement je m'entends dire que rien ne l'émeut, mais en plus, quand elle jouit, elle ne desserre pas les dents. Pas un murmure, pas un soupir, rien. En général, on crie un petit peu, je sais pas, moi. Comment dire, cette femme, je n'arrive pas à saisir ce qu'elle a dans la tête. Voilà, oui, comme un appareil numérique, vous voyez ?

— En effet », ai-je répondu de façon particulièrement laconique. Je ne voyais pas comment j'aurais pu répondre autrement.

Un client est entré. Un homme jeune. Il a jeté rapidement un coup d'œil ici et là, et il s'est emparé de plusieurs boîtes de billes datant des années soixante-dix ; on avait l'impression qu'il jetait son dévolu sur n'importe quel assortiment. Quand il s'est présenté à la caisse, j'ai constaté qu'il avait eu soin de choisir les boîtes les moins onéreuses pour cet article qui est parmi les plus chers de la boutique. Tout en le remerciant, j'ai mis les boîtes dans un sac en papier. Le client me regardait faire avec un visage inexpressif. Quand j'ai commencé à travailler, j'étais tendue quand je sentais qu'on regardait mes gestes, mais ça ne me fait plus rien à présent. Dans l'ensemble, les clients d'une brocante ont un regard insistant quand ils viennent à la caisse ou quand on leur remet la marchandise. M. Nakano est sorti en poussant un soupir. Le client est parti tout de suite après. Il faisait une touffeur gorgée d'humidité et le ciel annonçait la pluie.

C'est par hasard que j'ai rencontré la « banque » de M. Nakano.

La banque, c'est la maîtresse du patron. Depuis que Takeo m'avait appris un jour que lorsque M. Nakano disait qu'il allait à la banque, cela signifiait en général qu'il rencontrait cette femme, nous avions pris l'habitude de parler d'elle de cette façon, sans l'avoir jamais vue.

Je suis tombée sur elle par hasard, dans une rue près de la banque.

M. Nakano avait quitté le magasin, déclarant qu'il se rendait « à la banque », à une heure encore peu avancée de l'après-midi, et Takeo rentrait justement d'une récupération. Je lui ai confié la boutique pour aller de mon côté à la banque verser mon salaire.

On était au tout début du mois, pourtant la banque était pleine de monde. Le règlement de mon salaire s'effectue de la main à la main. Le montant des heures où je ne travaille pas est déduit du salaire mensuel, que je reçois directement à la fin du mois dans une enveloppe beige. Comme il arrive à M. Nakano de faire des erreurs de calcul, j'ai pour habitude de sortir l'argent de l'enveloppe pour vérifier sur place. Jusqu'à maintenant, il s'est trompé deux fois à son avantage, une fois au mien. Quand il m'a remis de l'argent en trop, je le lui ai dit avec exactitude. Vous êtes vraiment honnête, ma petite Hitomi ! Cette franchise doit vous donner bien du fil à retordre, m'a dit M. Nakano d'une voix bizarre en s'emparant d'un geste magnanime des trois mille cinq cents yens que je lui tendais.

Comme j'avais l'impression que mon tour dans la file ne se présenterait pas de sitôt, j'ai décidé d'aller m'acheter des collants. Je venais de me rappeler que le mariage de ma cousine avait lieu le mois suivant. Elle est née la même année que moi, et après sa sortie de l'université, elle est restée trois ans dans une agence de voyages, mais le travail était si dur qu'elle est tombée malade. Son goût inné du travail ne lui a pas permis de supporter de rester à ne rien faire, elle s'est donc inscrite dans une boîte d'intérim et finalement, elle travaille de nouveau presque sans relâche. Je suis tombée en admiration quand j'ai su qu'elle épousait le vice-président de la société où elle avait été envoyée en mission. Ce titre sans impact, à mi-chemin entre président et directeur, était bien fait pour lui plaire, tout à fait elle. Tout en songeant que le cadeau[1] à remettre aux invités après la cérémonie devait s'inscrire dans une « liste d'objets ne devant pas excéder un montant de quatre mille yens », je me suis dirigée vers un magasin d'articles courants à quelques pas de la banque. Juste au moment où j'en sortais, la silhouette de M. Nakano en compagnie de sa « banque » m'a sauté aux yeux.

Ils étaient sur le point de tourner au coin de la rue. A quelques mètres de là se trouve l'entrée d'un hôtel. Sans penser un seul instant qu'ils allaient pénétrer dans un établissement si près du magasin, je les ai suivis malgré moi. La « banque » avait de jolies jambes. Elle portait une jupe droite foncée, légèrement au-dessus du genou, un tee-shirt qui la moulait, avec autour du cou un foulard enroulé lâchement, qui s'échappait librement derrière. Lorsque la « banque » s'est retournée brusquement, j'ai eu

---

1. L'usage veut que les personnes invitées à un banquet de mariage déposent à l'entrée une enveloppe contenant une certaine somme d'argent. A la fin de la réception, chacun repart avec un sac contenant un cadeau de remerciement.

une sueur froide, mais elle s'est aussitôt remise à avancer, sans donner l'impression qu'elle s'était aperçue de ma présence.

La « banque » était jolie. On aurait peut-être exagéré en disant qu'elle était belle, mais sa peau presque sans maquillage était fine et très claire. Les yeux étaient minces, mais la ligne du nez bien droite. Les lèvres avaient une expression indiciblement frémissante. En même temps, elle dégageait une impression de pureté.

Qui aurait pu se douter que cette jolie femme était celle dont M. Nakano avait dit qu'elle était « insaisissable et muette en amour » ! J'ai continué à les suivre, la bouche arrondie de surprise. Ils ont continué à marcher tout droit. Quand ils sont parvenus devant l'hôtel, M. Nakano a fait un tour sur lui-même. Il a parcouru la rue du regard, comme s'il voulait l'envelopper tout entière. D'abord, il a semblé incapable de faire le rapprochement entre la fille qui se trouvait devant lui et moi. Mais tout de suite après, il a écarquillé les yeux. Sa bouche s'est ouverte sur la forme de mon nom avant qu'aucun son ne sorte.

Puis il a été englouti dans l'entrée de l'hôtel. Il n'a pas franchi la porte parce qu'il voulait entrer, il m'a donné l'impression d'être littéralement avalé par la porte, sans aucun rapport avec sa volonté. La « banque » a disparu en même temps que lui. En effet, il s'y prenait de main de maître. Je suis restée en admiration.

Je me suis ressaisie et suis allée m'acheter des bas. Après beaucoup d'hésitations, je me suis décidée pour une paire de collants résille. Je me rappelais un article que j'avais lu dans un magazine de mode (je ne l'avais pas acheté, je m'étais contentée de le feuilleter dans une librairie) dans lequel on disait : « Les hommes adorent apercevoir furtivement, entre la jupe et les bottes, le fin grillage qui laisse deviner la peau nue sous le collant. » J'ai failli me raviser, me disant que je n'allais pas mettre des bottes puisque c'était l'été et que, de toute façon, je n'avais pas de jupe de la bonne longueur pour laisser entrevoir le grillage, mais comme je n'avais pour ainsi dire pas l'occasion de porter des collants en dehors de cette cérémonie de mariage, ça n'avait pas d'importance. Et si je m'amusais à les mettre quand Takeo viendrait chez moi, comme un déguisement ? Très bien, mais pour jouer quel rôle ? Tout en songeant que rien ne m'attirait particulièrement, j'ai pris le chemin pour rentrer au magasin.

C'est un peu avant l'heure où M. Nakano devait rentrer pour fermer la boutique que je me suis aperçue que j'avais oublié le numéro d'ordre que j'avais pris à la banque. « Bonsoir ! » ai-je dit à l'adresse de M. Nakano qui venait justement de rentrer. Lui aussi m'a lancé un « Me voilà ! », comme si de rien n'était. J'ai noté *banque* sur le cahier, avec un stylo à bille bleu.

Les lettres bleues s'alignaient d'un air négligé sous l'épais feutre bleu clair qui avait tracé *pierre à aiguiser*.

Au fait, une pierre à aiguiser, c'est la même chose qu'un affiloir ou une meule ? avais-je l'intention de demander à M. Nakano, mais il s'était retiré dans la pièce du fond. Juste au moment de partir, j'ai lancé un « Au revoir ! » au hasard, et la voix de M. Nakano m'est parvenue : « Bon retour ! », tout de suite suivie de « A demain ! » Une voix claire, légèrement hésitante, un peu comme celle d'un revenant égaré dans la lumière du jour.

Le patron du magasin de vélos qui se trouve à deux pas de la boutique est arrivé en criant : « Il paraît que quelqu'un du voisinage a reçu un coup de couteau ! »

D'après ce qu'il disait, on savait seulement qu'il s'agissait d'un « homme d'âge moyen ». Au fond d'une ruelle du quartier commerçant, un homme avait reçu un coup de couteau et il avait été transporté en ambulance. Il n'y avait pas de témoin, et c'était la victime elle-même qui avait appelé Police-secours. Ce n'est que lorsque l'ambulance était arrivée qu'on avait découvert l'homme à terre, et quand les curieux s'étaient mis à affluer, il avait déjà été transporté à l'hôpital.

Le patron du magasin de vélos, qui était en bleu de travail, était à l'opposé de M. Nakano :

gros, presque obèse. M. Nakano disait de lui : « C'est qu'il ne fume pas, celui-là, en plus, il ne boit pas ! » Le patron semblait vouloir garder ses distances avec lui, mais l'homme faisait de temps en temps son apparition à la boutique, se donnant des airs de vétéran sous prétexte qu'il était plus vieux dans le métier que M. Nakano.

Tous deux avaient fréquenté la même école en primaire et au collège. « Vous savez, ces petits canifs de la marque Higonokami qui sont formidables pour tailler les crayons. Vous pouvez pas imaginer comme on peut tailler avec ça les crayons qui portent écrit au bout *Senkan Yamato*[1] ! Il en avait un, le bougre ! Eh bien, figurez-vous qu'un jour, je lui ai demandé de me passer un crayon parce que j'avais oublié ma trousse, il rechignait et il a fini par m'en prêter un qui n'avait presque plus de mine, et encore, elle était toute ronde ! Il cachait avec sa main ses autres crayons, les *Senkan Yamato* ou encore les *Zero Sen*[2], qui avaient des mines bien pointues, pour que je ne les voie pas. Voilà le genre d'individu que c'est ! » Tel était le jugement que M. Nakano avait un jour porté sur le marchand de bicyclettes.

---

1. *Yamato* est le nom du plus grand navire de guerre *(senkan)* japonais, symbole de la puissance militaire du Japon pendant la seconde guerre mondiale.
2. Avion monoplace de haute perfection, mis au point peu avant le début de la guerre du Pacifique.

On a su tout de suite après que c'était un commerçant du quartier qui avait reçu le coup de couteau, mais ce n'est qu'en fin de journée qu'on a appris que l'homme poignardé n'était ni plus ni moins que M. Nakano. Le téléphone a sonné, mais je ne me suis pas pressée de décrocher. (Le patron dit de laisser toujours sonner trois fois avant de répondre. Quand on se précipite pour décrocher, on perd le client, et ce qu'il avait l'intention de nous proposer, on le perd en même temps ! m'avait-il expliqué tout en envoyant des bouffées de sa cigarette.) C'était Masayo à l'autre bout du fil.

« Gardez votre calme », a-t-elle dit d'une voix plus posée que d'ordinaire. C'est en tout cas l'impression qu'elle m'a donnée, un degré plus froid que d'habitude.

« Haruo a reçu un coup de couteau ! »

Comment ? Je n'en croyais pas mes oreilles. Le patron du magasin de vélos a fait une nouvelle irruption bruyante. Il m'a bousculée alors que je tenais encore le combiné, et il a hoché la tête à plusieurs reprises, l'air convaincu.

« Mais ce n'est pas grave du tout. Et il n'a presque pas perdu de sang. »

Ah. En même temps que je répondais, je me rendais compte que j'étais retournée, ma voix n'était plus la même. Comme pour prendre le contre-pied, Masayo devenait de plus en plus impassible. Se mettre à trembler de la voix, faire intentionnellement montre de flegme, finalement c'est la même chose, ai-je pensé dans un coin de ma tête.

« C'est moi qui viendrai fermer le magasin aujourd'hui. J'arriverai peut-être un peu tard. Je peux compter sur vous pour m'attendre ? »

Oui. Cette fois, j'avais retrouvé ma voix normale. Le patron du magasin de vélos avait les yeux brillants d'excitation tandis qu'il observait le mouvement de mes lèvres, ma main qui tenait le combiné. J'avais envie de lui hurler à la figure : « Vous vous croyez au spectacle ou quoi ? » Mais comme je n'ai pas l'habitude de me mettre en colère, je n'ai pas pu. Au lieu de crier, j'ai reposé doucement le téléphone, et j'ai regardé droit devant moi.

« Alors, c'est Nakano qui a reçu un coup de couteau ? » a demandé le marchand de vélos.

C'est-à-dire, je ne sais pas, ai-je répondu.

Après, il a eu beau me poser toutes sortes de questions, j'ai gardé obstinément le silence. Au bout d'un certain temps, Takeo est rentré. Le patron du magasin de vélos a déversé sur Takeo tout ce qu'il savait de « l'affaire sanglante non élucidée de la rue commerçante », mais comme c'était un incident sur lequel on ne savait pratiquement rien et que Takeo ne se pressait pas de répondre, la conversation a piétiné.

« Hitomi, tu veux que j'aille faire un saut à l'hôpital ? a dit Takeo dès que le marchand de vélos est parti.

— Oh, je n'ai pas demandé le nom de l'hôpital !

— Il n'y a qu'à appeler la police. »

Takeo s'est emparé du téléphone et a posé consécutivement plusieurs questions pour savoir le nom, l'adresse et le numéro de téléphone de l'hôpital. Tenant d'une main le combiné, de l'autre le cahier, il notait au stylo à bille bleu les renseignements qu'on lui donnait. Les mots *hôpital Satake, 2 Nishimachi* s'alignaient sous ce que j'avais écrit : *banque*. J'y vais, a-t-il dit, et il s'est précipité dans la cour. On a entendu plusieurs fois le bruit du démarreur, finalement le moteur est parti. Takeo a donné un petit coup de klaxon. Puis il a levé la main dans ma direction avant de s'emparer du volant, les yeux fixés bien droit sur le pare-brise.

L'hôpital Satake était situé dans un endroit difficile à trouver. Ce jour-là, j'ai simplement accompagné Masayo qui n'était venue que pour fermer le magasin et avait l'intention de repartir de ce pas pour aller voir son frère. Je n'ai pas vraiment rendu visite à M. Nakano dans sa chambre d'hôpital.

Le jour où il avait reçu le coup de couteau, alors qu'il venait à peine de se réveiller après l'anesthésie, il était en pleine forme et dévorait une banane que Masayo lui avait apportée, dont il avait enlevé la peau à moitié.

« Je vais profiter de l'occasion pour me faire faire toutes sortes d'examens ! a-t-il annoncé tranquillement.

— Et votre blessure, ça va ? lui ai-je demandé, mais c'est Masayo qui a répondu, de bizarre façon :

— Voyons, ce n'est pas avec un truc pareil qu'on peut faire une blessure valable !

— Une blessure valable ?

— Moi qui croyais qu'il s'agissait d'un couteau, il paraît que c'était un simple coupe-papier ! »

A son tour, Masayo a pris une banane et a commencé à l'éplucher. Le geste était soigné, mais la façon dont elle arrachait la peau était brutale, tout comme M. Nakano.

Ainsi donc, M. Nakano avait reçu un coup de coupe-papier.

Un coup de coupe-papier ? ai-je répété.

Mais oui, figurez-vous. Ah ! Pourquoi faut-il encore que ça tombe sur lui, ce genre d'histoire ! Enfin, qu'est-ce que vous voulez !

On peut blesser quelqu'un avec un coupe-papier ?

Mais non, voyons.

Mais il a perdu du sang, n'est-ce pas ?

Ah ça, c'est bien de lui ! Enfin, on doit pouvoir le dire comme ça, sinon, je ne vois pas.

Quand Masayo m'avait dit au téléphone que M. Nakano avait été blessé, j'avais pensé au même moment que c'était la « banque ». Mais je m'étais trompée.

M. Nakano est intervenu pour dire :

« Vous ne vous souvenez pas de ce long coup de fil que j'ai reçu l'autre jour ?

— Un long coup de fil ? »

Deux à trois fois par jour, M. Nakano téléphonait pendant un long moment. Il s'agissait la plupart du temps d'un client qui appelait pour la première fois. Je me demande bien pourquoi, mais que ce soit pour vendre ou pour acheter, tout le monde a l'air de s'envelopper de gravité à propos des vieilles choses. Quand je pense que pour du neuf, les gens achètent pour un oui ou pour un non sur catalogue, même si ce n'est pas donné ! grommelle de temps en temps M. Nakano.

« C'était quand, ce long coup de fil ? »

Il y a une semaine peut-être ? Une femme a téléphoné pour se plaindre, réclamant qu'on lui refasse l'affûtage avec la meule. Tout en parlant, M. Nakano a pris une deuxième banane ; cette fois, il a enlevé la peau jusqu'au bout et l'a enfournée d'un seul coup. Tu es fou, tu vas t'étouffer ! proteste Masayo. Penses-tu ! Ni chaud ni froid ! Tu te trompes ! On voit souvent dans le journal des articles qui parlent de gens morts à cause d'une banane. Tu n'y es pas ! Ça, c'est au Jour de l'an, avec le riz pilé !

« Je crois que j'y suis. Vous faites allusion à ce qui est écrit dans le cahier, n'est-ce pas ? » Je venais de me souvenir du mot *Réclamation* inscrit en noir, bleu et rouge.

Oui, c'est ça ! Un vrai crampon, celle-là. Elle était furieuse, prétendant que le coupe-papier qu'elle avait acheté ne coupait pas, et elle exigeait qu'on le lui aiguise.

« Parce que ça s'aiguise, un coupe-papier ? »

Peut-être, enfin, la qualité supérieure. Mais les tout minces qu'il y a au magasin, j'ai des doutes.

Et M. Nakano a secoué la tête. Il avait un regard lointain. Il a poursuivi en disant : « Je dois dire qu'elle avait une voix drôlement agréable... »

La voix agréable avait téléphoné de nouveau. C'était pour demander à M. Nakano de venir dans un endroit un peu à l'écart du quartier commerçant, muni de la pierre à aiguiser. C'était pour le moins bizarre. Dans ce métier, on voit tellement de choses étranges qu'on finit par y devenir insensible, mais là, tout de même, le côté « à l'écart » lui avait semblé curieux. Normalement, ce n'est pas dans ce genre d'endroit qu'on donne rendez-vous. Finalement, envoûté par la voix, il s'était décidé à accepter.

« Toi alors ! » s'est contentée de dire Masayo, d'une voix sourde. M. Nakano lui a jeté un bref regard en haussant les épaules.

Il s'était donc rendu d'un pas tranquille à l'endroit indiqué, muni de la pierre à aiguiser qu'il n'avait même pas enveloppée. La femme était là, qui l'attendait. Elle portait un tablier par-dessus une jupe qui lui arrivait sous le genou, des chaussettes blanches dans des sandales, et elle avait les cheveux relevés. Il avait été frappé par le devant des sandales. Oui, c'étaient des sandales tressées comme on en vendait jusqu'en 1975 à peu près. La précision de l'époque était bien le fait d'un brocanteur.

La femme lui avait semblé à peu près du même âge que lui. Elle avait les lèvres violemment peintes. Attention, danger ! s'était-il dit. Il n'aurait su dire pourquoi, mais il avait senti qu'il devait se méfier. L'intuition du brocanteur. Ou plutôt, l'intuition de n'importe quelle personne de bon sens.

Accroupissez-vous ! a ordonné la femme. Hein ?

Baissez-vous et aiguisez mon coupe-papier ! C'était la même voix agréable que celle qu'il avait entendue au téléphone. Elle avait un charme encore plus puissant maintenant qu'il l'entendait directement. J'ai bandé un peu ! a murmuré M. Nakano. Agacée, Masayo a fait claquer sa langue.

Comme envoûté, M. Nakano s'est accroupi. Il a posé par terre la pierre à aiguiser, a versé dessus quelques gouttes d'eau minérale de la petite bouteille en plastique que la femme lui tendait, et il a commencé tout doucement à aiguiser le coupe-papier. La femme se dressait de toute sa hauteur au milieu de la ruelle. Il continuait d'aiguiser.

« On va lui apporter des fruits, a dit Takeo. M. Nakano, il doit pas beaucoup s'intéresser aux fleurs, sûr et certain. »

L'anesthésie faisait-elle encore de l'effet, toujours est-il que M. Nakano s'était endormi brusquement tout de suite après. Masayo avait eu beau le chatouiller, le pousser, le tirer, il ne s'était pas réveillé. Depuis ce jour, absorbés que nous étions par la surcharge de travail en l'absence du patron, ni Takeo ni moi n'étions allés le voir à l'hôpital. Contrairement au vide que nous avions connu lorsque M. Nakano était parti à Hokkaidô, le magasin connaissait depuis quelque temps une activité intense.

Enfin est arrivé notre jour de congé, et nous avons décidé, Takeo et moi, de nous retrouver en fin de journée pour aller à l'hôpital Satake. J'avais oublié de demander à M. Nakano comment il avait fini par être blessé après avoir affûté la lame du coupe-papier. J'avais bien eu l'idée d'interroger Masayo, mais je répugnais à aborder le sujet au magasin. En plus, rien ne disait que le marchand de vélos ne ferait pas irruption au moment où on l'attendait le moins, l'œil brillant de curiosité.

Takeo a jeté son dévolu sur des fraises. C'est cher! ai-je tenté de protester. Puisque c'est pour apporter à l'hôpital! a répondu Takeo. Quand nous avons pénétré dans la chambre de M. Nakano avec deux cartons de fraises énormes, il n'y était plus. On nous a appris qu'il avait déménagé pour s'installer dans une chambre à six lits.

Tout en me disant qu'il serait difficile de l'interroger sur les circonstances de sa blessure dans une chambre avec six malades, j'ai tiré le rideau qui cachait le lit de M. Nakano : la « banque » était là.

J'ai poussé un cri de surprise, et elle a souri. Décidément, elle avait bien les yeux en amande, et le contraste avec ses lèvres gonflées lui donnait un charme plein de sensualité. C'est Sakiko, de chez Asukadô. M. Nakano a fait les présentations avec entrain. Puis, se tournant vers Sakiko : voilà Hitomi et Takeo.

Asukadô? Là où il y a des vases, des potiches, et tout et tout? a demandé Takeo. Sakiko a dit oui. Mais c'est un vrai magasin d'antiquités, non? a continué Takeo. Sakiko a secoué légèrement la tête. Son geste pouvait signifier aussi bien oui que non. L'atmosphère qui se dégageait de sa personne n'était absolument pas en harmonie avec M. Nakano.

« Dites, ma petite Hitomi, je suis sûr que vous voulez connaître la suite, je me trompe ? » M. Nakano avait parlé sans chercher à baisser la voix. Il arborait exactement la même attitude en face de Sakiko que devant Masayo ou moi. Sakiko nous a proposé un siège.

Non, enfin, c'est-à-dire. M. Nakano a souri et a dit d'un air sarcastique : « Allons, allons, ne vous forcez pas, c'est mauvais pour la santé ! En plus, à force de se retenir, on finit par devenir impuissant ! » Je me suis demandé quelle tête devait faire Takeo, mais je n'ai pas regardé de son côté.

« Donc, j'ai aiguisé. » Comme d'habitude, il a commencé brutalement.

J'ai donc aiguisé. J'y ai mis le temps. Ensuite, je me suis redressé et je l'ai donné à la femme, le coupe-papier. Alors, elle a commencé à dire, voyons, est-ce qu'il va couper cette fois, couper pour de bon ? Moi, j'ai dit, je vous assure qu'il coupe maintenant. Alors elle, sans crier gare, la voilà qui me l'enfonce dans le ventre ! Elle n'a pas eu un geste pour reculer la lame ou la tenir levée devant elle. Non, simplement, dans un geste naturel, comme pour chasser une mouche, elle me l'a planté dans le ventre ! Oui, je ne peux pas mieux dire !

M. Nakano racontait l'incident du ton sur lequel il aurait répété maintes fois un rôle. Takeo et moi restions hébétés. Comme je l'avais drôlement bien affûtée, la lame, alors que normalement un coupe-papier ne peut blesser personne, je me suis retrouvé avec le truc dans le ventre !

A l'instant où M. Nakano refermait la bouche, Sakiko a crié. Puis, elle s'est mise brusquement à pleurer.

Les larmes ont roulé sur ses joues, on aurait pu croire que c'était fini, mais elles continuaient à ruisseler. Sans bruit, Sakiko a pleuré, pleuré. Est-ce que c'est ce qu'on veut dire quand on parle de « chaudes larmes » ? Tandis qu'elle pleurait, on a entendu M. Nakano deux fois. Une fois pour me demander : « Passez-moi des Kleenex, s'il vous plaît », l'autre pour dire à Sakiko : « Tiens, prends ça », en même temps qu'il lui tendait le paquet de mouchoirs en papier que je lui avais donné, qui portait la marque d'une société de crédit. Tout le monde est resté sans dire un mot. Sakiko pleurait des larmes silencieuses. Elle ne s'est pas servie des mouchoirs, elle a continué de pleurer, sans seulement essuyer son nez qui n'en finissait pas de couler.

Avait-elle eu son comptant de larmes ? Toujours est-il que Sakiko s'est arrêtée de pleurer aussi soudainement qu'elle avait commencé. Tout ira bien, la femme a fait sa déposition, elle ira sûrement en justice, disait M. Nakano, mais Sakiko, raide comme une statue, n'avait pas l'air d'entendre. Fugitivement, ça m'a rappelé la statuette que Masayo avait prise en photo avec son appareil numérique, dont je n'arrivais pas à déterminer si c'était un chien, un lapin ou un ours. Je me suis dit aussi un bref instant qu'en prenant Sakiko de profil, ça ferait une photo qui devrait se vendre.

Sois gentille, c'est de ma faute. M. Nakano s'excusait. La façon dont il lui demandait pardon donnait l'impression que lui-même ne savait pas très bien pourquoi il présentait ses excuses. Sakiko ne disait toujours rien. Elle a fini par tendre la main vers le paquet de mouchoirs et elle s'est mouchée bruyamment. Ensuite, regardant Nakano droit dans les yeux, elle a dit : « Je... je te promets de pousser des cris dorénavant ! »

Hein ? Il a poussé un glapissement.

Je te promets de pousser des cris. En contrepartie, tu seras gentil de ne pas te montrer complaisant avec une autre femme que la tienne !

Sakiko n'élevait pas la voix, mais elle martelait ses mots.

Promis, juré, a répondu M. Nakano d'une voix humble, un peu comme celle du lutteur de sumo qui se retrouve poussé hors de l'arène.

Oui, bien sûr, c'est promis, juré, a répété le patron timidement.

Raide, Sakiko s'est levée et a quitté la chambre. Elle est partie sans se retourner.

Takeo et moi nous sommes empressés de partir aussi, hâtant le pas en direction de l'ascenseur.

Takeo a murmuré, elle a pas l'air commode, on dirait !

Masayo l'a dit un jour, que le patron se laissait toujours séduire par des femmes pas très tendres. Mais elle est drôlement jolie !

Tu aimes ce genre de femmes ? ai-je demandé à Takeo. Je tentais de prendre un ton léger, mais je n'y suis pas vraiment arrivée.

En fait de genre, ou de trucs comme ça, je n'en ai pas, a répondu Takeo. Explique-moi plutôt ce que ça veut dire, qu'elle allait pousser des cris. Dis, Hitomi, qu'est-ce que c'est au juste ?

Elle a voulu dire qu'elle crierait au moment où elle jouit, voilà.

Hein ? Takeo a poussé une exclamation.

Nous sommes restés un moment sans parler. Puis, j'ai poussé un long soupir, avant de dire en guise de conclusion :

Au fond, moi, même si je renaissais, je ne voudrais pas être M. Nakano. Takeo a été secoué par le rire.

Ça m'étonnerait que tu renaisses sous l'apparence de M. Nakano !

Oui, évidemment, mais quand même.

Cette Sakiko, en tout cas, je peux pas la détester ! a dit Takeo.

C'était la même chose pour moi, je n'arrivais pas à la trouver détestable. Il va sans dire que c'était pareil pour M. Nakano. Il y avait dans le monde une foule de gens que je ne détestais pas, parmi eux, quelques-uns faisaient partie de la catégorie de ceux que je n'étais pas loin d'aimer ; il y avait aussi le contraire, ceux que je détestais presque. Mais alors, quelle était la proportion des gens que j'aimais vraiment ? me suis-je demandé tout en serrant légèrement la main de Takeo. Il était perdu dans le vague.

En sortant de l'hôpital, j'ai regardé le ciel et j'ai vu briller une étoile dont j'ignore le nom, qu'on aperçoit toujours à cette heure en cette saison. J'ai appelé doucement Takeo. Une fois, deux fois. Alors, il m'a embrassée. Le même baiser, sans la langue. J'ai fait comme lui, et je suis restée immobile. La chaleur de sa bouche m'a étonnée. Quelque part, on a entendu le bruit d'un moteur qu'on allume, qui s'est éteint tout de suite.

Le grand chien

« Bon sang ! Comment ça s'appelle déjà, cet immense... enfin, voyons... » a demandé M. Nakano tout en ôtant son tablier noir. Ce jour-là, aucune récupération n'était prévue, mais un client avait téléphoné un peu plus tôt pour demander une estimation. Cela n'entrait pas vraiment dans les compétences du patron, mais le client insistait, et M. Nakano n'avait pas pu faire autrement que d'accepter. Quand il m'a posé cette question, il se préparait à y aller.

« Un immense quoi ? »

Comme toujours, M. Nakano s'y prenait sans annoncer la couleur.

« Le poil long, comment dire, l'air d'une femme difficile à aborder... continue-t-il, imperturbable.

— Il s'agit d'une femme ?

— Non non, pas du tout. Ce n'est pas une personne !

— Pas une personne ?

— Puisque je vous dis que c'est un chien, écoutez, tout de même ! »

Avec impatience, M. Nakano s'est débarrassé de son tablier, qu'il a lancé sur les tatamis de la pièce au fond du magasin.

Un chien ?

Oui, un chien, vous savez bien, du genre à gambader dans le jardin d'une propriété habitée par des nobles, un animal très élancé !

Je n'ai pas pu me retenir de rire : l'expression « gambader » me semblait en discordance avec la noblesse.

Bon, j'y vais ! a dit M. Nakano en enfilant un gilet de nylon bardé de poches.

Au revoir, ai-je dit pour répondre à son salut.

J'ai entendu le vrombissement clair du moteur. La maison Nakano a changé la semaine dernière le moteur du camion. On a fait « peau neuve », pour parler comme le patron. Non seulement la batterie était à plat, mais la courroie de ventilation était à moitié morte. On l'avait découvert à l'occasion de la dernière révision.

Takeo et moi, on est habitués à le conduire, ce camion, on aurait très bien pu continuer, même avec ce problème de courroie ! M. Nakano n'en finissait pas de grommeler tout seul sans quitter des yeux la facture du garage. Tu crois qu'il parle sérieusement ? ai-je demandé à Takeo. Celui-ci a hoché la tête d'un air grave. Il en est absolument convaincu, le patron !

Quoi qu'il en soit, le moteur a été remplacé et M. Nakano est complètement remis de sa blessure. Le résultat des examens approfondis qu'il en a profité pour faire a permis de diagnostiquer un taux un peu élevé de sucre, mais à part le fait qu'il étale d'étranges connaissances concernant les calories au moment des repas, il est redevenu le même qu'avant. Tenant le volant d'une main, il a sorti le camion en faisant un large virage.

Les rayons du soleil du plein été pénètrent dans le magasin, courts mais denses. Assise sur une chaise, je me suis massé les épaules.

L'histoire du chien qui gambade dans le parc d'un château provient de M. Maruyama, le « machin chouette » de Masayo (c'est l'expression utilisée par M. Nakano).

« Le Maruyama, figure-toi qu'il habite une chambre dans le quartier », m'a dit le patron, avec une nuance de mécontentement dans la voix. Moi, je me suis contentée de dire, ah bon.

« Tout de même, s'il est le machin chouette de ma sœur, je ne comprends pas pourquoi ils n'habitent pas ensemble. En plus, la maison est grande. »

La maison qu'habite Masayo vient de leurs parents. C'est une vieille demeure, mais d'une très belle construction.

« Faire exprès d'habiter séparément de ma frangine, tu ne trouves pas que ça fait prétentieux ? »

Je me demande toujours si le patron n'a pas tendance à avoir un petit complexe à l'égard de sa sœur. Mais j'ai répondu sans me mouiller, oui, c'est bien possible.

« Et le propriétaire qui lui loue la chambre... »

Arrivé à ce point, M. Nakano s'est interrompu d'une manière significative. Moi, sans tenir compte de ce silence qui voulait en dire long, j'ai continué à confectionner des sacs en papier en mettant de la colle sur des feuilles. Quand les clients achètent un objet de grandes dimensions, on se sert pour l'envelopper de sacs que donnent les grands magasins ou les boutiques de vêtements, mais pour les articles moins encombrants ou les petits objets, la brocante Nakano utilise des sacs faits maison qui ressemblent à ceux qu'on trouvait autrefois chez les marchands de fruits et légumes, du papier plié au carré et collé aux quatre coins.

« Les sacs d'emballage que vous fabriquez, ma petite Hitomi, ils sont rudement jolis ! » a dit M. Nakano d'un air admiratif.

Vous trouvez ?

« Oui, vous êtes vraiment adroite de vos mains. Vos petits sacs sont beaucoup mieux faits que ceux de ma frangine, vous n'êtes pas de cet avis ? »

Vous trouvez ? ai-je répété. Ce mot de frangine lui a redonné le fil de son discours, et il s'est mis à raconter l'histoire du « chien dans le jardin des nobles ». Voici *grosso modo* ce qu'il en était.

Le propriétaire du logement où habite M. Maruyama est d'une avarice impitoyable.

Le bâtiment s'appelle « Maison Kanamori 1 ». La construction remonte à une quarantaine d'années, mais la vétusté n'empêche pas le propriétaire de demander sans se gêner un loyer presque aussi élevé que dans le neuf. Il faut dire qu'il apporte un soin particulier à refaire les peintures et les papiers peints et à rénover la façade, si bien qu'il réussit à donner le change et à faire croire que le dedans comme le dehors sont comme neufs.

Pièces proprettes, bonne distribution des chambres qui ne donnent pas une impression d'étriqué, contrairement à maintenant, vastes rangements. De quoi éblouir le locataire imbécile qui n'hésite pas à verser dans l'instant des arrhes, dans son ignorance de la réalité que dissimule la Maison Kanamori, avec ses minces cloisons traversées par les voix des voisins, son plancher de guingois et ses cafards qui, dès la tombée de la nuit, franchissent les canalisations pour venir tournoyer dans les chambres.

Autre mauvais point, la Maison Kanamori jouit d'une belle vue. Le locataire potentiel qui, effleuré par l'intuition vague du plancher de travers et de la danse des cafards, commençait à se ressaisir, à l'instant où il lui est donné de contempler le jardin qui fait la fierté du propriétaire et baigne littéralement le bâtiment dans la verdure, change de visage et revient à quatre-vingt-dix-neuf pour cent à son premier sentiment.

La Maison Kanamori se compose de trois petits bâtiments, construits côte à côte sur le terrain du propriétaire. L'admirable jardin, que celui-ci entretient sans faille, fait le tour de la maison principale ainsi que des trois petits bâtiments de location. Chênes, bouleaux, magnolias, érables se mêlent à des espèces rafraîchissantes qu'on trouve en forêt, des arbres fruitiers tels que plaqueminiers, pêchers, orangers, agrémentés de lilas de Chine, d'azalées, d'hortensias, avec leurs magnifiques fleurs pleines d'élégance, formant un ensemble dense et luxuriant. Pour dissimuler la terre, on a semé de petites plantes à fleurs blanches et bleues à l'anglaise, et l'entrée de la propriété est surmontée d'une grande arche de roses.

« On dirait que c'est un jardin dépourvu de bon sens, un jardin sans ligne directrice, non ? »

M. Nakano a hoché la tête, de l'air de partager mon impression.

« Et vous savez, le Maruyama, comme il est suffisamment distrait pour se laisser séduire par ma frangine, eh bien, il s'est jeté dans la gueule du loup sans coup férir ! » a dit M. Nakano d'un air entendu, en secouant la tête plusieurs fois.

Si le problème se limitait au coût relativement élevé du loyer, ce serait encore supportable, mais l'impitoyable dureté du propriétaire engendrait une certaine animosité à l'encontre des locataires, a continué M. Nakano.

« Une certaine animosité ? ai-je répété.

— Vous avez bien entendu, j'ai dit animosité », a répliqué M. Nakano en faisant exprès de baisser la voix.

Les propriétaires, tant le mari que la femme, avaient une telle passion pour leur jardin qu'ils ne toléraient pas de la part des locataires la moindre altération de son aspect. Passe encore qu'ils affichent leur hostilité à l'égard de ceux à qui il était arrivé d'abîmer le jardin, mais ils allaient jusqu'à montrer du ressentiment aux locataires qui n'avaient rien fait. Humbles et modestes lors de la visite des lieux, à peine le bail était-il signé qu'ils découvraient leur véritable visage, et il paraît qu'ils faisaient des scènes pour un oui ou pour un non.

« Des scènes ? » J'étais stupéfaite, ce qui a fait rire M. Nakano qui m'a expliqué :

« Eh bien, par exemple, pour peu qu'on laisse son vélo dans un coin du jardin, à peine une heure plus tard, on le retrouve couvert d'autocollants portant *Défense de garer ici sa bicyclette* ou *La police va être prévenue*.

Des autocollants ?

« Oui, il paraît que le couple les a fait fabriquer exprès. »

Si je comprends bien, c'est de l'intimidation ! M. Nakano hoche la tête.

« En plus, il paraît que c'est terrible pour les enlever ! »

Et pourquoi n'a-t-on pas le droit de garer sa bicyclette ?

« Les plantes reçoivent moins le soleil, et il paraît que ça peut les empêcher de fleurir ! »

Le Maruyama, il n'est pas doué pour juger de la personnalité des gens, a ajouté M. Nakano d'un air réjoui, puis il s'est levé. Tout en disant, bon, je crois qu'on va fermer pour aujourd'hui, il a entrepris de débarrasser les objets qui se trouvaient dehors sur le banc.

La Maison Kanamori, je la connais moi aussi, à vrai dire. C'est à moins de cinq minutes à pied de chez Takeo. Une fois, je l'ai accompagné, sans trop savoir pourquoi (il va sans dire que je ne suis pas entrée, je n'ai salué personne), et la Maison Kanamori était sur le chemin. A cet endroit, on avait soudain l'impression d'une intense verdure, et le jardin, « fierté des propriétaires », comme le dit M. Nakano, avait indéniablement de quoi faire leur orgueil, obligeant à reconnaître qu'il possédait un certain cachet.

« C'est un endroit qui donne l'illusion d'être ailleurs, a dit Takeo en fixant le fond du jardin.

— Si on entrait ? ai-je suggéré, mais Takeo a secoué la tête.

— On ne doit pas pénétrer sans permission dans un jardin inconnu. C'est mon grand-père qui m'a appris ça autrefois. »

Mmm. Comme Takeo s'était opposé à mon idée, je me sentais un peu vexée. J'ai songé à lui donner un baiser brusque et violent, pour me venger, mais j'ai renoncé aussi à cette idée.

Et alors, quel rapport y a-t-il entre les propriétaires et le chien des nobles ? M. Nakano, occupé à baisser le rideau métallique du magasin et tout absorbé dans sa tâche, ne semblait pas avoir entendu ma question. Il est comme ça. La nuit est tombée, mais il continue à faire chaud ! ai-je dit en guise de salutation, et je suis sortie par la porte de derrière. A côté du croissant étincelant de la lune, brillait avec un éclat blanc la même étoile que j'avais vue au retour de l'hôpital, le jour où j'étais allée voir M. Nakano.

Alors, au revoir ! ai-je lancé vers la boutique, mais M. Nakano n'a toujours rien répondu. En même temps que le bruit du rideau qui retombe, je l'ai entendu qui fredonnait.

En fin de compte, si l'histoire du chien des nobles s'est éclaircie pour moi, c'est grâce à Masayo, qui m'a tout raconté.

« Vous comprenez, les enfants des propriétaires sont émancipés depuis longtemps », a-t-elle commencé, de la même façon brutale que M. Nakano ou presque, quelques jours après que j'avais entendu le patron parler de la Maison Kanamori. Pour la première fois depuis longtemps, l'équipe Nakano se trouvait réunie au complet à la boutique : le patron, Takeo, moi, ainsi que Masayo. « C'est la première fois depuis l'hospitalisation de Haruo, non ? a dit Masayo en nous regardant tour à tour.

— Au fait, la femme qui a blessé M. Nakano, qu'est-ce qu'elle devient ? a demandé Takeo.

— Il paraît qu'elle est en détention ! » a répondu Masayo avec vivacité.

Ah oui ? Personne ne fait la moindre allusion à des choses concrètes : le procès est prévu pour quand, a-t-on une idée de la peine à laquelle elle sera condamnée, etc. Plus que de la discrétion, on a plutôt l'impression que c'est l'habitude d'aborder ce genre de questions qui fait défaut.

« Donc, le couple s'est senti un peu désemparé, et pour combler le vide, ils se sont mis à élever un immense chien afghan », reprend Masayo.

Ah oui ? dis-je.

« Et ils veillent sur ce chien encore plus que sur leur jardin, vous voyez ça d'ici. »

Ah oui ? Cette fois, c'est Takeo.

« Et un jour que Maruyama a croisé en chemin le couple qui promenait le chien… »

Eh bien ? A mon tour de nouveau.

« Non seulement ils lui ont lancé un regard noir, mais il paraît même qu'ils lui ont dit de s'éloigner ! »

Et M. Maruyama, qu'est-ce qu'il a fait ?

« Il s'est éloigné ! » a répondu Masayo, qui a ri sous cape quelques instants. J'ai ri à mon tour. Takeo aussi a ébauché un sourire. Seul M. Nakano avait l'air d'être ailleurs.

Allons, au lieu de lambiner, ressaisis-toi un peu, Takeo, on va à Kabukichô[1] ! a dit M. Nakano sans perdre son air distrait. Aujourd'hui, ils doivent aller faire une récupération dans un appartement en plein Shinjuku. En temps normal, l'un ou l'autre s'acquitte seul du travail, mais cette fois, M. Nakano soupçonne le client de n'être pas « régulier ».

« Qu'est-ce qui vous fait penser ça ? » ai-je demandé.

Après avoir réfléchi quelques instants, M. Nakano a répondu :

« Sa manière de parler au téléphone était exagérément polie. »

Après le départ du patron accompagné de Takeo, Masayo est restée un moment au magasin. Quatre clients sont venus à la suite, et ils sont tous repartis après avoir acheté qui une assiette au bord ébréché, qui un verre de bière portant la marque de la compagnie, que Masayo leur avait conseillé sans ostentation.

---
1. Quartier chaud de Shinjuku.

« Vous croyez que tout se passera bien avec le client de Kabukichô ? » ai-je demandé un peu plus tard, quand les clients ont commencé à se faire plus rares. Masayo a hoché la tête en disant d'un ton léger : « Ne vous en faites pas ! »

« Ce sont des gens bizarres, les propriétaires de M. Maruyama », ai-je dit après un intervalle, et Masayo a hoché la tête plus profondément que tout à l'heure. « Oui, en plus, Maruyama, c'est une bonne pâte, je ne voudrais pas qu'ils lui créent des problèmes », a-t-elle dit, d'un air vraiment inquiet cette fois.

Puis elle est partie sans tarder. Après son départ, plus aucun client ne s'est montré. Comme je n'avais rien à faire, j'ai essayé de me rappeler quel genre de chien était cette race d'afghan, mais je mélangeais les barzoïs avec les bassets, et il m'était impossible de me représenter le chien en question.

Je savais que les propriétaires élevaient leur chien dans la maison. Masayo m'avait raconté que le bruit courait même qu'ils avaient passé commande d'un futon double et qu'ils dormaient avec l'animal, vous imaginez ! Ce n'est pas un lit, c'est vraiment un futon ? avais-je demandé. Masayo avait confirmé.

Tandis que je me représentais vaguement ce grand chien allongé sur le futon, le téléphone a sonné. J'ai bondi de ma chaise. La personne qui téléphonait voulait savoir combien elle pouvait espérer vendre une cuiseuse à riz datant de 1975. J'ai indiqué l'heure à laquelle le patron devait rentrer et j'ai raccroché. Il n'y a pas eu un seul client jusqu'au retour de M. Nakano et de Takeo.

« C'était un casque ! » a dit Takeo.

Fidèle à son habitude, il s'est assis sur le tabouret jaune. Moi, j'ai pris une petite chaise en bois, une chaise d'écolier. Je ne l'ai pas trouvée dans la brocante Nakano, je l'ai achetée à une vente de charité qui se tenait dans une église près de mon ancien logement.

Takeo donne l'impression d'avoir pris à la longue l'habitude de se mettre sur ce tabouret jaune quand il vient chez moi, ce qui ne l'empêche pas, chaque fois qu'il s'assied dessus, de garder un air craintif, si bien que je me demande si ce n'est pas la couleur jaune du siège qu'il a en horreur.

« Un casque ? ai-je répété.

— Et comme l'avait imaginé M. Nakano, le client, c'était bien un *yakuza-san* ! » a répondu Takeo, les coudes posés sur la table.

Le fait de donner du monsieur à un truand m'a amusée et j'ai ri.

« Après tout, c'est un client. En plus, il était drôlement sympathique, comparé à certains autres... »

L'appartement de l'honorable gangster était situé au dernier étage d'un magnifique immeuble donnant sur la rue de la mairie de Shinjuku. Ils avaient cherché une place de stationnement, mais il n'y avait pas le moindre espace où se faufiler entre les President, les Mercedes, les Lincoln noires qui bordaient le trottoir. Pendant qu'ils réussissaient enfin à se garer dans un parking éloigné, l'heure tournait et ils étaient arrivés en retard.

« M. Nakano, il était pas vraiment rassuré, a dit Takeo en se balançant d'avant en arrière sur le tabouret.

— Comment est-ce qu'il est, le patron, quand il a le trac ? » ai-je demandé.

Takeo a cessé de se balancer.

« Il se met à parler d'une manière incroyablement polie.

— C'est malin ! Où est la différence avec ton *yakuza-san*, alors ? » J'ai éclaté de rire, et Takeo a repris son balancement. L'assise grinçait à chaque mouvement.

Malgré leur retard, M. Nakano et Takeo ont été très bien reçus. La maîtresse de maison, une belle femme, est arrivée en portant sur un plateau des tasses signées Ginoli remplies d'un thé au délicieux arôme. Lait concentré, sucres en forme de roses. Invités à se servir, M. Nakano et Takeo se sont empressés d'avaler leur thé.

« Je me suis tellement dépêché que je me suis brûlé ! » a dit Takeo avec simplicité.

On leur a servi un gâteau aussi. C'était un gâteau tout noir. Il n'était pas très sucré, presque entièrement du chocolat.

Quand j'ai demandé : « Le gâteau aussi, tu l'as englouti ? », Takeo a hoché la tête avec force.

« C'était bon ?
— Terriblement. »

Takeo a laissé errer son regard un bref instant.

Si je comprends bien, tu adores les choses sucrées ! Mais il a secoué la tête : le gâteau n'était presque pas sucré, et pourtant, il avait un goût très dense ! Arrête de faire crisser le siège, s'il te plaît, ai-je dit. Il a eu l'air stupéfait. Ensuite, il a relâché les muscles de son torse et a cessé de se balancer.

Quand M. Nakano et Takeo ont eu fini de manger le gâteau, l'honorable yakuza a frappé dans ses mains. Une porte s'est ouverte sans bruit et deux hommes sont entrés en portant sur une planche un casque accompagné de l'armure. Les hommes étaient vêtus d'une chemise blanche et d'un pantalon foncé. Celui qui paraissait plus jeune que Takeo était cravaté. L'autre, sans cravate, avait une coiffure punk et portait des lunettes rondes à la John Lennon. Après avoir déposé par terre la cuirasse, ils se sont retirés.

« Vous l'estimez à combien, à peu près ? a demandé Yakuza-san, d'une voix calme et assurée.

— Eh bien, voyons... » Entraîné par l'accent du Kansai [1] de Yakuza-san, M. Nakano avait mêlé à son intonation une nuance semblable.

« Le patron est capable d'estimer un objet de ce genre ? ai-je demandé.

— Il y a une cote pour les casques et les armures, plus ou moins fixée », a répondu Takeo, qui a baissé la tête. Comme il ne pouvait plus se balancer, sans doute était-il ennuyé. J'ai fait comme si je ne remarquais rien.

M. Nakano a proposé la somme de cent mille yens. Yakuza-san a déclaré d'un ton convaincu qu'il n'y voyait rien à redire. Tout de suite, sa femme est venue apporter du whisky. Elle leur en a versé une dose à laquelle elle a ajouté de l'eau minérale, dans des verres en cristal Baccarat. Takeo n'y a pas trempé les lèvres, mais M. Nakano, lui, a avalé coup sur coup l'équivalent de trois doses.

Etait-ce l'effet de l'alcool, il est devenu subitement intrépide. Vous n'avez rien d'autre à vendre ? Il parlait sans se gêner le moins du monde, mettant Takeo dans ses petits souliers. Yakuza-san restait silencieux, enfoncé dans un rocking-chair. La femme a dit : « Il y a bien un flacon de forme originale qui vient du magasin, mais... C'est joli, vous ne trouvez pas, les

---

1. Région comprenant Ôsaka, Kôbe et Kyôto, que l'on oppose souvent au Kantô, dont le cœur est Tôkyô, ainsi que Yokohama.

bouteilles pour le cognac ou les liqueurs ! J'en fais plus ou moins collection, savez-vous ? » a-t-elle ajouté en dévisageant tour à tour M. Nakano et Takeo.

« Ce genre-là, c'est sûrement ce qu'on appelle une femme superficielle ! a dit plus tard M. Nakano à Takeo, quand ils se sont retrouvés dans le camion. Une entraîneuse, je parie. Oui, elle doit inciter les clients à boire des alcools d'importation au prix exorbitant, que ni toi ni moi ne boirons jamais de toute notre vie, dans des boutiques où on ne mettra jamais les pieds ! »

Chaque fois que le camion s'arrêtait à un feu, on entendait quelque chose bouger à l'arrière. Le casque et l'armure devaient glisser, ils avaient été emballés de façon sommaire. A l'entrée de la grande avenue, Takeo s'est rangé en bordure du trottoir et il est descendu du camion pour voir ce qui se passait. M. Nakano somnolait depuis un moment. Takeo a calé soigneusement le casque et l'armure entre des cartons qui se trouvaient dès le début dans le camion. Quand il a repris sa place au volant, M. Nakano dormait toujours. Il ronflait légèrement, la bouche entrouverte.

« C'est particulièrement bon, aujourd'hui ! » a laissé tomber Takeo après avoir raconté l'histoire de Yakuza-san.

Ah oui ? me suis-je contentée de répondre.

Il était certain qu'à ma manière, j'avais mis les petits plats dans les grands ce soir-là. Gratin de langoustines. Salade de tomates et d'avocats. Soupe avec émincé de carottes et de poivrons. Comme il ne m'arrive que rarement de faire la cuisine, la confection de ce dîner m'avait pris deux heures.

« Tu sais, il n'y a rien d'extraordinaire ! » ai-je répondu, tout en avalant une bouchée de gratin. Ce n'était pas assez salé. J'ai pris ensuite une gorgée de soupe : cette fois, c'était trop salé.

Nous avons mangé en silence. J'avais ouvert deux canettes de bière. Takeo ne buvait presque pas. Alors que je n'avais pas fini la moitié du dîner, il avait déjà terminé. C'était vraiment bon ! a-t-il dit en se balançant légèrement sur son siège. L'instant d'après, il a poussé une exclamation, et il a cessé de bouger.

« Dis, quel genre de chien c'est déjà, les afghans ? » ai-je demandé. Il s'est mis à réfléchir, les sourcils froncés. Bientôt, il a pris un bloc-notes sur la table et a fait rapidement un dessin. Museau pointu, poils longs, le dessin représentait exactement un afghan.

« Tu dessines drôlement bien, Takeo ! » me suis-je exclamée. Non, pas tant que ça, tu sais. Il avait repris son balancement. Dis, s'il te plaît, cette fois, dessine un barzoï. Tout en se balançant, il faisait aller et venir son crayon. En un éclair, j'ai vu apparaître le chien sur la feuille de papier. Mais c'est formidable, Takeo, tout bonnement formidable ! Tandis que je poussais des exclamations, il s'est passé le doigt plusieurs fois sur le bout du nez.

Takeo a dessiné sans protester tout ce que je lui demandais : basset, cuiseuse électrique de l'époque Shôwa, poupées de Masayo. Les pages du bloc-notes voltigeaient. Sans transition, nous sommes allés vers le lit, et Takeo s'est mis à faire un croquis de moi allongée. J'ai pris la pose de la « Maya » de Goya et il m'a dessinée en quelques traits rapides. Ce sera une « Maya vêtue », ai-je dit, mais il n'a pas eu l'air de saisir. Au bout d'un moment, il a de nouveau poussé une exclamation. Qu'est-ce qui se passe ? ai-je demandé. Avant que j'aie le temps d'achever ma question, il s'est levé et s'est pressé contre moi.

Il a enlevé son jean en un clin d'œil. J'ai voulu faire comme lui, il s'en est rendu compte. Comme c'était un jean un peu serré, je n'y arrivais pas, mais Takeo me l'a retiré comme on épluche un fruit. Nous avons fait l'amour, brièvement.

Tu sais, c'était bien ! ai-je murmuré après, et Takeo m'a regardée un long moment. Sans dire un mot, il a enlevé son tee-shirt. Moi aussi, j'avais gardé mon tee-shirt, mais, croyant qu'il allait me l'enlever, je suis restée sans bouger. Pourtant, il ne me l'a pas ôté. J'hésitais, me demandant ce que je devais faire. Takeo avait l'air ailleurs. Je l'ai appelé. Takeo ! Sans quitter son air perdu, il a seulement murmuré mon nom.

Pendant quelque temps, le soleil a continué d'embraser les journées. Au moment où l'on commençait à croire que le brasier durerait éternellement, il s'est mis brusquement à faire frais, et l'automne a effleuré toutes choses de son souffle. Les affaires de la brocante Nakano étaient prospères, le casque et l'armure que M. Nakano avait achetés à Yakuza-san s'étaient vendus un peu plus d'un million de yens, un *daruma*[1] acheté mille yens, sans la moindre singularité, était monté jusqu'à soixante-dix mille yens aux enchères sur le Net, entraînant M. Nakano à me dire avec entrain : « A ce train-là, ma petite Hitomi, je vais pouvoir en engager deux ou trois autres comme vous ! »

« En tout cas, on peut être sûrs que ce n'est pas ce qui va augmenter notre salaire ! » Takeo et moi en avons parlé en douce, mais la somme qui nous a été remise à la fin de ce mois-là avait meilleure mine que d'habitude : six mille cinq cents yens de plus ! Ce chiffre ressemblait bien à M. Nakano.

---

1. Nom japonais de Bodhidharma, dont la légende veut qu'il soit resté assis en méditation pendant neuf années. Extrêmement populaire au Japon, il a inspiré de nombreux peintres. On trouve également des « poupées » en papier mâché, souvent à bascule, qui servent de porte-bonheur.

Pour la première fois depuis longtemps, Takeo et moi sommes allés boire ensemble. Nous avons opté pour un restaurant thaïlandais situé dans l'immeuble de la gare, attirés par le tarif spécial qui offrait un verre de bière pour cent yens jusqu'à dix-neuf heures. Nous avons bu jusqu'à vingt heures passées, et pour finir, Takeo a commandé comme d'habitude du riz, qu'il a mangé en y mélangeant des morceaux de poulet frits. Nous avons partagé l'addition, et au moment de quitter le restaurant, nous sommes tombés sur Masayo et Maruyama qui étaient installés à une table près de l'entrée.

« Tiens ! » a dit Masayo d'une voix claire.

Takeo a reculé d'un pas.

« Vous ne voulez pas prendre un verre avec nous avant de partir ? » a proposé Masayo. Sans attendre la réponse, elle avait déjà changé de place pour se mettre à côté de Maruyama. Puis elle a montré du doigt la chaise qu'elle venait de quitter et celle d'à côté.

« Figurez-vous que c'est très bizarre ! » a-t-elle commencé dès que nous avons été assis.

Pardon ? Takeo et moi l'avons dit simultanément.

« Il paraît que depuis quelque temps, on n'aperçoit plus jamais le chien », a-t-elle expliqué tout en portant à ses lèvres sa chope de bière pression. Un serveur se tenait debout à côté de notre table. C'est vrai, il faut commander quelque chose ! Alors, de la bière, ça vous va ? Une bouteille, s'il vous plaît. Pas de la *Chinha*, de la bière japonaise tout simplement. Masayo avait passé la commande rondement.

« C'est bien ça ? » Dès que le garçon a tourné les talons, elle a jeté un regard vers Maruyama, comme pour lui demander confirmation. Il a hoché la tête de manière ambiguë.

« Vous voulez parler du chien afghan des propriétaires de votre appartement ? » ai-je demandé en m'adressant directement à lui. Il a eu un petit mouvement du menton pour acquiescer.

« En plus, les autocollants ont pris une ampleur terrible, n'est-ce pas ? » Masayo s'assure de nouveau d'un regard qui demande confirmation. Le serveur a apporté la bière. Masayo a posé les verres devant nous, et elle les a remplis d'un coup. Il y avait trop de mousse et le verre de Takeo a débordé. Sans y prendre garde, Masayo continuait à bavarder.

« L'autre jour encore, mon Maruyama était resté un moment en admiration devant le lilas de Chine de leur jardin, eh bien, figurez-vous que le lendemain, il y avait sur sa porte trois autocollants !

— Trois autocollants ! » ai-je répété. Takeo s'appliquait sagement à avaler la mousse de sa bière.

« Sur tous les trois était imprimée la même formule : *Prenons soin des plantes et des arbres du jardin* », a énoncé Masayo d'un ton solennel. Maruyama a eu de nouveau un mouvement vague de la tête. Moi, j'ai failli éclater de rire, mais comme personne ne riait, je me suis contenue.

« C'était collé à quel endroit de la porte ?

— Au bord, sous l'étiquette du recensement ou de la NHK. »

Ça alors ! s'est étonné Takeo, plutôt comme s'il poussait un soupir. Masayo lui a jeté un regard perçant. Il s'est empressé de baisser la tête.

« Je n'arrive pas à les enlever, ça m'embête sérieusement », a dit Maruyama, ouvrant ainsi la bouche pour la première fois. Il a une voix grave et ample, très agréable.

« Evidemment, la porte appartient à l'origine aux propriétaires, on ne peut pas dire que ce soit illégal, mais quand même ! » continue Masayo avec élan. Oui, en effet, dis-je. Takeo ne dit rien. Maruyama a avalé la bière qui restait dans sa chope. Masayo a fait une pause, et elle a bu à son tour. J'ai avancé la main vers mon verre. La bière n'était pas très fraîche. Une fois dans la bouche, l'odeur de l'alcool devenait très prononcée.

Maruyama a saisi un morceau de poulet frit. C'était la même chose que ce que nous avions mangé. Masayo s'est servie elle aussi. Tandis qu'ils mangeaient leur poulet, Takeo et moi sommes restés silencieux. Takeo scandait du pied la musique thaïlandaise que diffusait le restaurant. Comme le rythme n'était pas clairement repérable, son pied avait tendance à être en retard sur la musique.

« Bon, eh bien… »

L'attention de Masayo et de Maruyama semblait concentrée sur le poulet, et nous en avons profité pour nous lever. Takeo s'est mis debout comme si on le tirait. Masayo a levé les yeux vers nous, l'air de dire, oh, vous partez déjà. Comme elle avait la bouche pleine, aucun son n'est sorti. J'ai fait un léger salut. Takeo m'a imitée. Au moment où nous allions leur tourner le dos, Maruyama a dit en s'essuyant soigneusement le bout des doigts avec une serviette en papier : « Le chien, eh bien, on dirait qu'il est mort ! » Il avait sa voix grave et pleine.

« Vous aimez les chiens, vous, Hitomi ? a demandé M. Nakano.

— Normalement.

— Il paraît que c'est terrible de perdre un animal ! » En même temps, M. Nakano feuillette rapidement le cahier de notes.

Ah bon ? dis-je. Je n'ai jamais eu de chien, de chat non plus. Le jour où nous avons dîné au restaurant thaïlandais, Takeo avait dit tout d'un coup sur le chemin du retour : « C'est très dur, la mort de son chien ! »

Tu avais un chien, Takeo ? ai-je demandé, et Takeo a fait oui de la tête.

« C'est parce que mon chien est mort que j'ai commencé à travailler chez M. Nakano. »

Ah bon, je ne savais pas. Mais Takeo n'a pas essayé de m'en dire plus. Il m'a seulement raconté qu'il l'avait depuis le jardin d'enfants, c'était un bâtard, il était mort l'année dernière. Ensuite, il est resté silencieux.

Aujourd'hui, c'est moi qui te raccompagne ! Takeo était si sombre depuis qu'il m'avait parlé de son chien que, ce soir-là, j'ai marché avec lui jusqu'à sa maison. Quand nous sommes arrivés non loin de chez lui, il semblait avoir retrouvé un peu d'entrain. C'est moi qui vais te raccompagner jusque chez toi ! a dit Takeo. Il voulait reprendre le chemin de la gare, mais je l'en ai empêché.

Quand Takeo s'est enfoncé à travers la grille, j'ai rebroussé chemin et marché en direction de la gare. Alors que je n'aurais pas dû mettre plus de dix minutes, je me suis retrouvée dans une rue inconnue. Ce n'est pas facile de se repérer dans un quartier d'habitations où toutes les rues sont semblables. Apparemment, je m'étais égarée.

Tout en me disant que les réverbères éclaireraient mon chemin à intervalles réguliers, j'ai fini par me trouver soudain dans l'obscurité. De petites constructions vétustes s'alignaient. Pas âme qui vive. Je suis restée tendue pendant un moment, me demandant si c'était un cimetière ou je ne sais quoi, quand j'ai entendu un chien aboyer au loin. Revenue de ma frayeur, j'allais retourner sur mes pas, quand tout d'un coup j'ai compris où j'étais.

J'étais sur le terrain des propriétaires de Maruyama.

Je suis restée immobile quelques instants. La voix que Takeo avait eu pour dire : « C'est dur de perdre son chien » est montée à ma mémoire. L'allure indolente de Maruyama aussi, mais avec moins d'intensité.

En même temps que je m'encourageais moi-même, allez, vas-y, j'ai franchi l'entrée du jardin qui faisait la fierté des propriétaires. Les trois petits logements de location étaient plongés dans le silence et on ne voyait pas de lumière dans la maison habitée par le couple. Passant sous l'arche de rosiers, j'ai marché à grands pas et pénétré dans le jardin. Des plantes grimpantes qui fleurissent le soir accrochaient leurs vrilles au tronc d'un grand arbre et offraient leurs grosses fleurs blanches. L'herbe crissait sous mes pas.

Au bout d'un moment, je suis arrivée devant un petit monticule de terre. Il avait une largeur et une profondeur suffisantes pour qu'un homme s'y tienne couché. Aucune plante ne poussait là. J'ai senti l'odeur de la terre fraîchement retournée.

Je me suis arrêtée tout près du monticule. Mes yeux ont fini par s'habituer à l'obscurité. A l'extrémité se dressait une petite croix. On y avait accroché la photo d'un chien au long museau. En haut de la croix était collée une étiquette, sur laquelle on pouvait lire : *Ici repose Tempo*.

J'ai poussé un léger cri et je me suis écartée d'un bond. Je me suis éloignée en hâte du jardin. Je savais que j'écrasais herbes et fleurs, mais j'ai continué à courir. Du même pas, j'ai rejoint la gare. Quand j'ai pris dans mon porte-monnaie des pièces pour acheter mon billet, je me suis aperçue que mes doigts étaient agités de petits tremblements. Dans le train, les néons brillaient d'un éclat étrangement dur.

« Je me demande si je ne vais pas prendre un chien… a dit M. Nakano avec nonchalance.

— C'est une bonne idée », ai-je répondu uniment. Je n'avais raconté à personne ce que j'avais vu l'autre soir dans le jardin des propriétaires de Maruyama. Encore moins à Takeo, évidemment.

« Il recommence à faire chaud, a dit M. Nakano en s'étirant. C'est que, quand la chaleur est trop terrible, les gens ne sortent pas de chez eux, alors les clients, bonjour ! Au fait, ma petite Hitomi, si on est dans le rouge, vous me rendrez les six mille cinq cents yens de l'autre jour ? a-t-il ajouté en riant, et il s'est étiré de nouveau.

— Pas question ! » ai-je répondu.

M. Nakano s'est levé et a disparu dans la pièce du fond. De là, il m'a lancé :

« Il paraît que Maruyama va déménager !

— Alors, il va habiter chez Masayo ?

— Non, justement ! Le rythme des autocollants était devenu intenable et il a pris peur. Il paraît qu'il a trouvé tout près un endroit qui ne paie pas de mine, mais vraiment bon marché. »

J'ai évoqué l'attitude de M. Maruyama, qui ne donnait guère l'impression que les propriétaires lui faisaient peur, tandis que je me tournais vers un client qui venait d'entrer et que je le saluais d'un signe de tête. Il s'est dirigé vers le coin des cadres. Il y en avait cinq, qu'il a examinés soigneusement, s'emparant de chacun pour les retourner, les approchant si près de ses yeux qu'il les touchait presque.

Au bout d'un moment, donnez-moi celui-ci, a dit le client en désignant un petit encadrement. C'est le prix du cadre avec le dessin ? a-t-il demandé. En vérifiant, j'ai vu que le dessin encadré représentait une femme dans la pose de la « Maya nue ». C'était exactement celui que Takeo avait dessiné quand il était venu chez moi.

J'ai poussé un cri de surprise. Le dessin de l'autre jour était censé être une « Maya vêtue », mais la femme dans le cadre était nue. J'étais troublée, et je suis restée la bouche ouverte. Bonjour ! a lancé à l'adresse du client M. Nakano en sortant de la pièce du fond. La lumière de l'après-midi est tombée sur le verre du cadre, qui a étincelé.

Celluloïd

« Dis, l'autre fois, je n'étais pas nue ? » ai-je lancé, et Takeo a hoché légèrement la tête.

« Tu m'as déshabillée sans même que je m'en rende compte ! » Je me suis aperçue après coup que ma question était bizarre.

En disant « je n'étais pas nue », je faisais allusion au fameux dessin. La « Maya vêtue » s'était transformée en « Maya nue », comme par miracle, pour se retrouver sous verre au magasin.

« Tu m'as déshabillée sans que je m'en aperçoive » était une façon bizarre de dire les choses. En effet, il était tout aussi impossible de me dénuder que de m'habiller, moi qui étais à l'intérieur du cadre.

J'ai donc modifié ma question pour demander : « Depuis quand… depuis quand est-ce que je suis nue ? » C'était bizarre aussi, mais la façon qu'avait Takeo de me regarder par en dessous m'énervait, et je n'arrivais pas à trouver une formule juste.

Takeo gardait le silence.

« Ecoute, je préfère te dire que ce genre de trucs, ça me met mal à l'aise ! »

Takeo a ouvert la bouche, mais il n'a finalement rien dit. La « Maya vêtue » me ressemblait assez, mais la « Maya nue », c'était carrément moi à cent pour cent. Le grain de la peau des cuisses, l'écartement des seins, la nette disproportion entre la longueur du mollet et celle de la cuisse, qui est une de mes particularités physiques, tout se trouvait exposé avec une terrible exactitude.

« Est-ce que tu te rends compte qu'un client m'a vue ? »

Comme Takeo continuait à se taire, mon discours s'animait et ma voix enflait. Plus je me déplaisais moi-même à constater que j'enrageais, plus je criais.

Ce dessin... a commencé Takeo. Ce dessin, quoi, ce dessin ? J'étais incapable de marquer une pause. De nouveau, Takeo a fermé la bouche. Il gardait les yeux fixés par terre, comme ces petits animaux opiniâtres qui vivent près des rivières. Dis quelque chose à la fin, réponds ! Takeo gardait obstinément le silence.

En fin de compte, il n'a pas desserré les dents. Moi, sous ses yeux, j'ai arraché le dessin du cadre et déchiré en petits morceaux la « Maya nue, version Hitomi ».

« Vous avez toujours l'air d'avoir sommeil ces derniers temps, Hitomi », a remarqué M. Nakano. Euh, oui, enfin. C'est à cause de la chaleur. Mon climatiseur ne marche plus.

« Ce ne serait pourtant pas difficile de demander à Takeo de vous l'arranger ! »

Comment ? Il est capable de réparer l'air conditionné, ou des choses comme ça, Takeo ?

M. Nakano m'a raconté que Takeo avait très bien réparé la climatisation du camion quand elle ne marchait plus très bien l'année d'avant. Je sais pas comment il s'y est pris, il a démonté le truc, je crois, il a tripoté par-ci par-là, et ça remarche, a expliqué le patron en roulant les yeux.

« Vous voulez que je lui demande ?

— Ce n'est pas la peine. »

Je sentais bien moi-même que ma façon de parler trahissait mon désarroi, mais j'ai refusé nettement. M. Nakano me regardait avec dans les yeux la même expression que les pigeons qui picorent des graines dans l'enceinte d'un sanctuaire. J'ai cru qu'il allait me demander si nous nous étions disputés, mais il s'est contenté de secouer la tête.

M. Nakano est allé dehors. Il est sorti fumer une cigarette devant le magasin. Masayo lui répète à longueur d'année qu'il devrait avoir honte de jeter sa cendre devant son propre magasin, mais ça ne l'empêche pas de le faire, aujourd'hui comme les autres jours. Son ombre se projette derrière lui, de biais. Les ombres denses et resserrées du plein été ont disparu.

Septembre est arrivé, mais après quelques jours de fraîcheur, alors que le mois d'octobre allait commencer, la chaleur est revenue brutalement. Comme le climatiseur est un modèle qui remonte à la nuit des temps, un appareil énorme, il fait un bruit assourdissant quand on le met en marche.

Ce climatiseur, ça ne m'étonnerait pas que ce soit une femme ! s'est écrié un jour M. Nakano. Ça se fâche tout d'un coup, ça vous balance à la figure des tas de trucs. Quand ça vous a dit ce que ça a sur le cœur, ça se calme. Alors vous, vous croyez que c'est fini ! Erreur ! Tout d'un coup, ça remet ça ! Ah, je vous dis pas !

Takeo s'est mis à rire. Comme c'était avant l'incident de la « Maya nue », j'ai ri moi aussi sans réticence. Au même moment, le climatiseur s'est mis à vrombir, nous nous sommes regardés et nous sommes de nouveau partis à rire aux éclats.

M. Nakano allait allumer une deuxième cigarette. Il a rentré les épaules, et bien que la température extérieure approche les trente degrés, il donnait l'impression d'avoir froid. L'intérieur de la boutique était calme. Depuis que la chaleur est revenue, les clients se font rares. La rue devant le magasin était silencieuse, aucune voiture ne passait. M. Nakano a lancé un éternuement. On ne l'a pas entendu. Je croyais que le magasin était silencieux, mais le bruit du climatiseur était plus fort que je ne l'avais pensé. Sans doute mon oreille s'y est-elle accoutumée et, à force, je ne l'entends même plus.

Je suivais distraitement des yeux les gestes du patron, tout comme j'aurais regardé un film muet. Après avoir hésité à allumer ou non sa troisième cigarette qu'il avait déjà entre les lèvres, il a ébauché le geste de la remettre dans le paquet. Mais le paquet était tout aplati et il n'y arrivait pas. Dans son effort pour enfoncer la cigarette à sa place initiale, il avait le dos de plus en plus rond. Son ombre s'arrondissait en même temps.

En définitive, il n'est pas arrivé à remettre la cigarette dans le paquet, et le petit cylindre a regagné sa place entre ses lèvres. Il a tourné la tête. L'ombre se déplaçait à sa suite, mais dans un mouvement plus vif que celui du corps.

Un chat a traversé la rue sous les yeux du patron, qui l'a appelé et lui a dit quelque chose. Depuis quelques semaines, le chat avait pris l'habitude de faire pipi devant le magasin. Il fallait nettoyer à chaque fois avec soin.

Le pipi de chat, c'est fou comme ça pue ! Tout en faisant cette remarque d'un air contrarié, M. Nakano passe vigoureusement le balai-brosse. Pendant que le patron et moi regardons d'un œil mauvais ce chat noir et blanc, le soupçonnant de venir faire pipi, Takeo lui donne à manger en douce. Derrière, là où on range le camion, il met des croquettes dans un mortier qu'il laisse exprès incliné. Invariablement, le chat se présente vers quatre heures. Quand M. Nakano revient d'une récupération ou d'un marché, vers six heures du soir, il ne reste plus trace de nourriture.

Takeo a baptisé le chat Mimi. Sa voix quand il parle au chat est incomparablement plus familière que quand il s'adresse à moi en prononçant mon nom, Hitomi.

Il n'y a pas eu un seul client de la journée. Et pourtant, dans ce magasin qui ne fait pas commerce de belles antiquités, il y a toujours au moins trois ou quatre personnes qui viennent, les mains dans les poches, jeter un coup d'œil, même si ce n'est pas pour acheter...

C'est juste avant la fermeture du magasin que M. Nakano y est allé de son « Enfin quoi ! ». A l'apogée de l'été, il faisait encore jour à l'heure où l'on fermait, mais, depuis quand au juste, le temps est venu où la nuit tombe tout d'un coup. Quand le soleil est couché, la température baisse légèrement, à la différence des premiers jours de septembre.

« Oui ? » ai-je dit. Je l'entendais pour la première fois depuis longtemps, mais je n'avais pas le cœur à en rire ce jour-là, je ne me sentais pas gaie. Ou plutôt, depuis que je n'adressais plus la parole à Takeo, j'avais perdu toute émotion. Rien de ce que je voyais, rien de ce que j'entendais ne me remuait. Et je m'irritais de mon propre état.

« Est-ce que vraiment toutes les femmes, toutes sans exception, sont obscènes ? » a demandé M. Nakano. Selon son habitude, l'entrée en matière est pour le moins abrupte. Je ne comprendrai jamais ce qu'il a dans la tête.

Obscènes ? ai-je répété. J'ai failli ne pas tenir compte de sa question, mais comme je n'avais pour ainsi dire pas ouvert la bouche de la journée, j'avais envie de proférer au moins un son.

« Figurez-vous que j'ai mis la main sur un truc, un truc bizarre écrit de la main d'une femme », a dit M. Nakano tout en s'asseyant lourdement sur une chaise. Fait rare pour la brocante Nakano, cette chaise est une véritable antiquité. Elle est de fabrication américaine et date de la fin du XIXe siècle. Le dossier est sculpté et finement ajouré, mais M. Nakano s'assied dessus sans aucune précaution. Je suis sûre qu'il pousserait les hauts cris si Takeo ou moi faisions de même.

« Un truc bizarre, mais de quel genre ? » ai-je demandé. J'ai dans l'idée que la femme en question, c'est tout simplement Sakiko. M. Nakano a commencé à se frotter les genoux.

« Eh bien, c'est-à-dire... » A peine a-t-il commencé qu'il se met à bredouiller.

« Vous dites que c'est quelque chose d'écrit, une lettre alors ? » Comme il mettait du temps à ouvrir la bouche, je tentais de l'interroger de mon côté.

« Non, justement, c'est pas une lettre.

— Un dessin peut-être ?

— Non, justement, c'est pas un dessin. »

J'essayais de me rappeler le visage de Sakiko. Curieusement, je n'arrivais pas à retrouver dans mon imagination le visage de la femme que j'avais rencontrée en allant faire une visite à M. Nakano dans sa chambre d'hôpital quand il avait été blessé. Pourtant, nous étions restées ensemble près d'une demi-heure ; ce qui me revenait en mémoire, c'était la façon dont elle avait pleuré, ses grosses larmes étouffées qui ne correspondaient pas à l'impression qu'elle-même donnait.

« Elle prétend que ce n'est pas une histoire vraie ! » Enfin, M. Nakano avait ouvert la bouche.

Je me rappelais l'expression fugitive que Sakiko avait eue au moment de pénétrer dans l'hôtel en compagnie de M. Nakano. Quant à l'image que mes yeux avaient saisie au moment où elle s'était retournée, qui avait duré moins d'une seconde, elle s'était imprimée avec netteté dans ma mémoire. Mais je ne savais pas si c'était le vrai visage de Sakiko ou bien celui que mon souvenir avait modifié, les deux se mêlaient dans ma mémoire incertaine.

« Un mensonge ?

— Et c'est drôlement obscène, ce qu'elle raconte, cette femme ! »

Ah oui ? Je ne saisissais pas le lien.

« Quel est le rapport entre la femme et l'histoire qu'elle invente ? »

Enfin quoi ! M. Nakano met une main à son front tandis que de l'autre, il frotte ses genoux de plus belle. Eh bien, cette femme, elle écrit. Vous savez, quoi, des trucs comme des romans. Et c'est ça, son histoire qui est une invention, voilà !

« Mais alors, c'est une romancière, cette Sakiko ? me suis-je écriée malgré moi.

— Vous seriez gentille, ma petite Hitomi, de m'expliquer comment vous savez son nom, a demandé M. Nakano qui a cessé de se frotter les genoux.

— C'est simple, on s'est rencontrées à l'hôpital, non ?

— Mais je ne l'ai jamais présentée comme ma... comme ma maîtresse ! »

Enfin, c'est clair comme de l'eau de roche. Pour commencer, elle a pleuré comme une Madeleine, ai-je dit. M. Nakano avait l'air tout désemparé. Non, vraiment, il est incompréhensible. Ah bon, je ne savais pas, a-t-il bredouillé.

« Elle écrit sous un pseudonyme ?

— Tu parles ! Pour commencer, il faudrait me payer pour que je fréquente un écrivain. Très peu pour moi !

— Mais vous venez de dire que Sakiko écrit des romans ?

— Je n'ai jamais dit ça, j'ai parlé d'une histoire qui ressemblait à un roman, nuance ! D'ailleurs, il n'y a pas la moindre intrigue.

— Dans quelle mesure est-ce que c'est obscène ?

— En un mot comme en cent, on ne parle que de ça, voilà, a dit M. Nakano en poussant un profond soupir.

— C'est comme les scénarios de vidéos pour adultes, alors ? » J'y allais timidement.

« Parce qu'il y a un scénario dans les films comme ça ? Je croyais qu'on filmait comme on pouvait, avant de bricoler un montage acceptable ?

— Pas du tout. J'ai même entendu dire qu'il y avait des films plutôt artistiques.

— En tout cas, moi, les vidéos pour adultes, je préfère quand c'est simple, facile à comprendre ! »

La conversation avait dévié. M. Nakano était nonchalamment adossé sur sa chaise, les yeux au plafond. Le dossier du siège a fléchi. J'ai failli lui demander, euh, vous êtes sûr que la chaise va tenir, mais je me suis retenue. Un jour que M. Nakano époussetait un petit vase, il avait failli le faire tomber. J'avais crié : « Attention ! » Le vase était tombé en même temps et s'était cassé. Le patron ne m'avait pas adressé de reproches, mais j'avais vaguement compris qu'il ne fallait pas lui parler dans ce genre de situation. Etre averti d'un danger, c'est rare que ça serve à quelque chose ! C'est pour ça que je dépense tout mon argent sans hésiter ! C'est ce que Masayo a l'habitude de dire. Quel rapport, je vous demande un peu…

D'un côté, j'avais envie de savoir ce qu'était cette chose « drôlement obscène » que Sakiko avait écrite, de l'autre, je ne voulais surtout pas être mise au courant. M. Nakano s'est tu de nouveau. Le dossier de la chaise a émis un grincement de mauvais augure.

Le lendemain, M. Nakano devait se rendre tôt le matin à une vente aux enchères à Kawagoe, et il m'avait confié la clé du magasin. J'ai soulevé le rideau métallique et, après avoir aligné toutes sortes d'objets sur le banc de la devanture, je suis allée dans la pièce du fond pour ranger la clé. Sur le coffre-fort, j'ai trouvé un mot de M. Nakano : *Lisez et dites-moi ce que vous en pensez.* J'ai suivi des yeux le tracé en lettres bleues de l'écriture grossière du patron, et j'ai découvert des feuillets manuscrits. C'étaient des feuilles de quatre cents caractères à quadrillage marron, de la marque Kokuyo, du genre de celles qu'on nous distribuait à l'école pendant la classe de dissertation.

Il n'y avait rien d'écrit sur la première page. Sur la deuxième, après un blanc de cinq lignes, le texte commençait.

De la ligne médiane... J'ai commencé à lire à haute voix. C'était une belle écriture à l'encre noire. On avait utilisé un stylo à plume fine.

De la ligne médiane, ne jamais s'écarter... ai-je poursuivi.

Le front, l'arête du nez, les lèvres, le menton, le cou... Tout en me demandant ce qu'il pouvait bien y avoir d'obscène là-dedans, j'ai continué à lire. Mais à partir de la troisième ligne, ma voix s'est éteinte.

De la ligne médiane, ne jamais s'écarter. Le front, l'arête du nez, les lèvres, le menton, le cou, la poitrine, le sinus, le nombril, puis du clitoris au vagin, et plus loin, jusqu'à l'anus. Caresse-moi doucement de ton doigt. Lentement, sans fin, sans pause, comme un mouvement perpétuel. Mais jamais, quoi qu'il arrive, ne laisse ton doigt s'écarter de la ligne médiane de mon corps.

Par exemple, lorsque tu fais glisser ton doigt sur la poitrine, tu ne dois pas le laisser s'égarer sur les mamelons, tu ne dois pas non plus caresser le creux de la taille.

Passe et repasse simplement ton doigt sur la ligne médiane. J'ai gardé mon slip. Introduis tes doigts et, sans jamais t'écarter de la ligne médiane, caresse avec un soin particulier mon clitoris, mon vagin, mon anus. Mais sans jamais cesser le mouvement de ton doigt.

Peloter, frotter, presser même faiblement, je te l'interdis. Un peu plus lourd qu'une plume, un peu plus léger que le courant de l'eau, tu ne dois jamais intensifier ni affaiblir le rythme.

Passe seulement ton doigt lentement, ton majeur lascif, sur la ligne souple de mon corps, de mon front à mon sacrum.

J'ai avalé ma salive. L'obscénité était d'un autre genre que ce que j'avais imaginé. En même temps, je me suis souvenue avec netteté du visage de Sakiko, non seulement l'expression fugitive que je lui avais vue quand elle s'était retournée devant l'hôtel, mais aussi son visage gonflé par les larmes à l'hôpital.

Un client est entré. J'ai retourné précipitamment le manuscrit et je me suis inclinée à côté de la caisse. Bonjour! Moi qui ne salue jamais. Surpris, le client m'a regardée. C'était un habitué, un étudiant du voisinage. Il a projeté en avant son menton et m'a adressé un court salut avec mauvaise grâce. Après un tour rapide du magasin, il est reparti en toute hâte.

« Donpar, donpar, ma petite Hitomi! » En même temps, M. Nakano est entré sans s'annoncer.

« Donpar, qu'est-ce que c'est que ça encore? ai-je dit en fronçant les sourcils.

— Pardon, pardon! Figurez-vous que je me suis aperçu tout d'un coup à Kawagoe que c'était peut-être du harcèlement sexuel, ce que j'avais fait! » a dit M. Nakano en enlevant son bonnet de tricot vert. Au début du mois de septembre, il s'est fait couper les cheveux en brosse. Cette fois, Haruo est en train de devenir chauve pour de bon, a remarqué Masayo, mais on se rendait compte maintenant que le patron avait le crâne plutôt bien formé. Si ça se trouve, tu es peut-être de ceux que la tête comme une bouilloire avantage ! a ajouté Masayo d'un air admiratif, et M. Nakano a pris un air ulcéré.

« En effet, normalement, c'est du harcèlement sexuel », ai-je répondu gravement. M. Nakano me regarde bien en face. De sa chemise monte une odeur de poussière. Dans les ventes aux enchères, on sort des objets qui sont restés longtemps enfermés, et quand M. Nakano revient de ce genre de marchés, il est toujours poussiéreux des pieds à la tête.

« Dites-moi plutôt, vous avez pu acheter quelque chose de bien ? » ai-je demandé de mon ton habituel. Son visage s'est éclairé tout d'un coup.

« Alors, Hitomi, comment vous avez trouvé ça ? » m'a-t-il demandé sans même répondre à ma question.

Comment j'ai trouvé quoi ? J'ai fait celle qui ne comprend pas. J'avais passé la matinée à lire le manuscrit de Sakiko. Il y avait dans ce texte quelque chose de terrible. La narratrice, qui parlait à la première personne, était-ce Sakiko elle-même ? Du début de l'acte sexuel jusqu'à la fin, en passant par les caresses et les soupirs préliminaires, sans oublier les cris et les halètements ultimes, tout était consigné dans les termes les plus triviaux. La narratrice avait joui au moins une douzaine de fois. Waouh ! J'y mettais tout mon cœur moi aussi, dévorant les pages. Cinq clients se sont montrés, mais, ont-ils senti la fièvre qui me dévorait, ils ont quitté en hâte le magasin, comme l'avait fait l'étudiant, si bien que le chiffre de vente de ce jour-là était encore nul, zéro.

Quand je suis allée à la supérette m'acheter des sandwichs pour mon déjeuner, l'idée m'est venue de faire une photocopie du manuscrit de Sakiko. J'avais des scrupules, que j'ai fait taire sous le prétexte qu'après tout ce n'était pas moi qui avais demandé à voir le texte. La lumière blanche de la photocopieuse qui filtrait par un coin du couvercle qui pressait les feuilles m'éblouissait.

« Ne soyez pas méchante, Hitomi ! Vous avez lu, non ? » a demandé M. Nakano tout en coulant un regard vers les feuillets que j'avais posés à côté de la caisse, soigneusement empilés. Euh, oui, enfin… C'est toujours comme ça que vous faites l'amour ? ai-je continué, du ton le plus dégagé que je pouvais.

« Dites donc, Hitomi, ce ne serait pas du harcèlement sexuel dans l'autre sens ? » a dit M. Nakano en faisant la moue.

Alors, je me trompe ? ai-je insisté.

« Qu'est-ce que vous allez chercher ? Bien sûr que non. »

Vraiment ?

« Moi, je fais l'amour d'une façon plus, comment dire, plus simple, avec sérieux et honnêteté », a dit M. Nakano en se frottant le sommet du crâne. Comme ses cheveux sont rasés, on entend un petit crissement ténu.

« Est-ce que les adultes du monde entier font tous l'amour avec autant de recherche ? » ai-je demandé à M. Nakano en le regardant bien en face. Car il fallait reconnaître que dans le récit de Sakiko, la narratrice et son partenaire se léchaient dans les moindres recoins de leurs corps, prenaient toutes les positions possibles, émettaient les sons les plus lascifs, étaient avides de toutes les jouissances imaginables.

« J'en sais rien, moi », a répondu M. Nakano d'un air absent.

Vous comprenez, j'ai perdu confiance en moi, maintenant qu'elle a écrit tout ça, a-t-il continué avec des yeux abattus. De nouveau, une odeur de poussière est brusquement montée de son corps.

Donc, vous avez un style plus élémentaire ? Poussée par la curiosité, j'avais posé la question malgré moi.

Oui, enfin, je ne suis plus un petit garçon, hein, alors évidemment, je suis tout de même capable de, vous voyez ? Mais de là à, enfin, toutes ces niaiseries, ces complications, non, vraiment, je peux pas, c'est pas du tout mon truc.

En fait, le texte de Sakiko donnait parfois l'impression d'être « comment dire, de sentir la littérature, enfin quoi ! », pour parler comme le patron.

J'ai changé de sujet et demandé : « Alors, qu'est-ce que vous avez pu acheter ? »

Mais, décidément, M. Nakano ne voulait pas répondre à mes questions ayant trait aux affaires du jour, et il a gardé son air absent. Une fois, il a été sur le point de s'asseoir sur la même chaise que la veille, la fameuse chaise ancienne, mais il y a finalement renoncé après avoir hésité quelques instants. Il s'est laissé tomber sur un tabouret plutôt instable à trois pieds, recouvert de faux cuir.

On a entendu un bruit de moteur derrière la boutique. C'était sans doute Takeo qui rentrait. Masayo devait être avec lui. Elle l'avait accompagné pour se documenter en vue de ses prochaines créations de poupées. La récupération de ce jour-là avait lieu dans une maison dont le propriétaire, un ancien diplomate, venait de mourir.

Masayo est arrivée pleine d'entrain, en disant : « Il y avait deux Itô Shinsui [1] ! » M. Nakano a levé la tête d'un air distrait. Takeo est entré derrière elle. Après avoir jeté un bref coup d'œil à

---

1. Peintre de style japonais (1898-1972), né à Tôkyô.

Masayo, M. Nakano a de nouveau baissé la tête. Moi, je regardais ailleurs depuis que Takeo était là.

Il y avait cinq jours que je ne l'avais pas vu.

« Allons, allons, qu'est-ce qui se passe ? » a demandé Masayo d'une voix énergique. Takeo restait planté derrière elle avec un visage inexpressif. Lorsque j'ai levé les yeux une seconde, j'ai rencontré son regard. Par réflexe, j'ai pris un air sévère, mais Takeo est resté impassible.

De retour chez moi, tandis que je versais de l'eau bouillante sur des nouilles instantanées, le téléphone a sonné. Tout en bougonnant, j'ai coincé l'appareil entre mon oreille et mon épaule.

« Kirino à l'appareil. Je suis bien chez Mlle Suganuma ? » a demandé la voix au bout du fil.

Pardon ?

« C'est Kirino. Vous êtes bien Mlle Suganuma ? » a répété la voix.

Et après ? ai-je répondu d'un ton peu amène.

Mon interlocuteur est resté une seconde sans rien dire.

Qu'est-ce que tu veux ? Je redoublais de brusquerie. Après quelques instants de silence, j'ai entendu toussoter.

« Si je comprends bien, Kirino, c'est ton nom de famille ! »

Comme Takeo n'arrivait pas à prononcer un mot, j'avais repris la parole, bien obligée.

« Je croyais que tu le savais. »

Disons que j'en avais un vague souvenir. C'est ce que j'ai répondu. En réalité, je le savais très bien, mais ça m'aurait fait mal de le dire à Takeo.

« Excuse-moi d'avoir dessiné un nu de toi sans te le dire ! » a-t-il réussi à articuler, comme s'il récitait un texte. Il donnait l'impression d'avoir fait d'innombrables essais, d'avoir tellement ressassé ces paroles que, maintenant qu'il les disait pour de bon, elles étaient usées pour lui et avaient perdu leur sens.

« Bon, ça va, ai-je répondu à voix basse.

— Excuse-moi.

— Ça va ! » J'étais triste de l'entendre renouveler ses excuses.

« Excuse-moi.

— ... »

Comme je me taisais, Takeo s'est tu à son tour. Je regardais sans la voir la trotteuse de la petite pendule devant le téléphone. Elle s'est déplacée lentement de 6 à 11.

« Ecoute, mes pâtes vont refroidir ! »

Takeo a dit en même temps :

« Tu sais, ton corps nu...

— Qu'est-ce qu'il a, mon corps nu ?

— Je le trouve très beau », a-t-il continué d'une voix à peine intelligible.

Je n'ai pas entendu, répète, s'il te plaît ! Mais Takeo a répondu, je ne peux pas le répéter. Je suis en train de me faire des pâtes, tu sais. Oui, je comprends.

Après avoir dit encore une fois : « Excuse-moi », Takeo a raccroché. J'ai reposé le combiné et j'ai regardé la pendule : la trotteuse se promenait de nouveau près du chiffre 6.

Je suis restée à regarder l'aiguille faire plusieurs fois le tour du cadran. Quand je me suis souvenue des nouilles et que j'ai soulevé le couvercle, elles avaient absorbé toute l'eau, comme je m'y attendais, et étaient toutes mollasses.

Le lendemain, l'automne est arrivé soudain. La chaleur avait disparu, le ciel était étrangement clair.

Quand l'été touche à sa fin, des marchés se tiennent un peu partout dans la région du Kantô et M. Nakano a fort à faire. Aujourd'hui encore, Takeo est parti l'aider, et Masayo, qui d'ordinaire vient passer un moment tous les trois jours, s'affairait aux préparatifs de son exposition de poupées qui devait avoir lieu en novembre.

Ce jour-là, pour une fois, les affaires ont bien marché, le chiffre des ventes a dépassé les trois cent mille yens, même si ce n'était qu'une grande quantité de petites choses. D'habitude, quand M. Nakano ne rentre pas pour la fermeture du magasin, je laisse l'argent dans la caisse, je ferme à clé et je vais confier la clé à Masayo.

C'était comme ça que je m'arrange. Préoccupée par cette somme de trois cent mille yens, je suis restée au magasin après avoir fermé la porte.

J'ai baissé de l'extérieur le rideau métallique, je suis passée derrière et j'ai donné un tour de clé. Dans la pièce du fond, là où l'on aurait la possibilité de mettre un *kotatsu* s'il n'avait pas été vendu, il y a maintenant une table basse, ronde et assez grande. Elle est à vendre, mais nous l'utilisons chacun à notre tour pour y déjeuner. Surtout, ne vous gênez pas pour renverser de la soupe dessus, comme ça elle aura du goût et n'en sera que mieux ! aime à dire M. Nakano.

Assise devant la table basse, je me suis fait une tasse de thé, j'en ai bu une deuxième, à la troisième, ce n'était plus que de l'eau chaude légèrement verdâtre, mais M. Nakano ne rentrait toujours pas. Comme j'avais enregistré un message sur le répondeur de son téléphone portable, je m'attendais à l'entendre frapper de grands coups à la porte de derrière, et je commençais à m'inquiéter à l'idée que je n'avais peut-être rien entendu.

Je suis allée jeter un coup d'œil dans le garage, mais le camion n'était pas là.

J'ai pris dans le sac de tissu que j'ai toujours avec moi la photocopie de « l'espèce de roman » qu'avait écrit Sakiko.

J'ai regardé d'un œil distrait la phrase où elle écrivait : *Quand je commence à jouir, ma voix est aiguë. Puis elle devient peu à peu sourde, de plus en plus basse.* Au fait, depuis le début du mois de septembre, la fréquence des visites « à la banque » a un peu diminué. C'est en tout cas mon impression.

Le téléphone a sonné. Tout en me demandant si j'allais répondre, je me suis dirigée vers le téléphone qui se trouve à côté de la caisse. Comme j'avais éteint la lumière dans le magasin, je marchais avec précaution, de peur de renverser quelque chose.

Le téléphone continuait à sonner. Quand j'ai saisi le combiné, au bout de la quinzième sonnerie environ, on n'avait pas encore coupé.

Avant même que je dise en décrochant : « Brocante Nakano », le correspondant a dit : « C'est moi ! »

Pardon ? L'interlocuteur gardait le silence. J'ai eu l'intuition que c'était Sakiko.

« M. Nakano n'est pas encore rentré du marché de Fujisawa, ai-je dit en m'efforçant de parler d'un ton neutre.

— Merci », a répondu Sakiko. Puis, après un moment de silence, elle a dit : « Vous êtes Mlle Suganuma, n'est-ce pas ? » Moi qui n'avais que rarement l'occasion de m'entendre appeler par mon nom depuis que j'avais commencé à travailler chez M. Nakano, c'était la deuxième fois depuis hier.

« Oui.

— Mon... ce que j'ai... enfin, vous l'avez lu, je présume ? »

J'ai répondu sans détour à sa question. Oui, je l'ai lu.

« C'était comment ? » a demandé Sakiko.

Terrible. Je ne pouvais pas m'empêcher de parler comme Takeo.

Sakiko n'a pas pu s'empêcher de rire.

« Je voudrais vous demander... » Elle parlait comme si elle avait au bout du fil une amie à qui elle téléphone souvent.

« Vous ne trouvez pas que les poupées en celluloïd sont excitantes ? »

Quoi ? Je ne comprenais pas.

« Les articulations des bras et des jambes, toutes ces jointures des poupées, eh bien, depuis que je suis toute petite, ça m'excite de les voir bouger dans tous les sens, je prends mon pied ! » a continué Sakiko.

Sans pouvoir proférer un mot, j'ai attendu. Mais elle n'a rien ajouté.

Quand j'ai repris mes esprits, Sakiko avait raccroché, moi, debout dans la pénombre, je n'avais pas lâché le combiné.

Celluloïd. J'ai murmuré le mot.

J'avais un certain mal à prononcer *lulo*.

J'ai posé le récepteur et je suis retournée dans la pièce du fond. Je n'ai jamais eu de poupée en celluloïd. A l'époque où j'étais une petite fille, les poupées étaient pour la plupart en plastique, et elles portaient des prénoms étrangers, Jenny, Sheila, Anna, je ne sais pas pourquoi.

En feuilletant de nouveau le récit de Sakiko, le mot *chatte* m'a sauté aux yeux. C'était un passage où l'homme forçait la narratrice à prononcer ce mot.

Tout en songeant que c'était une chose dont M. Nakano était tout à fait capable, j'ai rangé les photocopies dans mon sac de toile. Le néon m'éblouissait, et je me suis couvert les yeux de la paume de ma main.

La machine à coudre

« Il y a une Matsuda Seiko à vendre ! s'exclame M. Nakano.

— De quand à peu près ? » Celui qui pose la question est Tokizo.

« Fin des années soixante-dix, à ce qu'il paraît », répond M. Nakano tout en feuilletant le cahier des messages. Sur une page de ce cahier qui est toujours posé devant le téléphone, Takeo a écrit : *Seiko, fin soixante-dix*. A voir cette écriture fine et appliquée, on a du mal à imaginer qu'elle appartient à Takeo, quand on connaît son allure habituelle.

« Eh bien, on va mettre la photo, et tu me laisses faire pour le texte de présentation. Envoie-moi ça tout de suite par mail », a dit Tokizo avec vivacité.

Masayo appelle en douce Tokizo « Messire le Héron ». D'abord parce qu'il est maigre, ensuite parce qu'il a des airs de seigneur.

Vous savez, le bruit court que Tokizo est sorti de Gakushûin[1], m'a chuchoté un jour Masayo à

---
1. Université privée de renom, ancienne institution impériale.

l'oreille, avec des airs de conspirateur. Oh !
Gâkuushûûiinn ? ai-je répondu d'un air stupide.
Masayo a renchéri du même ton béat que moi :
Mê woui, en toute simplicité !

Il est tout à fait impossible de juger de l'âge
de Tokizo : il peut aussi bien avoir soixante-cinq
ans que soixante-dix et plus, voire dans les
quatre-vingt-dix ! Il disait l'autre jour qu'il béné-
ficiait d'une retraite, on peut donc être sûr qu'il
a dépassé soixante ans, a dit Masayo. Dis donc,
frangine, est-ce que tu aurais le béguin pour lui ?
a demandé M. Nakano. Levant bien haut ses
sourcils en croissant de lune, elle a seulement
laissé tomber : N'importe quoi ! Mais oui,
écoute, dès qu'il s'agit de Tokizo, on dirait que
tu veux tout savoir !

Tu n'y es pas du tout ! a répliqué Masayo en
se détournant. Tout en songeant qu'elle disait
sans doute vrai, j'ai regardé son profil sans
intention particulière. Elle n'a pas le moindre
duvet. Je lui ai demandé une fois si elle se rasait,
mais elle m'a répondu que non. J'ai un système
pileux très peu développé. Là où vous pensez, je
n'ai presque pas de poils non plus !

Quoi ? De surprise, j'ai levé la tête, mais
Masayo arborait un air parfaitement placide.
M. Nakano aussi restait imperturbable. Je me
demande ce qu'ils ont dans la tête tous les deux.

« Si elle est un peu abîmée, peut-être que le
prix de lancement sera moins élevé que prévu,

même si la photo grandeur nature d'une idole pop, c'est plutôt rare...

— Peu importe qu'on commence à bas prix, mais tu crois que les enchères monteront ? »

M. Nakano et Tokizo discutent des articles que ce dernier a accepté de mettre aux enchères sur son site. Depuis quelque temps, le chiffre des ventes de la boutique a gonflé sur Internet. C'est risqué de laisser faire quelqu'un à ta place, Haruo, il faut absolument que tu te mettes à l'ordinateur, toi aussi ! répète Masayo, mais M. Nakano ne fait pas seulement mine de toucher à un ordinateur et il confie tout à Tokizo, de A à Z. Tokizo semble être un parent de Sakiko. Je tiens depuis peu ce renseignement de Takeo. C'est sans doute ce qui explique l'attitude du patron.

Un parent de Sakiko, tu m'en diras tant. Le cercle des relations du patron est bien restreint, ai-je dit. Alors Takeo a répondu après un moment de réflexion : « Moi, je vis dans un monde encore plus restreint. Il y a toi, Hitomi, et après, mon chien qui est mort, c'est tout. » C'est vrai, ton chien qui est mort... Takeo s'est contenté de répéter : « Oui, mon chien qui est mort. » J'étais contente de savoir que j'appartenais à son monde, en même temps, je me suis sentie un peu triste.

C'est Takeo qui a apporté à la boutique la photo grandeur nature de la chanteuse pop. C'est un panneau publicitaire pour une machine à coudre dont la fabrication remonte au moins à une vingtaine d'années.

« C'est Matsuda Seiko, hein ? » s'est exclamé M. Nakano d'un air joyeux.

Takeo est rentré, portant sous le bras Matsuda Seiko de pied en cap, et il a expliqué : « C'est un ancien camarade de collège qui fait collection de portraits de stars, mais il paraît que cette photo ne correspond pas vraiment à ce que les collectionneurs recherchent, et voilà !

— Quand on se trouve tout d'un coup face à un panneau comme ça en entrant dans une boutique, il y a de quoi être surpris, a dit Masayo.

— Je crois bien que ça s'appelle un *tôshindai pop*[1], a répondu M. Nakano en lançant de fréquents regards sur la chanteuse. Tu l'as eue pour rien ? a-t-il demandé à Takeo.

— Il a dit qu'il acceptait de la vendre pour cinq mille yens.

— Alors, il ne te l'a pas donnée ? Quel pingre ! » s'est récrié le patron en se tapant sur le front.

Sans rien dire, Takeo a allongé Matsuda Seiko sur les tatamis. La couleur des boucles qui encadrent son visage et les mèches qui dissimulent ses oreilles ont un peu perdu de leur éclat.

---

1. Le terme *tôshindai* désigne littéralement un portrait ou une effigie grandeur nature.

Elle est drôlement mignonne, ai-je dit. M. Nakano a hoché la tête. J'ai plusieurs disques d'elle. Ah bon ? Le ton était sans doute un peu sec, car M. Nakano a repris avec un léger emportement :

« Pour quelqu'un de mon âge, acheter un disque d'elle, ça ne veut pas dire tout à fait la même chose. Ça a un parfum de nostalgie... »

Takeo est parti au milieu du discours du patron pour aller derrière le magasin. Moi, je me suis contentée de hocher la tête sans conviction.

« Vous, par exemple, Hitomi, si vous entendez le mot *ayu*[1], vous faites le rapprochement avec un monde de plaisirs d'une autre nature, non ? » a continué M. Nakano.

J'ai répété le mot dans un murmure. Quand v'dites *ayu*, v'faites allusion à la chanteuse Ayu[2] ? J'ai fait exprès de parler comme Takeo. M. Nakano a littéralement baissé les bras.

J'avais l'intention de lui demander ce que voulait dire « plaisirs d'une autre nature », mais j'ai renoncé, pensant qu'il était inutile de tourmenter le patron à ce sujet.

Bon, après tout, a dit M. Nakano entre ses dents, et il est allé rejoindre Takeo. Matsuda Seiko montrait d'une main la machine à coudre,

---
1. Petit poisson d'eau douce, hautement estimé pour sa chair délicate et parfumée.
2. Hamasaki Ayumi, star de la pop japonaise.

de l'autre elle pointait légèrement sa poitrine, avec un grand sourire.

Encore une fois, j'ai murmuré le mot *ayu*, en secouant la tête.

« Il reste plus que la brosse à passer, a dit Takeo.
— La brosse ?
— Pour nettoyer.
— Mais il y a le balai, non ?
— Avec une brosse, on peut frotter plus fort. »

Nettoyer, frotter, il s'agit en fait d'enlever le pipi de chat devant le magasin. Ces derniers temps, la situation s'est dégradée, et la fréquence est passée à trois fois par jour au moins. Juste à l'entrée du passage qui longe la boutique, ont poussé à travers l'asphalte quelques touffes d'herbe, qui sont devenues les lieux d'aisance de prédilection des félins.

« Qui va passer la brosse ?
— Toi, moi, je sais pas, peu importe.
— Pas moi.
— Alors, je m'en charge. »

Takeo m'a jeté un regard en dessous.

« Mais je n'ai pas dit que je ne ferais pas le ménage. Je ne veux pas la brosse, c'est tout. Le balai-brosse, d'accord. Je vais nettoyer, tu peux compter sur moi.
— Je sais. »

Il a beau me lorgner par en dessous, son regard est dur. Et s'il m'en voulait, cet idiot, pour une histoire de brosse ? Un instant, j'ai failli éclater.

« Dis, tu continues à leur donner à manger ? » ai-je demandé.

Le pipi de chat ne doit pas le réjouir, mais ça ne l'empêche pas de mettre de la nourriture dans la cour.

« Le chat qui vient manger n'est pas le même que celui qui fait pipi. »

Comment peux-tu le savoir ? ai-je rétorqué d'un ton ironique. Takeo a serré les mâchoires en rentrant les épaules. J'ai tout de suite regretté mon attitude.

Nous avons l'habitude de noter les achats. *Deux pots de moyenne dimension, terreau.* C'est l'écriture de Masayo. En dessous, de l'écriture de M. Nakano, on peut lire : *Trois rouleaux de papier adhésif, un gros feutre noir, petits biscuits salés au curry*. Voilà un truc qui ne doit pas se trouver chez le quincaillier ! ai-je tenté de dire à Takeo, mais il gardait les mâchoires serrées.

Le téléphone a sonné. Comme Takeo n'était pas loin de l'appareil, j'ai attendu quatre sonneries, mais il n'a pas fait mine de bouger. Allô ? J'ai collé mon oreille contre le combiné, mais je n'ai rien entendu. Au bout d'un moment, on a raccroché.

« La communication a été coupée, ai-je dit d'un ton presque enjoué, mais Takeo est resté dans son mutisme. La chaleur avait enfin complètement disparu, et le beau temps durait depuis quelques jours. Les nuages étaient hauts dans le ciel. Ce jour-là encore, M. Nakano était allé à un marché de professionnels qui se tenait à Kawagoe. Il s'est installé dans le camion en disant qu'il allait se renseigner sur la cote de Matsuda Seiko.

« C'est mignon, les chats, hein ? ai-je dit en gardant ma voix claire de tout à l'heure, pour tenter de reprendre la conversation.

— Tu trouves ? » Takeo a enfin ouvert la bouche.

« Mais oui, je t'assure.

— Pas tant que ça.

— Alors, pourquoi est-ce que tu leur donnes à manger ?

— Comme ça. »

Mais enfin, qu'est-ce que tu as ? Qu'est-ce que j'ai dit pour que tu le prennes sur ce ton ?

On a entendu un bourdonnement : une guêpe avait pénétré dans la boutique par la porte restée grande ouverte. La tête toujours un peu penchée, Takeo la regardait voler avec un regard oblique. La guêpe est partie tout de suite.

« Comme ça », a répété Takeo. Ensuite, il a plié calmement la liste des achats qu'il a mise dans la poche arrière de son pantalon, et il m'a tourné le dos. Tu as de l'argent ? ai-je lancé derrière lui. Oui, s'est-il contenté de répondre sans se retourner.

Je sentais qu'il faisait exprès de parler d'une voix calme, et ma colère montait. J'ai fini par avoir envie de lui dire quelque chose de très méchant.

« Je te préviens que je ne veux plus te voir ! »
Takeo s'est retourné.
« Tous les deux, c'est terminé ! »
Il m'a semblé qu'il poussait un cri de surprise, mais sa voix n'est pas arrivée jusqu'à moi.

Je ne comprenais absolument pas ce qui m'avait pris de dire une chose pareille. La guêpe est revenue. Contrairement à tout à l'heure, elle n'est pas partie tout de suite, le bourdonnement de ses ailes emplissait la boutique. Elle s'est approchée de la caisse, dans un frôlement irritant. J'ai agité en tous sens la serviette que M. Nakano avait accrochée à une chaise. Vainement. La guêpe a poursuivi longtemps son vol, jetant l'éclat de ses ailes.

« Je n'en reviens pas ! Il paraît que le panneau publicitaire de Seiko pour Walkman 2 est monté jusqu'à deux cent soixante-dix mille yens ! » a dit M. Nakano, les yeux écarquillés.

Il s'était renseigné auprès d'un confrère à Kawagoe sur la cote de ce genre d'articles.

Deux cent soixante-dix mille yens ! Masayo avait à son tour les yeux tout ronds. Le frère et la sœur, qui pourtant n'ont aucun trait commun en temps normal, devenaient presque des sosies quand ils arrondissaient ainsi les yeux sous le coup de la surprise.

« Presque aussi cher, on trouve Sakurada Junko et Okae Kumiko, qui la serrent de près. »

Ah bon, eh bien, dis donc! a dit Masayo en hochant la tête avec force. Sous prétexte qu'elle doit préparer son exposition, elle s'amène tous les jours au magasin depuis quelque temps. L'inspiration me vient quand je suis ici, prétend-elle. Et elle passe à la boutique presque tous ses après-midi. Grâce à elle, les affaires ont bien marché depuis un mois. Quand elle se tient près de la caisse, les clients partent en achetant quelque chose, comme s'ils étaient envoûtés. Je me demande vraiment pourquoi.

« Peut-être bien que la petite Seiko avec sa machine à coudre va monter jusqu'à deux cent mille yens! » a dit Masayo avec enthousiasme. La Matsuda Seiko que Takeo a rapportée est debout dans un coin de la pièce du fond. « La machine a l'air de peser son poids, mais la petite mignonne la porte comme si c'était une plume, a dit Masayo d'un air admiratif. Décidément, les stars de la chanson, chapeau! » J'ai songé une fois de plus que Masayo me resterait à jamais impénétrable.

« Il y a un pli très net au niveau des reins, elle n'atteindra jamais deux cent mille yens, mais cent mille, oui, c'est plus que probable », a répondu tranquillement M. Nakano. Depuis deux jours, il a remplacé son bonnet de tricot par un autre surmonté d'un pompon. Ce sera bientôt l'hiver ! a lancé hier un habitué en remarquant le changement.

Et vous, Hitomi, qu'est-ce que vous en pensez ? J'ai levé la tête. J'avais envoyé un mail à Takeo dans la matinée, mais il n'y avait pas répondu. Depuis qu'il était parti la veille pour aller chez le quincaillier, il n'était pas revenu. J'avais traîné à la boutique jusqu'à huit heures, mais il ne s'était pas montré.

Apparemment, Takeo était venu tôt au magasin ce matin-là pour déposer ce qu'il avait acheté à la quincaillerie ; quant à moi, j'étais arrivée en retard, si bien que nous nous étions croisés.

« L'imbécile, il a oublié d'acheter les petits biscuits ! » a constaté M. Nakano en serrant les lèvres. Le pompon de son bonnet se balance. Vous voulez que j'y aille ? ai-je proposé. Non, ne vous fatiguez pas pour ça, a répondu M. Nakano, mais il avait déjà sorti des pièces. Et avec la monnaie, achète-toi ce qui te fait plaisir ! Masayo a éclaté de rire. On dirait que tu envoies une gamine faire une course !

J'ai marché jusqu'à la vieille boulangerie qui se trouve un peu à l'écart de la rue commerçante. En même temps, j'ai vérifié mes messages. Mais il n'y en avait pas un seul de nouveau. Comme toute mon attention était concentrée sur mon téléphone, j'ai heurté un vélo en stationnement.

J'ai redressé le vélo et, en voulant le faire tenir, j'ai entendu un bruit bizarre. J'ai regardé et je me suis aperçue que le guidon se trouvait dans une position anormale. J'ai lâché précipitamment le vélo, qui s'est de nouveau renversé. Après, j'ai eu beau faire, il refusait de tenir. Impuissante, j'ai fini par l'appuyer contre un poteau électrique et je me suis éloignée en vitesse. Juste à ce moment, mon portable s'est mis à sonner.

« Allô ! ai-je dit avec mauvaise humeur.

— Mlle Suganuma ? a dit la voix.

— Je t'en prie, ne m'appelle pas par mon nom de famille !

— C'est seulement par ce nom que j'ai envie de t'appeler. »

Alors, ne me téléphone pas, je te prie ! J'ai crié dans l'appareil. *Badaboum, crac, tchac, brouang.* Je me suis retournée et j'ai vu que le vélo que j'avais mis contre un poteau s'était de nouveau renversé. J'ai fait comme si je n'avais rien vu, et je me suis éloignée à grandes enjambées.

« Ne crie pas, s'il te plaît, a dit Takeo.

— C'est toi, non, qui dis des choses pour me faire crier ! »

J'essayais de me rappeler le message que j'avais envoyé le matin. *Ça va ? Je crois que j'ai dit des choses bizarres hier, non ? Si c'est le cas, excuse-moi.* Ça devait être à peu près de ce genre.

« C'est pas des choses à dire si on les pense pas », a dit Takeo d'une voix sourde.

Hein, quelles choses ?

« Que tu veux plus qu'on se voie. »

Ecoute, bien sûr que je le pense pas vraiment, c'est évident, non ? Je m'étais radoucie. Un instant, mon front s'est détendu, mais j'ai tout de suite serré les lèvres.

« Je tiens à te dire que je suis en colère », a dit Takeo de la même voix sourde.

Quoi ?

« Je te prie de plus m'appeler et de plus m'envoyer de mail non plus ! » a continué Takeo.

J'ai retenu mon souffle.

« Sur ce... »

L'instant d'après, le bruit qui me parvenait de mon portable s'est transformé en *bouh* : il avait coupé.

Je ne comprenais rien à ce qui était arrivé. Je suis allée jusqu'à la boulangerie et j'ai acheté un sachet de petits biscuits. Avec la monnaie, je me suis acheté deux mini-croissants. Tenant le tout dans mes bras, j'ai repris le chemin du magasin. Le vélo était toujours renversé. Au fond de la boutique, M. Nakano et Masayo riaient aux éclats. Sans un mot, j'ai tendu le sachet de biscuits au patron, qui s'est écrié : « Ah non ! Je vous avais bien dit d'acheter le goût curry, et vous rapportez le goût bouillon de viande ! » Masayo s'est tournée vers lui et a dit : « Si tu n'es pas content, tu n'as qu'à y aller toi-même ! » J'ai hoché machinalement la tête. Machinalement, j'ai sorti les croissants du sac, machinalement, j'ai préparé un sachet de thé, machinalement j'ai porté les croissants à ma bouche, machinalement je les ai avalés. Si ça se trouve, Takeo est en colère pour de bon... ai-je murmuré pour moi toute seule en regardant dans le vide. Mais pourquoi ? Pourquoi serait-il fâché ? Ce n'est pas de murmurer dans le vide qui m'apporterait une réponse. Masayo et M. Nakano n'étaient plus là, je ne m'en étais pas rendue compte. Un client est entré et je l'ai accueilli par un bonjour sonore. Le soir est tombé comme tous les autres jours. En vérifiant la caisse, j'ai vu que le chiffre des ventes de la journée s'élevait à 53 750 yens. Je ne me souvenais absolument pas à quel moment j'avais enregistré tous ces chiffres. De l'air froid s'est faufilé par l'entrée. Machinalement, je me suis déplacée pour aller fermer la porte vitrée qui donne sur la rue.

« Ça, ma petite Hitomi, c'est tout simplement que vous lui avez marché sur la queue ! » a dit Masayo.

La queue ? ai-je répété.

« Quand un chien ou un chat se fait marcher sur la queue, ça le met dans une rage folle, non ? Et on ne comprend absolument pas pourquoi ! » a répondu Masayo, le visage brillant.

Hier, j'ai essayé le masque au concombre et au kiwi que m'a appris la tante Michi ! A peine entrée dans le magasin, Masayo m'a donné la recette du masque de beauté en question. Je ne lui avais pourtant rien demandé. Elle l'a écrite soigneusement sur une feuille de papier à lettres rose pâle, à l'encre bleu clair.

Je l'ai prise docilement avec un petit merci, et Masayo a secoué la tête.

Qu'est-ce qu'il y a, Hitomi ? Vous n'avez pas l'air en forme depuis quelque temps.

Euh, oui.

Au bout de quelques monosyllabes, ma langue a fini par se délier, et sans que je m'en rende compte, je me suis retrouvée en train de consulter Masayo au sujet de mes relations avec Takeo.

« Je veux dire qu'il n'a pas à se mettre en colère parce qu'il a pris pour argent comptant ce qu'une fille a lancé à la légère, vous n'êtes pas d'accord avec moi ? » ai-je demandé. Masayo, l'air pensif, est restée un moment plongée dans ses réflexions. Puis, sans quitter son air grave, elle m'a répondu :

« Tant qu'on a entre vingt et trente ans, *une fille*, ça passe, je suis d'accord. »

Je ne voyais pas très bien où elle voulait en venir.

« A partir de trente ans, je me demande si on peut toujours utiliser ce mot en parlant de soi… »

Moi qui espérais qu'elle réfléchissait sérieusement, c'est tout ce qu'elle trouvait à dire.

Je ne vois pas où serait le mal, si c'est de cette façon qu'on se voit, ai-je bougonné.

« Et à partir de cinquante ans, alors ? Qu'en est-il ? » a-t-elle demandé avec un air de plus en plus sérieux.

Cinquante ans ? Dur ! A partir de cet âge, je crois qu'on peut dire *une femme*, non ?

« C'est vrai, à partir de cinquante ans, il ne faut pas exagérer », a dit Masayo en soupirant.

Un client est entré, un habitué avec les cheveux blancs, une vraie crinière. C'est l'idéal, des cheveux comme ça ! Bien mieux que de les avoir rares et noirs, ou encore poivre et sel et à moitié chauve ! avait soupiré une fois M. Nakano avec envie.

Bonjour ! a dit Masayo en se levant. Elle a bavardé un moment avec le client. Les assiettes se font rares en ce moment, a-t-elle commencé. C'est un client qui achète souvent de grandes assiettes d'un genre désuet, pas vraiment des antiquités, des années 1910-1920. Votre magasin ne donne pas beaucoup dans ce genre d'articles, mais quand il y en a, c'est moins cher qu'ailleurs, et en plus, elles sont en bon état, a-t-il dit à Masayo. Pourtant, quand il a affaire à M. Nakano ou à moi, il n'ouvre pas la bouche et ne se départ jamais d'une attitude plutôt exaspérante. Il a acheté une petite assiette début Shôwa. Masayo s'est inclinée avec un sourire. Elle a conservé son sourire distingué jusqu'au départ du client. A peine avait-il disparu qu'elle retrouvait son air volubile pour me demander :

« Alors, alors, comment est-ce que les choses ont tourné ? »

Il ne me téléphone plus, il ne m'envoie plus aucun message, ai-je répondu avec découragement.

« Mais, de votre côté, vous ne faites rien ? »

Je ne peux pas.

« Comment ça ? »

J'ai peur.

Peur ? Oui, je comprends. Elle a hoché la tête profondément. Vous avez peur, évidemment. C'est que les garçons, oui, bien sûr. Quelquefois, sans raison. Masayo n'arrête pas de hocher la tête.

Mais c'est vrai, j'ai peur, me suis-je dit. Moi qui me moquais de lui à moitié. Moi qui ne le prenais pas au sérieux.

« Au fait, ce garçon, c'est bien *un garçon*, ce ne serait pas plutôt *un homme* ? » a demandé Masayo.

Non, c'est un garçon, ce n'est pas un homme, ai-je répondu. Je n'avais pas dit à Masayo qu'il s'agissait de Takeo. Comment peut-il bien être, ce jeune homme, parce que par les temps qui courent, un garçon radical comme ça! a murmuré Masayo d'un ton joyeux. Je me demandais bien pourquoi.

Je crois que vous idéalisez un peu, ai-je répliqué d'un ton maussade. Je ne veux plus le voir. Pas question de l'appeler, tout ça, c'est fini! Je m'emportais au fur et à mesure que je parlais.

Vraiment? Ah bon, a dit Masayo. Je sais bien que pour ce genre de choses, tout dépend de la réaction de la personne concernée, je n'ai rien à dire. Elle s'est levée. Au même moment, une cliente d'une trentaine d'années, une habituée, est entrée.

Elle, c'est *une femme*, j'en suis sûre, a chuchoté Masayo, qui s'est empressée de l'accueillir avec un sourire affable. Que diriez-vous de prendre une tasse de thé? J'allais justement en faire! a-t-elle proposé d'une voix claire. Nous venions d'en avaler trois tasses, elle et moi, tout en bavardant... Enfin, après tout.

Oh oui, ça me fait très plaisir! a répondu la cliente sans hésiter. Les deux femmes ont ri en même temps, du même rire.

J'avais dit que je ne le verrais plus, mais il ne pouvait pas en aller ainsi.

« Bonjour! » dit Takeo. Il se tient à ce seul mot, mais il le dit infailliblement. Nous n'avons aucun autre dialogue.

De mon côté, je réponds à son salut avec une politesse marquée.

Les premiers temps, c'était pénible, mais comme il va derrière la boutique dès qu'il arrive au lieu de traîner à l'intérieur, nettoyant le camion, emballant la marchandise, nous pouvons éviter le désagrément d'être ensemble.

Ce jour-là, Masayo n'est pas venue, contrairement à son habitude. C'est l'après-midi et je suis seule au magasin. Quand Masayo n'est pas là, aucun client n'entre, même par simple curiosité. Vers la fin de la journée, une femme est venue apporter quelque chose dont elle voulait se débarrasser. C'était un objet lourd, rectangulaire, recouvert d'une housse blanche.

« Voilà, c'est ça », a dit la femme en posant l'objet à côté de la caisse. Elle était plutôt maigre et pouvait avoir dans les cinquante ans. C'était la première fois qu'elle venait.

« Combien est-ce que ça peut valoir ? » a-t-elle demandé. Elle portait un parfum très fort. C'était une odeur de fleurs, très sucrée, qui ne correspondait pas du tout à l'atmosphère qui se dégageait d'elle.

Je ne peux rien vous dire tant que le patron n'est pas rentré, ai-je répondu. Bon. En même temps, elle a regardé autour d'elle, comme si elle évaluait la boutique. L'objet écrasait les bords du carnet ouvert sur la table. Quand j'ai voulu le retirer, le carnet a fait *pftt*.

« Est-ce que je peux vous le laisser ? » a demandé la cliente.

Oui, mais inscrivez votre adresse et votre numéro de téléphone, s'il vous plaît. Je lui ai donné un bloc et un stylo à bille. Elle a noté seulement son numéro de téléphone.

M. Nakano est rentré peu de temps après. Takeo était avec lui.

« Tiens, mais c'est une machine à coudre, non ? » a dit M. Nakano. Ces derniers temps, dès que Takeo rentre d'une récupération, il disparaît comme la mer se retire, sans même se laver les mains, mais en entendant la voix du patron, il a regardé en direction de la table à côté de la caisse.

« Une cliente est venue demander qu'on la lui prenne, ai-je expliqué en évitant de regarder du côté de Takeo.

— Oh là là, c'est que c'est embêtant, ces trucs-là », a dit M. Nakano en soulevant l'objet de ses deux mains. La housse est tombée, découvrant la machine à coudre.

« Tiens ! s'est exclamé Takeo.

— Quoi ? interroge le patron.

— C'est celle de la chanteuse pop ! » Takeo s'est tu aussitôt. Il avait parlé avec brusquerie, comme si le fait d'ouvrir la bouche en ma présence lui portait préjudice.

« C'est vrai, c'est la même machine que celle que porte Seiko à bout de bras ! » a dit tranquillement M. Nakano, sans rien remarquer de la lutte sourde qui nous mettait aux prises, Takeo et moi.

La machine à coudre étincelait de blancheur, comme si elle avait été astiquée. Elle semblait toute neuve, bien plus que celle que portait Matsuda Seiko, dont la couleur était délavée.

« Mais enfin, moi, ces trucs-là, je ne sais pas quoi en faire, a répété M. Nakano en fronçant les sourcils. Ce n'est pas pour rien qu'on dit, le riz pilé au marchand de riz. Les machines à coudre, c'est pareil », a-t-il repris sans s'adresser à personne en particulier. Ni Takeo ni moi n'avons rien répondu.

Sans recouvrir la machine de sa housse, M. Nakano est allé la déposer dans la pièce du fond, à côté du panneau de Matsuda Seiko. La vraie machine était légèrement plus grande que celle de la publicité. Elle n'est pas grandeur nature, la vraie est un peu plus grosse, ai-je remarqué malgré moi. M. Nakano a dit, alors, c'est une Matsuda Seiko modèle réduit ! Oh non, on a dû simplement rogner un petit peu ! ai-je répondu. Takeo a pouffé.

Je me suis retournée en douce et j'ai vu qu'il riait. Qu'est-ce qui te fait rire ? a demandé M. Nakano d'un ton endormi. Mais écoutez, une Matsuda Seiko modèle réduit, c'est bizarre, non ? Takeo a ri de nouveau. Je vois pas pourquoi, a dit M. Nakano, l'air de ne pas comprendre. Je vous assure que c'est bizarre ! Je vois pas pourquoi.

M. Nakano a remis la housse en place. Peut-être que ce serait une bonne idée de vendre les deux en même temps… a-t-il murmuré en allant baisser le rideau métallique. Mine de rien, j'ai regardé quelle tête faisait Takeo. J'avais le même regard oblique que le sien d'habitude. Takeo s'est bientôt arrêté de rire. Il a brusquement pris une expression glaciale. Moi, incapable de dire quelque chose, je suis restée plantée sans rien faire.

Au fond, lui et moi, nous sommes différents. Comment deux êtres qui n'ont rien en commun pourraient-ils entretenir des liens ? Avec une nonchalance dédaigneuse, j'ai continué de regarder Takeo à la dérobée.

En fin de compte, Seiko n'a pas dépassé cinquante mille yens.

« Je me demande ce qu'ils ont tous contre Seiko et sa machine à coudre ! a dit M. Nakano entre ses dents.

— C'est curieux tout de même, une machine à coudre, c'est un objet indispensable ! » a renchéri Masayo. Une fois de plus, je ne vois pas où elle veut en venir.

Quand les enchères se mettent à monter, tout se décide dans les cinq dernières minutes, au moment où les prix doublent ou triplent avant la dernière ligne droite, mais en définitive la petite Seiko a terminé sur le même montant que celui où elle avait terminé la veille ! a dit le Héron qui venait chercher Matsuda Seiko dans son emballage. Il se trouve que la personne qui l'avait achetée habitait tout près de chez lui, et il avait décidé de la lui livrer directement.

« Tu crois que tu pourras porter ça tout seul, Tokizo ? » s'est inquiété M. Nakano. Nous avions pensé qu'il serait en voiture, mais il était venu à pied.

« Sors le camion, Takeo, s'il te plaît ! » a dit le patron. Le Héron s'est esclaffé.

Takeo est tout de suite passé derrière et il a fait démarrer le camion. Sans descendre, il a appuyé brièvement sur le klaxon. Le Héron s'est encore esclaffé, il est sorti du magasin et s'est mis à côté du camion. Pendant ce temps, M. Nakano a étendu Seiko sur le chariot.

Les bras croisés, le Héron attendait entre la porte du camion et le chariot, et il s'était mis à gesticuler, du genre mouvements d'assouplissement.

« Tu n'arrives pas à ouvrir la porte ? » a demandé M. Nakano. Le Héron a secoué la tête. Non, non, je bouge, c'est tout ! Mézigue manque d'exercice, tu comprends. J'ai entendu la moitié du mot seulement, *zigue*. Au bout d'un moment, Masayo est arrivée et elle s'est plantée derrière le Héron. Elle ne le quittait pas des yeux. Cette fois, il a commencé à faire des élongations devant le camion, avec des gestes larges.

Un client est arrivé et je suis rentrée à l'intérieur du magasin. C'est un habitué, qui achète toujours des plats. Quand il a remarqué que Masayo était là, il a tendu le cou dans sa direction.

Mon portable a émis un petit bruit, *tchit*. Le client s'est retourné. J'ai rangé dans ma poche l'appareil que j'avais laissé sur la table. Masayo restait collée au Héron sans seulement faire mine de venir, si bien que le client a tourné les talons. J'ai sorti le téléphone de ma poche.

Il y avait un message. Il venait de Takeo. Je l'ai parcouru en hâte, mais il n'y avait ni en-tête ni texte. Sur la ligne du nom, il y avait seulement « Kirino Takeo », rien d'autre. Un autre client est venu. Il est parti après avoir acheté deux tee-shirts d'occasion. Le Héron, Masayo et M. Nakano bavardaient en gesticulant tous les trois devant la boutique. Je n'arrivais pas à voir Takeo.

On entendait le rire du patron. Moi, dans un état proche du désespoir, j'ai envoyé un mail à Takeo. Comme lui, j'ai laissé en blanc l'en-tête et l'endroit du message.

Ecoutez, écoutez, ma petite Hitomi ! De l'extérieur, Masayo criait pour m'appeler. Oui, qu'est-ce qu'il y a ? Takeo restait invisible.

Quand on est presbyte, eh bien, si on se regarde tous les deux dans les yeux, on ne peut pas se voir de près ! Parce que si on ne s'éloigne pas jusqu'à une certaine distance, la mise au point est impossible. Les traits du visage sont flous, bref, il faut s'éloigner l'un de l'autre ! Masayo enflait la voix pour que je puisse l'entendre du magasin.

Je n'y comprenais rien, me dire ça de but en blanc, je ne la suivais pas. Le Héron s'esclaffait. Masayo riait aussi. Dans le camion, Takeo semblait immobile.

J'ai remis l'écran de mon portable sur le mail, et une fois encore, j'ai lu à la dérobée le message que Takeo m'a envoyé. Comme il n'y a rien d'écrit, je devrais dire plutôt que je l'ai regardé.

J'ai l'impression que le tableau que m'offrent le Héron, Masayo et le patron en bavardant tous les trois debout devant moi tantôt s'allonge, tantôt se rétrécit. C'est bien vrai qu'on ne peut pas se regarder de près dans les yeux ! répète Masayo. Sa voix résonne désagréablement à mes oreilles.

Seule la voix de Takeo ne me parvient pas. Je songe que je n'étais pourtant pas censée me mettre à aimer Takeo, mais alors pas du tout.

Pourquoi est-ce que vous n'essayeriez pas de vendre le roman de Sakiko sur Internet ? suggère Masayo. Oh là là, je ne me vois pas bien dans ce genre d'articles ! Tokizo rit, haahaa ! Tout son corps tremble. Le tableau s'étire de plus en plus, se ratatine de plus en plus. Je ne sais pas si c'est agréable ou non de trembler.

Le moteur du camion s'éteint, Tokizo, Masayo et M. Nakano n'en finissent pas de s'agglutiner devant la boutique pour continuer leur bavardage. Je ne vois pas Takeo. Tout en serrant mon portable, j'ai tourné le dos à la devanture.

Comme mes yeux étaient passés de la lumière à la pénombre, je n'ai pas tout de suite distingué les contours des objets qui m'entouraient. A la longue, la place restée vide depuis la disparition de Seiko grandeur nature a révélé la vraie machine à coudre, comme abandonnée.

Dans un coin sombre de la pièce du fond, la machine est apparue, se découpant dans un halo blanchâtre. Dehors, le Héron riait, et son rire a fait vibrer l'intérieur du magasin.

La robe

J'ai décidé d'appeler une fois par jour Takeo sur son portable.

Aujourd'hui, j'ai appelé à deux heures et quart de l'après-midi.

La récupération devait être terminée. Il était parti dans le courant de la matinée, le trajet ne devait pas prendre plus d'une heure, même si la circulation était dense, parce que c'était dans la ville d'à côté; mettons une heure de plus pour fixer le prix avec le vendeur et charger le camion, trente-cinq minutes pour le déjeuner, il faisait beau aujourd'hui, donc, ajoutons une petite rêverie ensommeillée sous les arbres, et au réveil, l'esprit encore vague, mon appel... C'est en faisant ce calcul que j'ai choisi le moment de téléphoner.

Takeo n'a pas répondu.

Peut-être ne s'est-il pas assoupi aujourd'hui. Si c'était le cas, à deux heures et quart, heure à laquelle j'ai appelé, il était au volant. Comme j'ai entendu son appareil sonner, le réseau devait passer. Il n'a pas entendu, alors ? Oui, c'est ça. Depuis quelque temps, Takeo est devenu pointilleux sur les convenances et je suis sûre qu'il laisse en permanence son téléphone sur le mode silencieux, de façon à ne pas importuner les clients avec le bruit.

Parvenue à ce point de mon raisonnement, j'ai senti mon courage m'abandonner d'un seul coup, j'étais comme disloquée, sans force.

La veille, j'avais appelé à onze heures sept du matin, tout en me disant qu'il n'était peut-être pas encore réveillé. Comme je m'y attendais, il n'a pas répondu. Je ne pouvais pas savoir s'il dormait encore ou bien s'il avait fait exprès de ne pas répondre.

L'avant-veille, j'avais appelé le soir, à sept heures exactement. Takeo avait quitté le magasin peu après quatre heures, c'était donc une heure où il devait normalement être chez lui, à condition qu'il soit rentré directement. Mais il n'avait pas répondu. Après tout, il dînait peut-être. Ou il prenait son bain, qui sait. L'envie de rouler à toute vitesse dans les rues nocturnes l'avait pris, et il avait enfourché sa 750... Mais Takeo ne possède pas de moto.

J'envisage tous les cas de figures qui pourraient empêcher Takeo de répondre.

Il a voulu appuyer sur la touche pour prendre l'appel, mais ses doigts ont glissé parce qu'il était en train de manger un petit pain au lait fourré à la crème (Takeo m'a avoué un jour que c'était son pain préféré), et la communication a été coupée.

Ou bien il a essayé de sortir le portable de sa poche arrière, mais comme il a un peu grossi, son pantalon le serre trop et il n'est pas arrivé à l'extirper.

Ou encore une vieille dame est tombée juste devant lui, il la porte sur son dos pour la conduire à l'hôpital, et le moment est vraiment mal choisi.

A moins qu'il n'ait été enlevé par une bande d'êtres nuisibles vivant sous la terre, qui le gardent enfermé dans une cave. Dans l'obscurité, ses doigts cherchent vainement à appuyer sur la touche.

Tandis que mon imagination s'épuise, toute énergie m'a quittée.

Le portable, objet haïssable. Qui a bien pu inventer cette chose incommode entre toutes ? Quelle que soit la perfection du message reçu, le téléphone portable est pour l'amour – aussi bien l'amour réussi que l'amour raté – la pire des calamités. Pour commencer, depuis quand est-ce que je suis amoureuse de Takeo pour de bon ? Et pourquoi je m'obstine à lui téléphoner ?

Ma petite Hitomi, qu'est-ce que vous avez à parler comme une bonne femme pessimiste ? Du matin au soir, je remâche des idées noires en m'attirant ce genre de remarque de la part de

Masayo. Cinq jours déjà que Takeo ne répond plus au téléphone ! Depuis un ou deux jours, je tremble même à l'idée qu'il puisse répondre. Que lui dirais-je alors ?

Brusquement, Takeo répond. Moi, j'avale ma salive. Mais Takeo se tait. Je répète « oui ? » d'une voix plus sombre que la première fois. Takeo continue à se taire. J'ai envie de crier et de me mettre à courir. C'est l'angoisse.

Je murmure : « Takeo... »

Le désespoir (pour moi, c'est comme une boule de fer de la taille d'un ballon), je croise les bras sur mon ventre comme pour le maintenir, et je réfléchis à quelle heure je dois appeler Takeo demain. Il y a deux récupérations, je tenterai ma chance entre les deux. Comme c'est un jour où le trafic est chargé, il faut compter plus de temps pour le trajet. Jusqu'à maintenant, je n'ai laissé aucun message sur le répondeur, mais demain, je crois que je vais enregistrer deux ou trois mots, d'une voix aussi naturelle que possible. Dans ces conditions, je dois mettre mon projet à exécution à deux heures trente-sept.

Exécution ? Projet ? Qu'est-ce que ça veut dire ?

Je n'arrive plus à déterminer si je souhaite vraiment continuer ou non à téléphoner à Takeo.

Deux heures trente-sept.

Dans ma tête vide, je répète l'heure trois fois.

« Vous faites un régime ? m'a demandé Masayo.

— La petite Hitomi, elle maigrit en été, pas vrai ? a répondu M. Nakano à ma place.

— Peut-être, mais on est tout de même à la fin du mois d'octobre ! »

Masayo a ri, le patron aussi.

Au bout d'un moment, j'ai émis un petit rire à mon tour. Ha ha ha. J'étais tout étonnée d'y être arrivée.

J'ai perdu trois kilos, ai-je dit à voix basse.

Eh bien ! Je vous envie ! s'est écriée Masayo.

J'ai secoué la tête pour montrer qu'il n'y avait rien à envier, puis j'ai compris et j'ai de nouveau émis un petit rire. Cette fois, c'était plutôt raté. Mon semblant de rire ressemblait à un râle.

M. Nakano est parti. Masayo était calée sur sa chaise. Son exposition de poupées approchait, c'était pour la semaine d'après. Et Masayo se contentait de rester rivée au magasin, en disant d'un air détaché : « Je ne sais pas pourquoi, mais on a comme une impression de vide. Pour le dire franchement, je n'en ai pas fabriqué assez, c'est tout, je m'en rends bien compte !

— Ce n'est pas trop grave ? ai-je demandé à Masayo.

— Vous êtes gentille de vous inquiéter, mais puisque de toute façon, je fais ça pour mon plaisir... » a-t-elle répondu d'un ton curieusement allègre. Ainsi donc, elle qui entrerait dans une colère noire si M. Nakano se risquait à dire un mot en ce sens, il semble qu'elle accepte tout à condition que cela vienne d'elle.

Un client restait hésitant à la porte, se demandant s'il entrerait ou non. La règle du magasin dans ce cas consiste à faire comme si de rien n'était. Moi, penchée sur la table à côté de la caisse, j'ouvrais et je fermais le cahier de notes. Masayo regardait dans le vide, l'air absent.

Le client n'est pas entré.

Il faisait beau. Le ciel était haut, à peine effleuré çà et là par des nuages aussi fins que des écailles, comme une poussière diaphane.

« Dites-moi, Hitomi, a commencé Masayo.
— Quoi ?
— Qu'est-ce que vous devenez ? »

Masayo continue de regarder dans le vide. Elle a parlé sans me regarder.

Je réponds par une question. Ce que je deviens ? A propos de quoi ?

« Le garçon en question… »

Ah oui.

« Je ne vous demande pas de dire, ah oui ! »

Euh oui.

« Je ne vous demande pas ça non plus ! »

Comme ça.

« Ne vous défilez pas. Ce garçon, Hitomi, vous êtes amoureuse de lui jusqu'à en perdre du poids, voilà. »

Ne pensez-vous pas que cette façon de dire les choses risque d'être mal interprétée ? ai-je répondu sans conviction.

« Vous êtes tellement amoureuse qu'il vous fait maigrir, ce garçon qui a été votre amant ! »

Ce temps du passé ne me plaît pas beaucoup, je trouve que c'est de mauvais augure.

« Alors, ça continue ? » a demandé Masayo en me regardant dans les yeux. L'ardeur qui émanait de sa voix secouait violemment mes tympans affaiblis. J'aurais voulu me boucher les oreilles, mais je n'en avais pas le courage.

Oui, enfin, oui et non, comment dire…

Une vive curiosité se peignait sur le visage de Masayo qui se découpait dans l'air sec de l'automne. Moi, sans force, je ne pouvais pas détacher mes yeux de ce regard dévoré par l'envie de savoir.

« Vous le voyez ? »

Non.

« Il vous téléphone ? »

Non.

« Il vous envoie des mails ? »

Non.

« Vous l'aimez toujours ? »

… Non.

« Alors, vous avez bien fait de vous séparer, non ? »

…

Mais enfin, qu'est-ce que vous avez ? a dit Masayo en riant. Ma petite Hitomi, vous devriez prendre des vacances. Vous savez, Haruo aussi a remarqué que vous étiez bizarre depuis quelque temps. Il m'a même demandé d'être aux petits soins pour vous. Lui aussi, il a un bon fond ! Et après il a enchaîné, la petite Hitomi, elle ne serait pas ensorcelée par une belette, un blaireau, un phoque, enfin un animal de ce genre, disons marginal ? Oh, pardon. Vous savez, il ne le dit pas méchamment. Mais vraiment, il est très sensible, cet enfant. Et ça a une maîtresse ! N'empêche, c'est toujours lui qui est plaqué pour finir. Moi, j'ai tenté de lui expliquer : ce n'est pas que Hitomi est envoûtée, tout simplement, c'est une jeune fille. Et les jeunes gens, n'est-ce pas, ils ont toutes sortes de problèmes. Ils ne sont pas blindés comme toi, Haruo, ou toutes celles que tu fréquentes, je lui ai dit. Remarquez que ce petit, il n'est pas du genre intrépide, je le sais parfaitement.

Le bavardage de Masayo était inépuisable, comme l'eau qui jaillit d'une source au fond de la forêt. Je me suis soudain rendue compte que j'avais les larmes aux yeux. Je pleurais, ou plutôt, c'était comme si un trop-plein de liquide débordait de façon mécanique.

La voix de Masayo avait eu un effet curieusement agréable. Eh bien, eh bien, ma petite Hitomi, qu'est-ce qui se passe ? Tandis que j'écoutais la voix de Masayo, je sanglotais et mes larmes tombaient sur mes genoux. J'ai songé que ce bien-être ressemblait à quelque chose. Oui, c'était comme un matin de gueule de bois où on finit par vomir, alors qu'on n'en a même pas la force.

Hitomi, pour commencer, allez vous installer dans la pièce du fond. Nous mangerons ensemble quelque chose de chaud pour le déjeuner, disait la voix de Masayo. Elle me parvenait comme la brise d'automne qui souffle dans le lointain. J'avais les épaules qui tremblaient, je continuais de pleurer par intervalles.

Les larmes qui tombaient sur mes genoux faisaient un petit bruit. *Floc. Floc.*

Depuis quelque temps, M. Nakano s'est pris de passion pour les kakémonos chinois.

« Enfin quoi, c'est ce que je dis, il est en miettes ! » a-t-il déclaré tout en aspirant le jus de sa soupe chinoise.

Au bout d'un certain temps, je m'étais calmée et j'avais arrêté de pleurer. Masayo avait préparé en un tournemain « quelque chose de chaud ». C'était l'habituelle soupe chinoise.

« Tu ne crois pas que les pâtes sont un peu salées aujourd'hui ? reprend-il en rejetant la fumée de sa cigarette.

— Tu es prié de ne pas fumer en mangeant ! » dit Masayo en levant bien haut ses pâtes qui émergent du bol fumant. M. Nakano écrase en hâte sa cigarette dans le cendrier. Puis il avale bruyamment sa soupe. Entre chaque gorgée, il fronce les sourcils. Si c'est salé à ce point, je me demande pourquoi il s'obstine. Je n'arrive pas à le comprendre.

« Figure-toi que même les acheteurs chinois viennent s'approvisionner », explique M. Nakano qui a bu jusqu'à la dernière goutte. Il rallume la cigarette qu'il avait écrasée tout à l'heure.

« Ces kakémonos, ils sont anciens ? demande Masayo.

— Non, pas très. Enfin, mettons qu'ils ont au mieux une cinquante d'années. » La cigarette au bec, il va poser en même temps son bol sur l'évier. Avec adresse, il recueille au vol dans le bol sa cendre qui allait tomber.

« Les affaires sont prospères en Chine depuis un certain temps et il paraît que de plus en plus d'amateurs cherchent à racheter les kakémonos de fabrication chinoise qui ont été écoulés à l'étranger. En plus, il ne s'agit pas d'œuvres de l'époque Ming ou Song, les kakémonos les plus prisés sont postérieurs à la Révolution culturelle et n'ont aucune valeur en tant qu'antiquités.

— Alors, c'est peut-être comme la vogue que connaissent au Japon les choses de l'époque Shôwa ? a murmuré Masayo.

— Tu es vraiment bête, ma pauvre frangine ! La Chine et le Japon sont deux pays complètement différents. » M. Nakano avait tranché.

C'est toi l'idiot ! a répliqué Masayo à voix basse, quand le patron est retourné au magasin. Elle a regardé dans ma direction en grimaçant un sourire. J'étais en train de boire le thé qu'elle m'avait fait. C'était chaud, et je me suis brûlé la gorge.

« Dites-moi... » a commencé Masayo.

Oui ? J'ai avalé mon thé avec bruit.

« Je me demande... »

Oui ?

« Vous êtes bien sûre que ce garçon est en vie ? »

Comment ? J'ai poussé un cri. Que, que, qu'est-ce que vous voulez dire ?

Non, je disais ça parce que, figurez-vous... Masayo a entrepris de m'expliquer.

Quand elle était jeune, elle avait l'habitude de blâmer tout le monde. Même chose à trente ans. Pareil après la quarantaine. Que la faute soit de son côté ou non, elle y allait de ses reproches, imperturbablement. Qu'il s'agisse d'un amant ou d'une simple connaissance, elle donnait toujours tort à l'autre dès que la situation devenait conflictuelle.

Mais depuis qu'elle avait franchi le cap de la cinquantaine, il lui était devenu difficile de se montrer vindicative dans une situation de conflit, malentendu ou dispute.

Ah bon ? ai-je répondu évasivement.

« Mais oui, c'est comme ça. Pourtant, c'est tellement plus simple d'attaquer l'autre tout de suite ! » a continué Masayo en se curant les dents.

Est-ce qu'on s'adoucit quand on arrive à la cinquantaine ? ai-je demandé du même ton vague.

« Mais non, absolument pas. Vous n'y êtes pas du tout ! » a protesté Masayo en levant bien haut ses sourcils.

Je n'y suis pas ?

« Plus on vieillit, plus on devient sévère à l'égard des gens, pour ma part en tout cas. Vous me suivez ? »

Oui.

« C'est pour soi-même qu'on devient de plus en plus tendre ! »

Masayo a eu un petit rire. Je me suis dit qu'elle avait un joli sourire, de ceux qui attendrissent, un peu comme quand on regarde un petit animal, un hamster tout blanc, tourner sans fin dans sa cage.

Non, ce que je veux dire... Masayo a repris son explication.

Cet autre à qui on fait des reproches, il peut très bien être mort, ça peut arriver, une chose comme ça.

Quand j'étais jeune, je pensais que les gens ne mouraient pas. Mais on meurt ! Accident. Maladie. Suicide. Mort naturelle. C'est fou comme les gens meurent facilement, sans prévenir...

A l'heure même où je lui adressais des reproches, il était sur le point de mourir, peut-être. Ou le lendemain, qui sait ? Un mois plus tard. Au beau milieu de la saison suivante. Quoi qu'il en soit, on finit toujours par mourir, un jour ou l'autre. Réveil noir.

« Avant d'accabler quelqu'un de reproches, on commence par se demander s'il est assez robuste pour subir l'assaut ou si on doit se préoccuper de son état : c'est ce qu'on appelle prendre de l'âge », a dit Masayo d'un ton pénétré, et elle a soupiré. Mais sa physionomie est rieuse. Je ne la comprends pas.

« Moi, si j'étais sans nouvelles, la première pensée qui me viendrait à l'esprit, c'est de me demander s'il n'a pas claqué ! » a lancé Masayo pour finir.

Claqué ? J'ai répété sur le même ton ce qu'elle avait dit.

« Alors ? » Masayo m'a lancé un regard de côté tout en riant d'un air entendu.

Je, je ne pense pas que, que, qu'il soit mort, ai-je répondu en me reculant sur ma chaise.

« Vraiment ? »

Ouu, oui. En même temps, je tentais de me rappeler quand j'avais vu Takeo pour la dernière fois, dans le vertige de ma mémoire. Aujourd'hui, je ne l'ai pas encore vu. Hier, je l'ai vu, c'était certain. En fin de journée. Il n'y a pas eu de signe de mort. Mais l'être humain ne meurt pas à cause d'un présage.

Un client est entré. M. Nakano s'entretenait avec lui à voix haute. Je me suis approchée de la porte qui sépare la pièce du fond du magasin. Dans une posture ambiguë, j'ai fait glisser la porte, et j'ai tout de suite aperçu Tadokoro.

Tiens, c'est vous, mademoiselle ! Il y a longtemps qu'on ne s'est pas vus ! Tadokoro avait un sourire aimable et détendu, et il s'est mis à me parler.

Ah. Ha. J'ai répondu n'importe quoi. J'ai enfilé en hâte mes chaussures, j'ai saisi ma veste et mon sac, et je me suis précipitée hors du magasin.

Je ne savais pas où je voulais aller, mais je courais. Je n'avais aucune force dans les jambes. Je n'aurais pas dû maigrir. S'il était mort, qu'est-ce que je ferais ? Tout en agitant ces pensées, je continuais à courir en titubant. Il me semblait que je me dirigeais vers la maison de Takeo, mais ce n'était pas clair. Faites qu'il ne soit pas mort. Je ne faisais que répéter ces mots dans ma tête. Je m'essoufflais. Tout en répétant « Faites qu'il ne soit pas mort », je me retrouvais par moments à penser « S'il était mort, qu'est-ce que je ferais ? ». C'était l'envers de la pensée « Ce n'est pas possible qu'il soit mort », mais traversant cette idée comme la pointe d'une aiguille, je sentais avec une infime nuance que si par le plus grand des hasards il était mort, je me sentirais peut-être libérée d'un poids, oui, libérée.

Le soleil automnal me picotait le sommet du crâne. Sans me rendre compte s'il faisait doux ou un peu froid, j'ai continué à courir sans savoir où j'allais, inconsciente de mes sensations.

« Monsieur Tadokoro ! » a lancé M. Nakano. Tadokoro venait d'entrer dans le magasin en compagnie de M. Mao. C'est un acheteur chinois. Il vient toujours accompagné de Tadokoro.

« Aujourd'hui, j'en ai sélectionné plusieurs à votre intention, qui sont tout particulièrement de bonne qualité », déclare M. Nakano avec le sourire, et il se frotte les mains.

Cette façon de se frotter les mains l'une contre l'autre, c'est parce qu'il se sent embarrassé en fait, vous savez ! m'a chuchoté Masayo à l'oreille.

Les trois hommes ont disparu dans la pièce du fond. J'ai demandé si je devais servir le thé. Oui, s'il vous plaît. Ce n'est pas le patron qui a répondu, c'est Tadokoro.

J'ai préparé le thé avec lenteur. Takeo n'est pas mort. Je suis tombée sur lui en chemin. Il allait s'acheter des cigarettes. Ces derniers temps, je fume plutôt grave ! a-t-il dit en détournant la tête. Je n'imaginais pas cette situation possible dans la réalité : tomber par hasard dans la rue sur un garçon avec qui on a des problèmes. Pourtant, c'est bel et bien arrivé, pour de vrai.

M. Mao est grand et mince, avec de grandes oreilles.

« C'est quelqu'un qui a des accointances dans les milieux noirs », m'avait appris en douce Tadokoro l'autre jour.

Les milieux noirs ? J'ai secoué la tête sans comprendre, et Tadokoro, sans me quitter des yeux, m'a expliqué : « Eh oui, mademoiselle, ce qu'on appelle au Japon la société des ténèbres ! » Cet homme reste pour moi indéchiffrable. Mais au-delà de ce malaise qu'il fait naître, se dégage de lui, comme par contraste, une sorte d'arôme. Il ne s'agit pas de l'odeur agréable d'un parfum, par exemple, mais une chaleur émane de sa présence comme celle que provoque un bon thé, ou du riz frais grillé. Une odeur absolument étrangère à l'impression que donne Tadokoro lui-même.

Aujourd'hui, j'ai appelé Takeo à neuf heures du matin. Il n'a pas répondu, mais je m'y attendais. C'est le septième jour. Une semaine est passée. J'ai cessé de me demander pourquoi Takeo ne pouvait pas répondre au portable. Je me contente de constater qu'il n'a pas répondu cette fois encore.

M. Mao parle un japonais infiniment plus châtié que M. Nakano ou moi.

« Je vous remercie de la peine que vous avez prise pour réunir ces pièces de qualité », dit-il en rapprochant d'une main cinq kakémonos tandis que de l'autre, il saisit la main de M. Nakano. D'abord, celui-ci tente de se dégager, mais aussitôt il se met à sourire et marmonne quelques mots, dans le genre : « Mais non, je vous assure, voyons… »

M. Mao a commencé à aligner les billets sur la table basse. Un par un, il pose bien à plat sur la table les billets de dix mille yens. *Hi, fû*. M. Mao compte. Une fois que la table est recouverte par les billets, il se met à aligner très exactement une deuxième rangée sur la première à partir de la gauche.

Ne trouvant pas de place pour poser les tasses de thé, je gardais un genou sur les tatamis avec mon plateau dans les mains, l'air vague, quand Tadokoro s'est tourné vers moi. Sans cohérence, j'ai évoqué les femmes qui avaient dû l'aimer. Qu'une femme puisse tomber amoureuse d'un homme qui ne l'aime pas me dépasse. Comment les autres femmes font-elles pour aimer un autre homme que celui qui les aime ?

Pour la même raison, je ne m'explique pas comment j'ai pu aimer un homme que je n'aime plus à présent.

Comment ai-je pu, quelqu'un comme lui ?

Tadokoro s'est glissé vers moi. N'est-ce pas, Hitomi, que ça fait beaucoup d'argent ? Il pointe du doigt le dessus de la table. M. Nakano, comme ensorcelé, suit des yeux le mouvement des doigts de M. Mao qui continue à aligner les billets. Comme s'il ne faisait que cela du matin au soir, M. Mao manipule les billets avec dextérité.

« Sept cent soixante-dix mille yens, tout rond. Avez-vous fait le compte de votre côté ? » a demandé M. Mao en souriant.

Ah. Oui. M. Nakano a acquiescé, comme subjugué.

« Pensez-vous que ce soit une somme suffisante ? demande encore M. Mao.

— Sûr que c'est assez, je trouve. Pas vrai ? » Sans laisser à M. Nakano le temps d'ouvrir la bouche, Tadokoro a répondu à sa place.

Comme s'il résistait à la pression autoritaire de Tadokoro, M. Nakano a croisé les bras. Mais tout de suite après, c'est assez, oui, c'est assez, tout à fait suffisant, a-t-il répété docilement en hochant la tête.

M. Mao s'est levé. Il a enfoui l'un après l'autre les kakémonos dans une besace.

M. Nakano a dégluti d'étonnement. Même lui ne manipule pas avec autant de brutalité les marchandises. Sans égards, M. Mao a enfoui le dernier rouleau dans le sac, puis il a saisi d'un geste les soixante-dix-sept billets de dix mille yens qui étaient sur la table dont il a fait une liasse, comme un prestidigitateur, qu'il a mise dans la main de M. Nakano.

« Surtout, ne manquez pas de me prévenir quand vous en aurez d'autres ! » a-t-il dit en faisant un profond salut. M. Nakano l'a imité. Tadokoro n'a pas fait un geste.

Je me suis aperçue que Takeo se tenait derrière nous. Tadokoro l'a regardé d'un air placide. Takeo lui a lancé un regard courroucé. Puis il s'est planté devant moi et m'a pris le plateau des mains avec souplesse. Hitomi, Masayo te demande! m'a-t-il dit, et il a posé brusquement les tasses sur la table à présent débarrassée des billets. M. Mao avait déjà commencé d'enfiler ses chaussures. Tadokoro regardait Takeo avec un sourire niais.

« A bientôt, ma petite Hitomi ! » a dit Tadokoro avant de suivre M. Mao et le patron.

Oui, au revoir. Cette fois, Takeo m'a lancé un regard en dessous. J'ai marmonné entre mes dents, qu'est-ce qu'il a à me regarder de travers, mais je ne l'ai pas dit pour de bon. Takeo a gardé son œil noir pendant un moment. Puis il s'est tout d'un coup détourné et a baissé la tête.

Il y a longtemps qu'on ne s'est pas vus ! ai-je dit après le départ des trois hommes, mais Takeo a répliqué sans lever la tête qu'on s'était rencontrés deux jours plus tôt dans la rue. On a entendu le bruit du camion derrière le magasin. Takeo avait les lèvres pincées et il plissait les yeux.

Peut-être, mais moi, j'ai l'impression que ça fait très longtemps, ai-je dit une nouvelle fois. Alors Takeo a hoché la tête, comme à contrecœur. On percevait par bribes la voix de M. Mao.

A peine avait-on entendu le claquement de la porte du camion que le bruit du moteur s'est estompé. La voix de Masayo qui saluait l'arrivée d'un client a retenti dans le magasin. Takeo gardait obstinément la tête baissée.

« Dis, Takeo, ça te fait quoi de penser à une fille que tu fréquentais avant ?
— Comment ça ?
— Par exemple, tu la regrettes encore, ou tu ne veux même pas entendre prononcer son nom… »

Takeo semblait réfléchir. Masayo nous avait demandé d'aller à la banque faire un virement. Ce jour-là, il tombait une petite pluie fine et la rue commerçante était déserte. Il y avait longtemps que nous n'avions pas eu de dialogue, Takeo et moi.

« Ben, ça dépend », a fini par répondre Takeo comme nous parvenions devant le poste de police.

L'agent ne nous quittait pas des yeux. On n'a pas de parapluie, a dit Takeo. Ça ne fait rien, il ne pleut presque pas, ai-je dit.

« Dis, pourquoi tu ne réponds pas quand je te téléphone ? » ai-je demandé quand nous avons dépassé le poste de police.

Takeo a gardé le silence.

« Tu me détestes ? »

Takeo a continué à se taire.

« On est fâchés, toi et moi ? »

Takeo a secoué la tête. Mais ce mouvement était si ténu qu'il était difficile de savoir dans quel sens l'interpréter.

Brusquement, j'ai compris que j'aimais Takeo, sans savoir pourquoi. Pourtant, j'avais fait en sorte de ne pas me poser de questions sur mes sentiments depuis qu'il ne répondait plus au téléphone. Je l'aimais, quelle idiote. Aimer, c'était ridicule.

« Sois gentil, réponds au téléphone ! »
Silence.
« Tu sais, je t'aime, moi ! »
Silence.
« Tu ne veux plus ? »
Silence.

Nous sommes arrivés devant la banque. Alors qu'il n'y avait personne dans la rue, à l'intérieur, il y avait foule. Nous nous sommes mis dans une file et je n'ai plus rien dit. Takeo regardait droit devant lui. Quand notre tour est venu, nous nous sommes plantés avec naturel devant l'appareil distributeur. Tu veux bien le faire ? ai-je dit à voix basse. Takeo a hoché la tête, et c'est lui qui a fait l'opération de virement, bien plus à l'aise que je ne l'avais prévu. Du début à la fin, j'ai observé le mouvement de ses doigts. Les doigts de Takeo sont effilés, vraiment beaux. Tout particulièrement, le petit doigt de sa main droite auquel il manque une phalange m'a semblé beau.

Quand nous avons quitté la banque après avoir effectué le virement, la pluie s'était intensifiée. Des cordes, ai-je murmuré, et Takeo a regardé le ciel.

« Ce serait pourtant sympa si on pouvait faire quelque chose », ai-je dit en direction du menton que Takeo dirige vers le ciel. Takeo n'a rien répondu. Après tout, le pétrole non plus n'est pas inépuisable. A plus forte raison, mes ressources intérieures, déjà si pauvres !

Nous sommes restés un moment à regarder la pluie, à l'abri sous l'auvent de la banque. Les gouttes crépitaient à nos pieds.

« La vérité, c'est que je crois que je ne peux pas faire confiance aux gens… » a dit Takeo très lentement.

Il a agité le petit doigt de sa main droite. Avec ça, hein ? Et il a immédiatement rentré son doigt.

« Ne me mets pas dans le même panier que ton ancien condisciple, s'il te plaît ! » J'avais presque crié sans le vouloir.

Non, c'est pas ça, mais… Takeo a baissé la tête.

Mais quoi ?

J'ai peur. Les êtres humains me font peur, a dit Takeo posément.

Peur. Ce mot de Takeo a fait surgir d'un coup ce que je n'avais cessé de sentir au fond de moi depuis une semaine, la peur. Evidemment, on a peur. Moi aussi, j'ai peur. Peur de Takeo. Peur d'attendre. Peur de Tadokoro, de M. Nakano, de Masayo, de Sakiko, du Héron même. Il y a quelque chose qui fait encore plus peur, c'est soi-même. Normal, tout ça !

Voilà ce que j'avais l'intention de lui dire, mais je n'ai pas pu. Parce que la peur de Takeo n'était certainement pas la même que celle que moi je ressentais.

La pluie ne faiblissait pas, mais je me suis mise à marcher. Je me demandais comment faire pour que ce que je ressentais pour Takeo n'existe pas. Il me semblait que le fait d'aimer Takeo le blessait. Passe encore de me faire souffrir moi-même, mais je me refusais à le blesser, lui. A me dire que j'avais des idées de petite sainte, j'ai pu rire un peu. Il pleuvait à torrents. L'eau s'infiltrait dans mon cou. La violence des gouttes m'obligeait presque à fermer les yeux. Tout ce que je voyais était trouble.

Je me suis aperçue que Takeo marchait à côté de moi. Il réglait son pas sur le mien.

« Je te demande pardon », ai-je dit, mais Takeo n'a pas eu l'air de comprendre.

Pourquoi est-ce que tu t'excuses ?

« Parce que malgré tout, je t'aime ! »

Brusquement, il m'a enlacée. Non seulement la pluie me dégoulinait dans le dos, mais Takeo me couvrait de son corps ruisselant, j'étais trempée. Il me serrait très fort. J'ai répondu à son étreinte. J'ai pensé que ce que je ressentais pour lui à cet instant était terriblement différent de ce qu'il éprouvait pour moi. L'idée de ce décalage m'a donné le vertige.

La pluie a redoublé. Le tonnerre s'est mis à gronder. Takeo et moi sommes restés enlacés en silence. Des éclairs ont étincelé. Un moment après, on a entendu une déflagration, la foudre avait dû tomber tout près. Nous nous sommes écartés l'un de l'autre et nous avons repris notre marche, nous frôlant les doigts par moments, d'une caresse légère.

Grondés par Masayo, Takeo et moi nous sommes changés. Takeo a enfilé un jean et une chemise de M. Nakano, moi, je me suis fait prêter une robe légère, en vente au magasin pour cinq cents yens.

La pluie n'a pas tardé à cesser.

« Vous savez, il paraît que la foudre est tombée sur un pin du sanctuaire ! » a dit Masayo en arrondissant les yeux.

M. Nakano a bientôt été de retour. Eh ben, dites donc, qu'est-ce qu'il est tombé ! a-t-il dit en me regardant avec insistance.

Ne me regardez pas comme ça ! ai-je dit, et M. Nakano a ri. Cette robe vous va bien, vous devriez l'acheter. Je vous la ferai au tarif spécial des employés de la maison !

Takeo était devant la boutique, en train de tordre son pantalon complètement trempé. On l'a entendu pousser un cri et tout le monde a tourné la tête : il venait d'extirper d'une poche quelque chose de rectangulaire, à peu près de la grosseur de la moitié d'une plaque de chocolat à croquer.

« La carte ! » a-t-il dit en revenant dans le magasin. La carte dont il s'était servi tout à l'heure à la banque pour faire le virement était imbibée d'eau et en lambeaux.

C'est malin ! a dit M. Nakano en se donnant une tape sur le front. Takeo s'est excusé humblement. Je me suis mise à l'unisson.

« Tiens, vous vous êtes réconciliés ? » a demandé M. Nakano en fixant un point exactement entre Takeo et moi.

Oui, enfin, pas particulièrement. Nous avons encore répondu la même chose.

« Vous vous étiez disputés, non ? » a demandé encore M. Nakano.

Ne dis pas de bêtises, ce ne sont pas des gosses ! Se disputer, je vous demande un peu, s'empresse de dire Masayo. Takeo et moi acquiesçons vaguement.

« La robe, je l'achète ! » ai-je dit en m'adressant à M. Nakano. Sans ostentation, Takeo s'est écarté de moi et s'est dirigé vers la pièce du fond. Je me suis dit que je ne lui téléphonerais plus. J'étais prête à accepter l'idée que nous n'étions plus liés. Mais je savais aussi que cela ne durerait pas. J'étais presque sûre que demain, je téléphonerais encore à Takeo.

« Bon, alors, je vous la fais à trois cents yens », a dit M. Nakano.

J'ai sorti de mon porte-monnaie trois pièces de cent yens que j'ai mises dans sa main. Je me suis alors souvenue de la façon dont il avait ouvert puis refermé la paume lorsque M. Mao lui avait remis la liasse de billets. A l'idée que je passerais ainsi toute ma vie, dans l'angoisse, dans la peur, dans le vague, j'avais le cœur si lourd que j'ai eu envie de m'allonger par terre, là, tout de suite, et de m'enfoncer dans le sommeil. Mais cela ne m'empêchait pas d'aimer Takeo. A s'interroger sur ce que c'était qu'aimer, on se retrouvait dans un monde vide... J'ai laissé errer mes pensées.

Mon corps refroidi par la pluie s'était enfin réchauffé, et j'aurais voulu dire quelque chose, mais ne trouvant rien, je suis restée un long moment à jouer avec la boucle de la ceinture d'un rose fané.

Le bol

M. Nakano s'est planté.

Pas dans son travail. Dans une affaire de cœur.

« Enfin quoi ! Je me demande si je ne vais pas accompagner Kurusu à Boston, moi ! » a déclaré M. Nakano à brûle-pourpoint.

Masayo et moi avons levé la tête. Cela fait une semaine que Masayo est devenue moins bavarde, une fois estompée l'euphorie qui a suivi son exposition du mois dernier, dont l'écho a été long à s'éteindre.

Elle-même a reconnu que ses créations étaient en nombre insuffisant, mais d'une grande qualité. Moi qui n'ai aucune connaissance en la matière, je suis restée admirative devant plusieurs poupées dont l'expression était à vous couper le souffle.

Takeo lui-même a déclaré :

« Masayo est arrivée à faire ce qu'on appelle un visage ! »

Je sais pas, mais ces derniers temps, Takeo me paraît un peu pédant, non ? a dit M. Nakano en riant avec un petit air réprobateur, mais je n'avais pas le cœur à me mettre au diapason et j'ai pris une mine renfrognée. Plus d'un mois s'est écoulé depuis le jour où la foudre est tombée, mais mes relations avec Takeo sont restées équivoques.

Masayo s'est engouée de broderie française. Point de feston, point Renaissance, point de Venise… Elle brode un coussin aux motifs classiques, comme on pouvait en voir autrefois, abandonné sur le canapé d'une maison habitée par une vieille dame distinguée aux beaux cheveux blancs soigneusement mis en plis. Une fillette folâtrant avec un chien, un garçonnet en culotte courte jouant de la flûte… Masayo brode avec application.

« Qu'est-ce que vous allez faire de ce coussin ? » lui ai-je demandé.

Après un moment de réflexion, elle m'a répondu :

« Rien. C'est une simple rééducation. »

La fabrication des poupées a dévoré toute son énergie, c'est comme si on lui avait arraché son âme. Rien de tel qu'une activité sans complexité. Même, dans la mesure du possible, fastidieuse et minutieuse, m'a-t-elle expliqué d'un air grave.

Ça a l'air intéressant ! En même temps, je la regardais faire et Masayo m'a enseigné avec soin les premiers éléments de la broderie française. Tiens, ça pourrait faire un set de table, a-t-elle dit en désignant le morceau de tissu rectangulaire sur lequel j'étais en train de broder des champignons. Je comptais en recouvrir l'étoffe avec un motif différent pour chacun : un champignon à pois, l'autre à carreaux, le troisième avec un liseré de satin.

« Qu'est-ce que tu irais faire à Boston ? a demandé Masayo tout en enfonçant bien droit dans le tissu l'aiguille à broder qu'elle tient entre l'index et le majeur. Pour commencer, tu as l'argent, toi, pour aller à ton fameux Boston ? enchaîne-t-elle.

— Oui, je te dis. » M. Nakano se met à siffloter. C'est un air de *Rhapsodie in Blue*.

« Et qu'est-ce qui te ravit comme ça ? » dit Masayo.

M. Nakano s'arrête de siffler et répond :

« Mais écoute, c'est de la musique américaine, ça !

— On va acheter quelque chose comme d'habitude ? » a demandé Takeo. Je ne m'étais pas aperçue qu'il était entré par la porte de derrière. A l'instant où j'ai entendu sa voix, j'ai eu la chair de poule. C'est ma manière de réagir aux chocs depuis quelque temps.

C'est vrai, je n'y pensais plus ! Il n'y a que toi qui me comprennes, mon petit Takeo, a dit M. Nakano d'un ton guilleret. Aussitôt, le genou gauche de Takeo a eu un brusque frémissement. Takeo n'est pas particulièrement doué pour la conversation, moi non plus, mais lui et moi sommes exagérément sensibles au niveau des réactions physiques. Tout en songeant que ça ne nous avançait guère d'avoir ce genre de point commun, je me suis appliquée à broder tous les carreaux des champignons.

« Il paraît que Kurusu a déniché un véritable repaire de choses dans le genre *early american*! » a dit M. Nakano en se tournant du côté de Masayo, mais celle-ci est plongée dans sa broderie et ne lève même pas les yeux. Au bout d'un moment, elle a dit :

« Ce Kurusu, c'est un type louche, non ? » Elle a retourné le morceau de tissu, fait un nœud avec le fil qu'elle a ensuite coupé avec de petits ciseaux. J'aime le geste qu'elle a pour s'en servir. On dirait qu'elle fait jouer un tout petit animal dans la paume de sa main.

« Il n'est pas louche du tout, je t'assure », a dit M. Nakano en appuyant sur le bouton à droite de la caisse. *Ding!* Le tiroir-caisse a bondi en avant.

« Dis-moi plutôt, frangine, depuis quand es-tu devenue capable de faire des poupées si âartistiques ? a demandé M. Nakano en sortant du tiroir deux billets de dix mille yens qu'il a fourrés tels quels dans la poche de son pantalon.

— Depuis l'origine, a répondu Masayo d'un air maussade, mais elle s'est légèrement radoucie après.

— Tu sais, cette fois, j'étais vraiment en admiration, pour de bon !

— Tu peux toujours me combler de louanges, je te préviens qu'il n'en sortira rien. » En même temps, parmi six écheveaux de fils à broder, elle en a pris deux. Il n'en sortait peut-être rien, mais de sa bouche, il ne sortait plus de critiques non plus. Le patron avait gagné. C'est un jeu d'enfant ! m'avait-il dit un jour en parlant de la façon dont il s'y prenait avec sa sœur. Il n'avait pas menti, Masayo était facile à manier. Mais cela ne permettait pas pour autant d'en conclure que c'était un être dépourvu de complexité...

Masayo et moi sommes restées un moment occupées à broder en silence. Je percevais autour de moi les signes indiquant que Takeo allait partir. Une fois que j'avais commencé à me soucier de Takeo, la partie de mon corps qui se trouvait dans sa sphère restait à fleur de peau, comme si une onde électrique ténue se transmettait de lui à moi. A la seconde précise où Takeo ouvrait la porte de derrière, j'ai senti le milieu de mon dos comme tiré avec force par un fil, et quand il l'a refermée, le fil s'est cassé.

« Ah non alors ! » J'ai posé l'étoffe sur mes genoux et je me suis étirée. Masayo a dit elle aussi, ah non alors ! Elle cherchait à m'imiter.

Non, je vous en prie ! ai-je dit et Masayo s'est mise à rire. Mais moi aussi, j'ai envie de dire, ah non alors, figurez-vous. Elle avait parlé en serrant les lèvres. A mon tour, j'ai serré les lèvres pour l'imiter, vous l'avez dit, vraiment, la vie, le monde, c'est non alors ! M. Nakano s'est esclaffé, mais son rire sonnait creux.

« Tiens, tu es encore là, toi ? a dit Masayo.

— J'y vais, puisque je te dis que j'y vais. A Boston ou ailleurs, je m'en vais, là, tout de suite, promis, juré ! » a dit M. Nakano avec une bonne grâce étrange, puis il est parti.

« Figurez-vous que le cher enfant a une nouvelle liaison », m'a dit Masayo dès qu'elle a entendu démarrer le camion. On avait l'impression qu'elle n'attendait que le départ de M. Nakano pour m'en parler.

« Quoi ? Kurusu, c'est une femme, alors ? » me suis-je écriée, tout étonnée.

Masayo a secoué la tête.

« Pas du tout. Elle s'appelle Rumiko, à ce qu'il paraît. Avec ce nom, on imaginerait plutôt une femme travaillant dans un bar, mais elle s'occupe de brocante, c'est une amie de Sakiko et elle a ouvert depuis peu un petit magasin », explique Masayo d'un ton confidentiel.

Mais alors, pour Sakiko... En même temps que je disais ça, j'ai évoqué le visage de Sakiko, aussi beau qu'un masque flottant à la surface de l'eau.

« Est-ce que Sakiko est au courant ?

— Je crois que oui.

— C'est abominable !

— Oui. Haruo est vraiment trop bête !

— Bête à ce point, c'est une honte ! »

Mais ce n'est pas Haruo qui a parlé, a continué Masayo. Il n'est tout de même pas idiot à ce point.

« Alors, comment a-t-elle fait pour l'apprendre ? »

C'est Rumiko qui a parlé. Masayo avait l'air sombre en m'exposant la situation. Quand je dis qu'il est stupide, c'est doublement, triplement même si on compte sa femme. Peu importe d'ailleurs, deux fois idiot, trois fois ou plus, ce que je veux dire, c'est que quand on fait courir des chevaux côte à côte, on ne commet pas la maladresse de prendre un cheval qui risque de raconter à un autre le résultat de la course, voilà ! C'est pour ça que je dis qu'il n'y a rien à tirer de Haruo !

Masayo avait parlé d'une traite.

Un cheval ? ai-je murmuré.

Les joues en feu, Masayo a piqué brutalement son aiguille à broder dans le tissu. Je me suis dit qu'elle devait terriblement aimer son frère.

Au même instant, toute force m'a abandonnée, l'aiguille m'a glissé des doigts. Elle n'est pas tombée, elle est restée pendue au fil, tête en bas, à se balancer dans le vide.

« C'est pour ça que l'idée d'aller à Boston lui est venue tout d'un coup…

— Pour ça ?
— Pour s'enfuir.
— Pour échapper à Sakiko ?
— Non, pour fuir toutes les femmes ! »

Ah oui. Je ne voyais pas très bien où Masayo voulait en venir mais elle avait une expression victorieuse.

« Si je comprends bien, M. Nakano est un homme verni », ai-je dit. Pardon ? a demandé Masayo en écarquillant les yeux. J'ai repris mon aiguille et je me suis mise à broder les contours d'un champignon. Il est d'un vert tendre. De nouveau, le visage de Sakiko me vient à l'esprit. L'expression est rêveuse, mais comme voilée d'une note sombre. Tout en maudissant les hommes, j'ai continué à broder mon champignon.

La semaine qui a suivi, les clients ont défilé du matin au soir et nous n'avons pas eu une minute de répit. Ce n'était certes pas une activité aussi intense que celle du marchand de légumes du quartier, par exemple, n'empêche, ni Masayo ni moi n'avions loisir de sortir nos aiguilles à broder.

« Monsieur Nakano, quand est-ce que vous y allez, à Boston ? a demandé Takeo.
— Enfin quoi, je te dis, ça dépend de Kurusu », a répondu le patron, qui a disparu dans la pièce du fond. Takeo, avec la tête de quelqu'un qui se retrouve seul et abandonné, restait debout près

de l'entrée du magasin, l'air absent. Un homme jeune l'a bousculé en poussant la porte. C'était un nouveau client. Il a posé à côté de la caisse un paquet enveloppé dans du papier journal, de la grosseur d'un emballage contenant trois patates grillées de petit calibre.

« Haruo ! » a appelé Masayo. M. Nakano est arrivé avec flegme de la pièce du fond.

La cigarette à la bouche, il observait le client en train d'ouvrir son paquet. Remarquant la cendre qui tombait par terre, le client s'est interrompu un instant pour le regarder d'un air réprobateur.

« C'est un céladon ? a demandé le patron sans se soucier du regard du client.

— Un céladon coréen, ancien, a corrigé le client.

— Oh, pardon », s'est excusé M. Nakano docilement.

Le client affichait un air de plus en plus mécontent.

« Pour des choses de ce genre, il y a des magasins bien plus appropriés qu'ici, spécialisés dans les objets anciens », a dit M. Nakano tandis qu'il prenait délicatement dans sa paume le céladon qui avait à peu près la grosseur d'un bol. Puis il a posé sur un cendrier sa cigarette sans l'éteindre.

« Je n'ai pas l'intention de le vendre », a dit le client.

L'air incrédule, M. Nakano lui a lancé un coup d'œil. Le client s'est détourné l'espace d'une seconde.

La peau de son visage était lisse. Il n'avait pas vraiment de moustache, mais au-dessus des lèvres, un duvet assez fourni. Il portait un costume bleu marine de qualité et une cravate assortie. A en juger par sa tenue, on pouvait lui donner une trentaine d'années, dans le genre employé d'entreprise zélé, mais il devait être beaucoup plus jeune en réalité.

« Vous savez, les expertises, ce n'est pas mon fort… a dit M. Nakano en retournant le bol, dont il a regardé attentivement le socle.

— Ne serait-il pas possible de vous demander de l'exposer ? a dit le client.

— L'exposer ?

— Ne pourriez-vous consentir à l'exposer sans le vendre ?

— C'est bien joli, mais vous savez… » a dit M. Nakano, et il a ri. Ses yeux ont fait le tour du magasin. Masayo et moi en avons fait autant, avec un léger retard sur le patron. Seul le client restait immobile et gardait les yeux fixés sur le bol.

« Vous voyez aussi bien que moi que ce céladon ne correspond pas vraiment au profil de la maison ! » M. Nakano était tout à fait conscient du côté hétéroclite de son magasin.

Le client a baissé la tête. M. Nakano a repris sa cigarette et il a aspiré une profonde bouffée.

Pendant un certain temps, personne n'a ouvert la bouche.

« Où allez-vous d'habitude pour les antiquités ? a demandé Masayo.

— Je, je ne suis jamais allé chez un antiquaire, a répondu le client d'un air confus.

— Mais alors, ce céladon ? » a demandé M. Nakano. Je me suis dit que ce n'était pas une façon de s'adresser à un client.

« On me l'a donné, quelqu'un que je connais, a expliqué le client, de plus en plus embarrassé.

— Je me doute qu'il y a plus ou moins une raison ? » a dit Masayo d'un ton qui en disait long. Le client a relevé la tête et a regardé Masayo d'un air implorant. Expliquez-vous, voyons, a continué Masayo.

D'un ton hésitant, le client s'est mis à raconter l'histoire du bol.

C'était une femme qui avait donné le céladon à Hagiwara (c'est comme ça qu'il s'appelait), une ancienne maîtresse. Ils s'étaient fréquentés pendant trois ans. Il n'avait jamais été question de mariage entre eux, il s'agissait seulement de passer de bons moments ensemble, pensait-il. Ces trois années s'étaient écoulées sans qu'il s'en aperçoive. Un jour, son chef lui avait mis sur la table une proposition de mariage. C'était un beau parti. Sans hésiter, il avait annoncé à la femme sa décision de la quitter.

Après avoir résisté un certain temps, elle avait semblé se résigner, et à la fin, elle lui avait demandé d'accepter un cadeau en souvenir. Il s'attendait plutôt à ce qu'elle exige quelque chose de sa part, aussi avait-il trouvé étrange qu'elle lui fasse un cadeau d'adieu. Pourtant, il avait accepté l'objet sans se poser davantage de questions.

A quelque temps de là, la proposition de mariage était tombée à l'eau. La jeune fille, qui se trouvait être la nièce de son supérieur, était partie avec un garçon dont elle était amoureuse depuis longtemps. A la même période, Hagiwara s'était fracturé la clavicule. Ce n'était même pas en faisant du sport, c'était en se retournant dans son lit. Son travail ne marchait plus : un changement de personnel dans une société commerciale avec laquelle sa compagnie avait l'habitude de traiter avait provoqué l'arrêt brutal des commandes, une fille du même bureau l'avait accusé publiquement de harcèlement sexuel. Pour couronner le tout, il avait été mis en demeure de libérer du jour au lendemain la chambre qu'il habitait, parce que le bâtiment devait être démoli.

Tous ces événements étaient survenus depuis qu'il avait accepté le bol en souvenir. Au point où il en était, il avait même tenté de renouer avec son ancienne maîtresse, mais le numéro de son téléphone portable avait changé. Son adresse électronique aussi. Non contente de déménager, elle avait en plus changé de travail.

Se sentant dans une impasse, Hagiwara s'était confié à une de ses relations, quelqu'un qui s'adonnait aux prédictions, pour s'entendre dire que tout venait du céladon. Comme l'objet recelait une profonde rancune, Hagiwara ne devait ni le vendre ni le garder auprès de lui. La seule chose à faire était de le confier à quelqu'un ou de le prêter, mais il ne fallait pas compter effacer complètement le ressentiment, ce n'était de toute façon qu'un pis-aller.

Voilà ce qu'avait raconté au compte-gouttes Hagiwara à Masayo.

« Mais si c'est vraiment un céladon ancien, c'est un objet de valeur, non ? Cette femme ne peut pas être quelqu'un de mauvais ! a déclaré Masayo après avoir écouté l'histoire jusqu'à la fin.

— Là n'est pas la question », est intervenu M. Nakano.

Hagiwara avait légèrement rougi en écoutant ce qu'avait dit Masayo.

« Vous avez raison, je ne comprends pas comment j'ai pu rompre… a-t-il dit en baissant la tête.

— Mais oui ! On ne quitte pas comme ça une femme à laquelle on s'est habitué ! » a renchéri Masayo avec conviction.

Il n'y avait donc pas d'autre conclusion ? ai-je pensé. J'ai regardé Hagiwara. Il a hoché la tête à plusieurs reprises. De son côté, M. Nakano montrait une mine embarrassée. Sans doute était-il en train de penser à la « triade » qu'il avait sur les bras.

« Dis donc, Haruo, si tu allais porter ça au magasin de Sakiko ? » a suggéré Masayo d'une voix claire. M. Nakano a levé la tête et regardé nerveusement autour de lui.

Mais oui, il n'y a pas à hésiter ! Un objet comme ça, c'est pour Asukadô, a continué Masayo tout en remettant soigneusement le céladon de Corée dans le papier journal. Le client ne quittait pas des yeux les gestes de Masayo. Sans attendre la réponse du patron, elle a décroché le téléphone. Asukadô, Asukadô, a-t-elle dit en composant le numéro, le dos tourné. La bouche entrouverte, M. Nakano la regardait faire. Comme lui, je suis restée dans une sorte de torpeur à la regarder. Le client ne faisait pas un mouvement.

En moins d'un quart d'heure, Sakiko était là.
« Bonjour ! » a-t-elle lancé.
Ce petit mot si simple, quand il sortait de la bouche de Sakiko, était puissant comme un sortilège, mais il pouvait aussi bien retentir aux oreilles comme un heureux présage. Maléfice ? Bénédiction ? Je n'aurais su le dire.

« C'est lui, le client dont je vous ai parlé », a dit Masayo en pointant le menton vers Hagiwara.

A la différence de M. Nakano, les termes étaient polis ; quant à l'attitude, décidément, elle n'avait rien de celle qu'on réserve habituellement à un client.

Sakiko a défait le papier journal. La délicatesse de ses gestes, bien digne de quelqu'un qui fait commerce d'objets d'art, était sans commune mesure avec celle de M. Nakano ou de Masayo.

« C'est un céladon ancien, n'est-ce pas ? » a dit Sakiko dès qu'elle a vu le bol.

Hagiwara a hoché la tête.

« Avec cet aspect verni, disons, trois cent mille yens à peu près ? a enchaîné Sakiko.

— Non, je ne cherche pas à le vendre, ce n'est pas ça... » a commencé Hagiwara, remplacé aussitôt par Masayo.

Après avoir écouté jusqu'au bout l'explication de Masayo, Sakiko a prononcé doucement le mot « ressentiment » en regardant M. Nakano. Au lieu de disparaître au fond du magasin dans ce genre de situation, il ne trouvait rien de mieux que de rester planté stupidement à écouter la conversation.

« Enfin quoi, sois gentille, mets donc ce bol en décoration chez Asukadô, et voilà tout », a fini par dire M. Nakano. Son « enfin quoi » avait la nuance habituelle, mais le reste manquait sensiblement d'énergie. Sakiko le regardait avec un visage inexpressif.

« Mais ça m'ennuie de me charger d'un objet dont je connais l'histoire », a-t-elle répliqué, la physionomie toujours sans expression. Hagiwara s'est pris la tête entre les mains, l'air accablé. Vous savez, le ressentiment, tout le monde connaît ça, il n'y a pas de quoi fouetter un chat ! a dit Masayo d'un ton enjoué. Sakiko, que les paroles de M. Nakano n'avaient pas ébranlée, s'est raidie l'espace d'une seconde.

« Je vous en prie, acceptez de me le garder, s'il vous plaît ! » a dit Hagiwara d'un ton implorant.

Sakiko a repris immédiatement son air indifférent.

« Dans votre magasin ! » a supplié le client, s'adressant cette fois à M. Nakano. « Très peu pour moi », a dit M. Nakano en rejetant la fumée de sa cigarette. Mécontent, Hagiwara s'est détourné. Apparemment, ce n'était pas la brusquerie du patron qui le fâchait, il en avait après les cigarettes.

« Si vous acceptez de me le prêter pour vingt mille yens, je le prends dans mon magasin, a déclaré Sakiko d'une petite voix.

— Qu'est-ce que c'est, cette histoire de prêt ? a demandé Masayo à voix haute.

— Eh bien, je ne peux pas en faire l'acquisition, n'est-ce pas ? Dans ces conditions, je me le fais prêter pendant un certain temps, et disons qu'il n'est pas impossible que, à la longue, l'objet prêté se transforme en objet acheté, voilà à peu près de quoi il s'agit. » Durant son explication, Sakiko était restée impassible.

Le moins qu'on puisse dire, c'est que l'histoire n'était pas claire. L'incompréhension se lisait également sur le visage de M. Nakano et de Masayo, mais freinés par le visage impénétrable de Sakiko, ils n'ont pas ouvert la bouche.

« Euh, si je comprends bien, non seulement vous consentez à me garder le bol, mais en plus vous me donnez vingt mille yens ? » a dit Hagiwara.

Vous ne vous rendez pas compte qu'en fait vous prenez le risque de voir partir votre céladon pour la somme ridicule de vingt mille yens, oui, voilà le fin mot de l'histoire ! a dit Masayo à voix basse, mais Hagiwara a feint de ne rien entendre. Sakiko aussi faisait celle qui n'était pas concernée.

En fin de compte, Hagiwara est parti après avoir signé un reçu pour la somme de vingt mille yens. Quant au céladon, il l'avait évidemment laissé. Le vieux bol était nettement plus petit que ceux dans lesquels on sert le *katsudon*[1] dans les restaurants à prix fixes. De facture élégante, il ne provenait pas d'une fouille, il s'était transmis de génération en génération et n'avait qu'un petit éclat : c'était une pièce unique.

---

1. Bol de riz surmonté de porc pané et frit.

Bon, eh bien, sur ce... Avec précaution, Sakiko a pris dans ses bras le paquet qu'elle avait refait, non sans l'avoir recouvert de papier bulle.

Sans un regard pour M. Nakano, elle est partie tout de suite.

« Sakiko s'y connaît en affaires, dites donc ! s'est exclamé M. Nakano d'un ton admiratif.

— Au lieu de faire appel à Asukadô, on aurait mieux fait de le prendre ici, a dit Masayo, oubliant complètement que c'était elle qui avait téléphoné.

— Non merci, je ne veux pas avoir dans mon magasin un objet qui traîne avec lui de la rancune », a répliqué M. Nakano tout en versant du thé dans les tasses. Nous étions en train de grignoter des haricots sucrés que j'avais achetés chez le pâtissier du coin à la demande du patron en allant faire des courses. M. Nakano avait lui-même infusé le thé. Il était fort.

Il est délicieux ! ai-je dit. Les paupières de M. Nakano ont battu un peu, et il m'a dit : « Vous êtes gentille, vous au moins, je suis touché !

— Voilà ce que c'est de faire du mal partout. Il ne se trouve plus personne pour être tendre avec toi ! » a dit Masayo d'un ton péremptoire. Sans répondre, M. Nakano a siroté son thé, le regard perdu au loin.

Cette semaine-là a été très lourde en raison de plusieurs récupérations, et je n'ai pour ainsi dire pas vu Takeo. Avec en moyenne trois récupérations par jour, il avait l'air de ne rentrer qu'après huit heures du soir.

Pendant le week-end, j'ai encore été chargée d'aller faire des courses. Je me préparais à y aller, vérifiant le contenu de mon porte-monnaie, quand M. Nakano s'est approché pour me dire : « Ne vous en faites pas, je vous emmène en voiture, pas besoin de monnaie pour le train, et je vous offre à dîner. Aujourd'hui, pas de banque, j'ai envie que vous veniez avec moi au marché. »

Le marché en question était une vente aux enchères réservée aux professionnels. Selon les objets, les prix pouvaient s'envoler, mais il y avait aussi des choses abordables, voire pour rien. D'après M. Nakano, ce jour-là, le marché était de bonne tenue, et c'était moi qu'il voulait emmener plutôt que Takeo.

« Pourquoi est-ce que Takeo ne fait pas l'affaire ? » ai-je demandé.

M. Nakano a répondu en riant :

« Je sais pas, mais il me semble qu'une fille donne une touche de charme, non, dans ce genre de situation ?

— Drôle d'explication. Il me semble à moi qu'une vente n'a pas besoin de charme ni d'élégance, pourtant ! » Masayo s'est mêlée à la conversation, mais M. Nakano s'est contenté de ricaner.

C'est quand la vente a commencé que j'ai compris la raison pour laquelle il avait voulu m'emmener. En face, j'ai senti un regard qui se fixait intensément sur nous : c'était Sakiko, assise de l'autre côté de la salle.

Quand on a présenté une jarre, Sakiko a lancé un prix, mais elle a très vite renoncé et n'a plus du tout participé à la vente. M. Nakano, par contre, criait presque à chaque fois qu'on proposait une pendule ou une montre anciennes. Un client qu'il connaissait depuis longtemps lui avait en effet passé commande. Profitant d'une pause, M. Nakano m'a renseignée.

« Sakiko est plutôt réservée, non ? » ai-je chuchoté à l'oreille du patron. Celui-ci a secoué la tête.

« C'est seulement parce qu'elle ne trouve rien à son goût. Parce que, quand elle a repéré quelque chose, elle ne lâche jamais prise, elle est connue pour ça ! » a-t-il chuchoté à son tour.

La vente a duré deux heures environ, puis nous avons été libérés. Au moment où quelques antiquaires se dirigeaient vers la sortie, M. Nakano m'a dit :

« Dites-moi, Hitomi, vous vous entendez bien avec Sakiko, non ? »

Oui, enfin, pas particulièrement. Mais M. Nakano ne m'écoutait même pas. C'est ce que je dis, vous allez lui proposer de dîner avec nous, dites, Hitomi, soyez gentille !

Très bien, ai-je répondu, impuissante. Le visage de M. Nakano s'est détendu d'un seul coup. L'expression « sourire enfantin » existe, mais le sourire de M. Nakano n'était pas celui d'un petit garçon ou d'un adolescent, c'était le visage même de l'homme mûr. Un sourire un peu vulgaire. Mais attendrissant en même temps. Tout en me disant qu'avec l'âge, les femmes devaient sans doute être incapables de résister à un tel sourire, je me suis dirigée lentement vers Sakiko qui se tenait debout près de l'entrée.

Le repas n'a pas été compliqué. Sakiko ayant déclaré nettement qu'elle ne buvait pas de saké, nous ne pouvions pas aller à l'encontre de ses désirs, si bien que nous sommes entrés dans un restaurant familial non loin de là. Vous ne trouvez pas que l'éclairage est trop fort ici ? a remarqué M. Nakano pour faire diversion.

Au début, je me disais qu'ils auraient mieux fait de dîner tous les deux, mais j'ai très vite compris que l'apathie de Sakiko était trop pénible pour que M. Nakano puisse y faire face tout seul. La gêne du patron a fini par déteindre sur moi, si bien qu'à la fin du repas, nous étions tous les trois enfermés dans notre mutisme.

« Bon, moi, j'y vais. Sakiko, je ne te propose pas de te déposer. Ce n'est pas l'envie qui m'en manque, mais tu vas sûrement refuser, alors… »

a dit tranquillement M. Nakano après avoir réglé l'addition à la caisse. Sakiko le regardait avec rancune, mais contre toute attente, elle a répondu : « Raccompagne-moi ! »

A l'instant, le visage du patron s'est déridé. Il avait la même expression que tout à l'heure, un sourire d'homme mûr, un peu vil, mais attendrissant. Sakiko a évité son regard.

Dans le camion aussi, nous avons gardé le silence. Le patron était au volant, Sakiko de l'autre côté, moi, coincée entre les deux comme si j'avais été leur enfant. M. Nakano a allumé la radio, pour l'éteindre aussitôt.

Nous sommes bientôt arrivés devant le magasin Asukadô. Sakiko s'est coulée hors du camion, et elle a semblé vouloir passer tout de suite par-derrière, mais tout d'un coup, elle s'est arrêtée et, se retournant, elle a dit : « Entrez un moment. » Le ton était calme, mais on sentait bien qu'il ne laissait pas le choix. M. Nakano et moi sommes descendus du camion avec lenteur.

A l'intérieur du magasin, l'air était transparent. Dehors, c'était simplement la fraîcheur de l'air nocturne, mais là, on avait l'impression d'un air sec, avec un petit peu plus d'oxygène.

« Ah, vous avez mis une plante dans une potiche ! » ai-je remarqué. L'expression de Sakiko s'est légèrement détendue. Son regard reprenait vie.

Sakiko s'est baissée pour ouvrir un placard incorporé sous une étagère et elle en a sorti un paquet entouré de papier bulle. C'était le céladon que lui avait confié Hagiwara pour la somme de vingt mille yens. Il était enveloppé d'une manière encore plus soigneuse que l'autre jour, quand elle l'avait emporté de la brocante.

En silence, elle a défait l'emballage, écarté sur une étagère un vieux plat décoré d'un motif de poissons en train de nager ainsi qu'un petit gobelet à saké, une poterie à l'aspect rugueux de couleur blanchâtre, et elle a posé le bol de Hagiwara au milieu.

Pendant quelques instants, elle a contemplé l'objet, admirative. Chez Asukadô, la qualité de l'objet saute vraiment aux yeux, a dit M. Nakano à voix basse. Sakiko n'a rien répliqué. De nouveau, elle s'est accroupie devant le placard et en a sorti une petite boîte en bois de paulownia entourée d'un morceau d'étoffe.

« C'est une pierre de collier ou quelque chose de ce genre ? » a demandé M. Nakano en chuchotant presque, mais Sakiko l'a ignoré une fois encore. Elle a ouvert adroitement la boîte. Dedans, une couche d'ouate vaporeuse protégeait trois petites cubes.

« Des dés ? » a dit M. Nakano qui avait tout de suite jeté un œil dans la boîte, avec une rapidité de réaction qui n'est pas dans ses habitudes. Entraînée, j'ai regardé moi aussi. Les angles étaient quelque peu usés, la couleur laiteuse, légèrement jaunie. Ils sont anciens ? ai-je demandé. Sakiko a secoué la tête. Je ne sais pas exactement, de la première moitié du XIXe siècle, probablement.

Sakiko a placé les dés à côté du bol. Avec leurs six faces différentes, si on en faisait une photo, ce serait artistique, à n'en pas douter.

« On va jouer à *chinchirorin* ! » a déclaré Sakiko.

Quoi ? demande M. Nakano. Quoi ? dis-je à mon tour, en un murmure. Sakiko a un sourire. Il y avait longtemps qu'elle n'avait pas montré un visage souriant. Mais ses yeux ne rient pas.

Chinchirorin ! a dit une nouvelle fois Sakiko, et l'air d'Asukadô a vibré jusqu'à se tendre comme la corde d'un arc. M. Nakano et moi avons frissonné.

Les parents, c'est moi. Toi et Hitomi, vous êtes les enfants.

Sakiko parlait doucement. Quand elle a dit « toi » à M. Nakano, le ton de sa voix était mêlé d'une imperceptible tendresse. Elle ne l'avait sûrement pas voulu, mais l'habitude était la plus forte, sans doute.

« *Chinchirorin*, moi, je n'y ai jamais… » ai-je tenté de dire, mais Sakiko a de nouveau souri (encore que, décidément, ses yeux ne rient pas) et m'a dit : « C'est très facile, il suffit de secouer les dés trois fois », en même temps, elle les a couverts de sa main. M. Nakano restait silencieux.

« Si le quatre, le cinq et le six sortent, ce sont les parents qui gagnent. » En même temps, Sakiko a enfermé les dés dans la paume de sa main délicate, et elle les a lancés dans le bol.

M. Nakano a poussé un cri.

Quoi ? a demandé Sakiko en levant les yeux vers lui. De nouveau, j'ai eu l'impression que le bord de ses yeux se gonflait de chaleur, mais quand on regardait le haut des paupières, son visage prenait une expression détendue.

« Ça ne risque pas de le fêler ? » a demandé M. Nakano en montrant du doigt le bol, avant de continuer : « On doit pouvoir se servir d'autre chose, non ?

— J'ai accepté de garder ce bol pour vingt mille yens, je l'utilise donc comme je l'entends, a répondu Sakiko d'un ton qui n'admettait pas de réplique.

— Tout de même, ça ne mérite pas ça.

— Il suffit de prendre des précautions pour lancer les dés. »

Sakiko s'est tournée vers moi pour dire :

« Hitomi, vous pensez que vous serez capable de faire attention ? » Je ne pourrai jamais ! ai-je dit avec force en regardant Sakiko. M. Nakano l'a regardée aussi.

Je me suis dit que le patron et moi, nous avions quelque part une ressemblance. Ça y est, j'y suis ! Nous étions comme des poussins qui attendent la becquée.

« Tiens, ils sont déjà sortis ! » Sakiko a poussé un léger cri sans regarder de notre côté. Au fond du bol, deux dés présentaient le chiffre quatre. Le troisième était tombé sur le cinq.

« A toi », a dit Sakiko à M. Nakano en lui mettant les dés dans la main. La voix était douce, mais ne laissait aucune prise.

A contrecœur, M. Nakano a jeté les dés. Sakiko les avait lancés bien haut, énergiquement, mais lui ne les a pas lancés, il les a posés pour ainsi dire au fond du bol, sa main effleurant presque le bord.

Les dés sont tombés avec netteté. Deux se sont immobilisés au fond, mais le troisième, après avoir tournoyé dans un mouvement souple et capricieux, a jailli hors du bol.

« Zouip ! Hors circuit ! » Sakiko a éclaté de rire. M. Nakano a gardé une mine renfrognée. Le rire de Sakiko a traversé le magasin faiblement éclairé. Moi, écrasée, j'étais incapable de faire autre chose que de me raidir.

« Explique-moi tout de même. Pourquoi est-ce qu'il faut jouer aux dés ? a demandé M. Nakano lentement.

« J'ai fait un pari.

— Quoi ? Je te préviens tout de suite que je n'ai pas d'argent.

— Il ne s'agit pas d'argent.

— Moi aussi, je dois parier quelque chose ?

— Mais non, mais non, pas vous, Hitomi. Vous n'avez pas de souci à vous faire. »

Hitomi, à vous, maintenant. Sakiko a pris le dé qui était tombé du bol et elle me l'a mis dans le creux de la main avec les deux autres. Sa main était glacée.

Allez-y. Mise au pied du mur, j'ai lancé les dés en fermant les yeux.

Chin. Les dés ont tourné plusieurs fois en se heurtant contre la paroi du bol. Le dé qui s'est arrêté le premier était sur le un. Les deux autres ont bientôt cessé de bouger : ils étaient sur le un.

Waouh ! a prononcé M. Nakano d'une voix étranglée, et il a avalé sa salive.

« C'est Hitomi qui a gagné ! » a déclaré Sakiko. Euh, oui. J'ai hoché la tête sans rien y comprendre. Sakiko a gardé le silence quelques instants. Inutile de préciser que ni le patron ni moi n'avons ouvert la bouche.

« Voilà, c'est fini », a annoncé brusquement Sakiko au bout de cinq minutes.

Hein ? En même temps, M. Nakano a jeté un regard oblique vers Sakiko qui, curieusement, avait un sourire aux lèvres. Ses yeux aussi riaient légèrement.

« Haruo, tu l'as échappé belle », a murmuré Sakiko.

Quoi ? Qu'est-ce que tu veux dire ? a demandé M. Nakano, mais elle n'a rien répondu.

Sans insister, nous sommes montés dans le camion et nous sommes revenus à la brocante. M. Nakano voulait me raccompagner jusque chez moi, mais je préférais marcher un peu. J'espérais aussi vaguement tomber sur Takeo, comme la dernière fois. Sans savoir pourquoi, j'avais une terrible envie de le voir. Il me semblait que nous pourrions nous réconcilier si c'était maintenant. C'était sans fondement, pourtant…

Je n'ai pas rencontré Takeo. Je n'ai pas cessé tout au long du chemin de me répéter les paroles de Sakiko. Tu l'as échappé belle… Bientôt, ce serait l'hiver. Plus la soirée s'avançait, plus l'air devenait transparent. Tout en murmurant les paroles de Sakiko, j'ai hâté le pas.

« Dites donc, Hitomi, bravo, génial ! » m'a dit un jour Masayo, environ deux semaines plus tard.

« Il paraît que vous avez sauvé la vie à Haruo ? a-t-elle continué en riant.

— Je ne comprends pas…

— Comment, mais vous savez, cette chère Sakiko m'a raconté ce qui s'était passé le fameux soir ! » Voilà que Sakiko était tout d'un coup devenue la chère Sakiko.

D'après ce qu'elle disait, Sakiko avait ce soir-là joué ses relations avec M. Nakano.

« Un pari ? ai-je murmuré, et Masayo a hoché la tête avec emphase.

— Vous l'avez dit, elle avait parié ! »

Si Sakiko gagnait, elle rompait. Si M. Nakano gagnait, leur liaison continuait. Si c'était moi qui gagnais, elle aviserait.

« En définitive, la victoire vous est bien revenue, non ? a dit Masayo en me scrutant.

— Ce jeu de hasard, le *chinchirorin*, je sais même pas au juste ce que c'est, moi », ai-je seulement dit. Masayo a ri encore.

Dans le courant de la semaine, Sakiko est venue au magasin. Le patron n'était pas là. Elle a remis à Masayo un petit paquet et a tout de suite tourné les talons.

« Merci pour l'autre jour ! » a-t-elle dit soudain en se retournant sur le seuil. Les mots semblaient m'être destinés. Non, de rien. Je me suis empressée de lui répondre, et elle a eu un sourire. Mais ses yeux, décidément, ne riaient pas.

Je suis sortie pour la regarder partir. Elle regardait d'un air vague la machine à écrire qui se trouvait exposée au milieu d'autres objets.

« Je voudrais vous demander… Est-ce que vous pourrez pardonner à M. Nakano ? »

Quoi ? Pp, pardon ! Je ne sais pas ce qui m'a pris, comme ça, tout d'un coup. Sakiko a secoué la tête. Ne vous excusez pas.

« Non, je ne peux pas lui pardonner », a-t-elle répondu doucement au bout d'un moment.

Et pou, pour, pourtant, vous ne le quittez pas ? ai-je demandé. Sakiko a de nouveau gardé le silence. Puis, d'un ton grave, elle a dit, ça, c'est autre chose ! Aussitôt, elle m'a tourné le dos et s'est éloignée. Je n'ai pas quitté des yeux sa silhouette qui devenait de plus en plus mince. Je me suis rappelé un instant la petite lumière qui avait éclairé son regard quand les dés que j'avais lancés s'étaient immobilisés sur le même chiffre, l'étonnement que j'avais ressenti.

J'ai murmuré : « Cet idiot de Takeo ! » et j'ai fermé les yeux avec force. Quand je les ai rouverts au bout d'un moment, la silhouette de Sakiko était devenue invisible.

Les pommes

« Il a pris la fuite ! » a dit Masayo.

Takeo était en train de transporter des paquets, M. Nakano entrait et sortait par la porte de service, moi, j'allais justement sortir de la monnaie du tiroir-caisse, et je n'ai pas réussi tout d'abord à entendre ce qu'elle disait.

Le client est parti. Takeo, avec qui je ne savais toujours pas à quoi m'en tenir (ces derniers temps, j'ai cessé de l'appeler au téléphone, mais au magasin nous nous parlons normalement, par effet contraire), s'est dépêché de rentrer. Le patron, une serviette autour du cou, s'est laissé tomber lourdement sur une chaise en s'essuyant le front. C'est à peu près à ce moment que Masayo a répété encore une fois dans un murmure :

« Maruyama m'a plaquée ! »

Quoi ? J'ai levé la tête. Hein ? a crié M. Nakano d'une voix curieusement pleine d'allant. En même temps, Masayo baissait les yeux avec embarras.

« C'est une question d'argent ? » a demandé M. Nakano sans même attendre que Masayo s'explique. Quand était-il parti, qu'est-ce qui l'avait motivé, et d'ailleurs, quand on disait plaquer, qu'est-ce qu'on mettait dans ce mot... bref, M. Nakano ne cessait de parler alors que Masayo n'avait encore rien dit.

« Ce n'est pas ça du tout », a clairement répondu Masayo en relevant la jolie pointe de ses sourcils, mais cela n'a duré qu'un instant, la fine courbe s'est affaissée aussitôt, comme si toute force l'avait abandonnée.

Il m'a plaquée. Je tournais et retournais dans ma tête ces mots de Masayo. M. Nakano gardait la bouche ouverte d'une drôle de façon, ni tout à fait ouverte ni tout à fait fermée, dans un étrange rictus. Les sourcils affaissés, Masayo s'est assise avec lenteur sur une chaise. M. Nakano a voulu dire quelque chose, mais il a renoncé et, au lieu d'ouvrir la bouche, il a retiré son bonnet marron. Après quoi, il l'a remis.

Pendant un certain temps, nous sommes restés tous les trois comme pétrifiés, mais au bout d'un moment je n'en pouvais plus, je me suis levée gauchement et dirigée de biais vers la pièce du fond. Comme le magasin était encombré des paquets que Takeo avait déchargés, il était impossible de marcher droit.

« Ah non, Hitomi, vous n'allez pas partir, j'espère ? » m'a dit Masayo d'un ton désespéré. Je ne l'avais jamais vue ainsi.

« Je vais aux toilettes », ai-je répondu. Masayo a poussé un soupir.

« Moi aussi, je vais faire un petit tour », a dit rapidement M. Nakano, sans lui laisser le temps d'intervenir. Il a fait glisser la porte d'entrée et il est sorti avec une allure aussi gauche que moi.

La porte qu'on avait laissée ouverte jusqu'au commencement de l'automne restait fermée maintenant que novembre touchait à sa fin. Tant qu'on ne s'était pas habitué à la voir fermée, on éprouvait une impression de froideur.

« C'est pourtant la même chose chaque année, on ferme la porte quand vient l'hiver, on l'ouvre quand le printemps arrive, mais cette fois, je ne sais pas, ça fait triste, non ? » Je me suis rappelé ce que Masayo avait dit très peu de temps avant.

J'avais songé un bref instant que ce ton découragé ne lui ressemblait guère, mais sur le moment, je ne m'y étais pas attardée.

Pour indiquer que le magasin était ouvert même si la porte restait fermée, M. Nakano avait accroché à la devanture une pancarte sur laquelle on pouvait lire OUVERT.

« Pourquoi donc t'ingénies-tu à gâcher l'image du magasin ? » avait dit Sakiko la semaine d'avant en remarquant le morceau de carton. Elle avait profité d'une course à faire dans le quartier pour passer, a-t-elle ajouté. Depuis quelque temps, elle se montrait souvent à la boutique. Il va sans dire que je n'avais pas la moindre idée de ce que ces apparitions signifiaient quant à l'évolution de ses relations avec M. Nakano.

Vous n'êtes pas de mon avis ? Elle quêtait l'approbation de Masayo. Mais celle-ci s'est contentée de rester mi-figue mi-raisin. A ce moment, je ne m'étais pas encore aperçue que Masayo n'était pas comme d'habitude.

Au début, le mot OUVERT figurait seulement sur un côté de la pancarte. M. Nakano avait soigneusement entouré d'une bordure noire les lettres qu'il avait tracées à l'aide d'un gros feutre vert. Qu'est-ce que vous en dites ? C'est assez artistique, non ? a-t-il dit d'un air content, tandis qu'il faisait un trou dans le carton pour passer un bout de ficelle.

Dénigré par Sakiko, M. Nakano a détaché l'écriteau de la devanture, tristement, et l'a lancé à côté de la caisse. Tandis que je me demandais s'il allait l'attacher là, il s'est précipité dans la pièce du fond, l'air toujours abattu, et en est revenu en tenant une boîte de six gros feutres de couleur.

Il a retourné l'écriteau, et il a écrit cette fois en jaune *Le magasin est ouvert*. Les lettres sont encore plus grossières que celles qu'il avait tracées en vert de l'autre côté. Puis il a retiré le capuchon du feutre rouge, a dessiné à la diable une bordure, et il est allé tout de suite l'accrocher à la devanture.

Sakiko avait tout suivi d'un air dégoûté, mais quand M. Nakano lui a demandé agressivement « Alors ? », elle a éclaté de rire.

Après avoir pris une tasse de thé, Sakiko est partie, non sans avoir lancé au patron : « Je ne suis pas de force ! » Comme fier de sa victoire, M. Nakano s'est passé les mains sur les reins tout en la regardant s'en aller. En franchissant le seuil, Sakiko a donné une pichenette sur l'écriteau, qui s'est balancé deux ou trois fois.

« En tout cas, cinq cent mille, sûr et certain ! » a dit l'homme.

C'était en tout début d'après-midi, Masayo venait de partir déjeuner. En temps ordinaire, elle apporte un repas froid, à moins qu'elle ne prépare en vitesse des pâtes chinoises ou du riz cantonais dans la pièce du fond, mais depuis qu'elle nous a avoué, voilà une semaine, que Maruyama l'avait quittée, elle prend son déjeuner dehors.

Où allez-vous déjeuner généralement ? lui ai-je demandé hier, dans la seule intention de dire quelque chose, mais Masayo a secoué la tête en répondant avec lassitude : « Ah oui, euh, je ne sais plus », avant de retomber dans son mutisme. Moi, ne sachant comment poursuivre, j'ai passé précipitamment un chiffon sur la caisse.

« Cinq cents mille... a répété M. Nakano comme un perroquet, en soupesant dans sa main le briquet en cuivre que l'homme avait sorti de son sac avec précaution.

— Ne soyez pas si brutal ! s'est écrié l'homme.

— Pardon, pardon », a dit le patron en levant l'autre main dans un geste d'excuse. Ce n'était pas un briquet de poche, c'était un briquet de table, en forme de tube, court et épais.

« Le bec a la forme d'un canon de revolver, n'est-ce pas ? a dit M. Nakano, qui continuait de regarder l'objet.

— Bravo, vous l'avez remarqué ! » a répondu l'homme d'un air fier.

L'espèce de bâton qui semblait sortir du corps du briquet avait la forme de ces pistolets en plastique que les enfants brandissent pour jouer. Même moi, j'étais capable de voir ça au premier coup d'œil, et M. Nakano y allait de son « n'est-ce pas ? »... Passe encore, mais que dire du client avec son « bravo » emphatique !

Son oncle était ambassadeur, le cendrier lui avait été offert par une personnalité importante du Texas lorsqu'il était en poste, il datait de l'époque de la Conquête de l'Ouest, a expliqué le client.

« Cinq cent mille ? a demandé, mine de rien, M. Nakano.

— Je l'ai fait évaluer, a dit le client en se rengorgeant.

— Expertiser ?
— Oui, enfin, vous savez bien, comme on fait à la télé, l'émission avec une équipe de spécialistes...
— Vous aussi, vous avez participé à cette émission ?
— Non, ce n'est pas ça, mais quelqu'un que je connais est l'ami intime d'un antiquaire qui en est un membre régulier... »

Ah oui. M. Nakano ne semblait pas enthousiaste. Ainsi donc, la personne à qui l'homme avait demandé d'évaluer le fameux briquet ne faisait pas officiellement commerce d'antiquités, c'était simplement un ami amateur qui avait ses entrées dans le cercle des professionnels, et de surcroît, l'ami en question était « l'ami d'une relation d'un parent ». Voilà ce que nous avions fini par apprendre.

« J'ai besoin d'un peu d'argent, alors... a dit l'homme, comme s'il se rengorgeait.

— C'est un peu difficile de vous l'acheter comptant, vous savez, a articulé lentement M. Nakano.

— Mais je ne vous demande pas de me l'acheter ! » s'est empressé de répliquer l'homme. Quand il est assis en silence, on ne s'en aperçoit pas, mais quand il se met à parler, à travers son assurance filtre une légère nervosité, comme s'échappant d'une brèche.

« J'ai appris par un parent de quelqu'un que je connais que votre magasin a un site sur Internet pour vendre aux enchères... » a ajouté l'homme en parlant encore plus vite que tout à l'heure.

Quelqu'un que connaît un parent d'une de vos relations ? a répété M. Nakano d'un ton exagérément sérieux. Décidément, notre homme donnait dans l'indirect. J'ai failli pouffer de rire, mais je me suis retenue.

C'est un fait que la brocante Nakano a mis sur Internet un certain nombre de marchandises, mais le patron ne s'occupe pas lui-même des transactions, tout se fait par l'intermédiaire du site de Tokizo alias le Héron. Toutefois M. Nakano n'a pas fourni au client d'explications détaillées.

« Si je comprends bien, vous voudriez que je vende aux enchères ce briquet, c'est ça ? » demande-t-il.

Absolument. L'homme acquiesce, mais son regard est fuyant.

Je vois, continue M. Nakano, aussi solennel qu'un majordome anglais d'autrefois.

Alors, vous acceptez de le vendre ou vous refusez ? a demandé l'homme avec impatience. Il était resté adossé contre sa chaise, mais il se penchait légèrement en avant.

C'est plutôt Masayo qui saurait s'y prendre avec ce genre de client ! me dis-je. Mais ça ne marcherait peut-être pas, vu son état actuel.

Cette idée m'a attristée. Non que je me sente affligée parce que je participe à son chagrin, mais sans savoir pourquoi, j'étais triste, d'une tristesse qui m'envahissait de partout.

M. Nakano continuait à s'occuper du client sans se presser de conclure. Le climatiseur ne faisait pas beaucoup d'effet, mais il s'est mis à émettre un bruit bizarre en soufflant de l'air chaud.

« Il est à vendre ? » a demandé Takeo en voyant le « briquet offert au Texas à l'oncle ambassadeur ».

En fin de compte, le client avait confié le briquet à M. Nakano qui n'avait pas oublié de préciser : « Il s'agit d'enchères, alors n'espérez pas trop qu'il atteindra les cinq cent mille, nous sommes bien d'accord ? »

« Takeo, tu serais preneur ? » a demandé le patron.

A ma grande surprise, Takeo réfléchissait sérieusement. Sans en avoir l'air, j'ai observé son profil. Tout de suite, j'ai détourné les yeux, je m'en voulais de l'avoir épié. Faute de trouver sur quoi passer mon irritation, j'ai saisi le bas de ma robe et j'ai tapoté dessus.

C'était la robe que M. Nakano m'avait laissée pour trois cents yens le jour où la foudre était tombée. L'étiquette mentionnait 100 % coton, tissé en Inde, mais il devait certainement y avoir toutes sortes de qualités, car après un seul lavage, elle avait considérablement raccourci. Depuis, je la portais de temps en temps au magasin par-dessus mon jean, en guise de tablier.

« Je peux l'acheter ? » a dit Takeo.

Au fait, cela me faisait penser qu'il n'avait jamais rien acheté à la boutique. M. Nakano a dit en roulant les yeux : « C'est vrai ! Hitomi au moins, elle profite des réductions pour les employés de la maison, elle ! »

En fait de tarif spécial, c'était seulement quand il lui prenait fantaisie de faire un prix. Le pourcentage de rabais n'était nullement fixé. Mais je devais reconnaître que j'avais déjà acheté plusieurs fois meubles et ustensiles de cuisine. Par exemple, le tabouret qui était chez moi, aussi bien que la robe que je portais ce jour-là, mais j'achetais surtout des paniers ou des corbeilles. Petits ou grands, de facture grossière ou raffinée, je les achetais pour les remplir au petit bonheur de choses les plus diverses, si bien que mon logement était moins en désordre qu'avant.

« Il paraît qu'il vaut cinq cent mille yens », a dit M. Nakano à l'adresse de Takeo avec un sourire moqueur.

Sans changer d'expression, Takeo a seulement répondu, « en effet ».

Comme il n'ajoutait rien, M. Nakano est demeuré silencieux à son tour et il a regardé de mon côté, de l'air de demander, est-ce que j'ai dit quelque chose que je n'aurais pas dû dire ? Takeo semblait ne rien remarquer et restait planté là.

Les garçons comme Takeo, je les déteste ! ai-je pensé. Il est toujours comme ça, celui-là. Alors qu'il ne se préoccupe pour ainsi dire jamais des autres, il veut absolument qu'on prenne des gants avec lui. C'était ainsi que je voyais les choses.

« Cinq cent mille, je les ai pas », a fini par dire Takeo au bout d'un moment. Ses pommettes étaient un peu rouges.

M. Nakano s'est empressé de faire un geste de dénégation, et il a dit :

« Ecoute, ce briquet, je vais le mettre aux enchères, alors si tu veux, tu peux faire une offre. »

Takeo l'a regardé d'un air distrait.

« Tu ne te sers pas d'Internet ? a demandé le patron en agitant les mains sous son nez.

— M'en sers, a répondu Takeo en économisant le vocabulaire.

— Bon, alors, je vais t'apprendre le truc. Tu devrais faire une offre. Si c'est toi l'acquéreur, tu n'auras aucun frais d'expédition ! » a expliqué M. Nakano en tripotant son bonnet. C'était le même geste que celui que j'avais eu tout à l'heure quand je tapotais le bas de ma robe.

Décidément, Takeo, je ne peux pas le sentir, ai-je songé de nouveau, plus fortement que tout à l'heure. Pourquoi faut-il que je me tourmente à propos d'un garçon dont il n'y a rien à espérer ? Je me sentais en colère contre moi-même aussi. J'allais cesser de penser à lui, tomber amoureuse d'un autre, d'un autre encore, et ce qui s'était passé avec Takeo deviendrait un bon souvenir. Oui, j'en arriverai à y penser avec détachement, j'irai manger régulièrement des légumes, des algues et des haricots, je coulerai des jours heureux, éclatante de santé et de joie de vivre ! Non mais.

Tandis que je roulais ces pensées dans ma tête, la tristesse m'a de nouveau submergée. Ce n'était pas à cause de ce qui s'était passé avec Takeo. Je le jure.

A propos, où en était Masayo ? Il y avait trois jours que je ne l'avais pas vue. Même après le départ du client au briquet, Masayo, qui était partie déjeuner, n'était pas revenue. Ma frangine, elle est comme ça depuis toujours. Elle disparaît brusquement, et puis elle revient au bout d'un certain temps, comme si de rien n'était. Tout en fermant le magasin, M. Nakano murmurait ces réflexions comme pour se convaincre lui-même.

La façon dont il avait prononcé « ma frangine » était légèrement différente de d'habitude. Comment dire, ce n'était pas le ton maussade de l'homme mûr, c'était le ton boudeur que M. Nakano conservait de l'adolescence, du temps où il n'était pas encore adulte, un ton qui lui ressemblait.

« Si vous voulez, je peux faire un saut chez elle ? » ai-je proposé en me tournant vers le patron qui continuait à tripoter son bonnet en tous sens. Je m'efforçais de ne pas regarder Takeo.

« Vous avez raison, c'est sûrement une bonne idée », a répondu M. Nakano, l'air inquiet. Takeo a fait un mouvement. J'étais absolument incapable de deviner à quoi il pensait. Pourtant, avant, j'avais l'impression de le comprendre un peu.

« J'y passerai sur le chemin du retour », ai-je dit.

M. Nakano a fait un geste de la main pour me remercier et il a sorti de la caisse un billet de cinq mille yens. Vous n'aurez qu'à acheter des gâteaux ou quelque chose. En même temps, il m'a mis le billet dans la main.

Le billet était tout froissé. Takeo restait debout sans faire un geste.

Masayo était en forme, contrairement à ce que j'avais imaginé.

Tiens, c'est gentil d'être venue ! Disant cela, elle m'a fait entrer. Je lui ai tendu le carton de gâteaux que j'avais achetés au café *Poésie*, et elle l'a ouvert sans attendre.

« Décidément, ma petite Hitomi, vous êtes du type pâte feuilletée ! » a-t-elle remarqué en riant.

Moi, du type pâte feuilletée ?

Masayo a levé ses sourcils :

« Mais oui ! Vous vous rappelez le jour où vous êtes venue faire une enquête à la demande de Haruo, pour voir où j'en étais avec Maruyama ? » Elle a choisi une tartelette au citron et l'a mise dans une assiette devant elle. Vous aussi, Hitomi, prenez ce que vous voulez !

Oui, j'étais déjà venue avec un carton de gâteaux de chez *Poésie*. Cela remontait déjà à plus de six mois.

« Le temps passe vite », a dit Masayo comme si elle devinait mes pensées.

Ooui. J'étais surprise.

« La tarte aux myrtilles, décidément ! »

Ooui.

« L'autre fois aussi, vous avez pris une tarte aux myrtilles ! »

Ah vraiment ? J'étais embarrassée, mais Masayo a hoché la tête profondément.

Pendant un moment, nous sommes restées absorbées par les gâteaux. Au fait, cette fois-là, combien est-ce que M. Nakano m'avait donné ? Cinq mille ? Trois mille ? me demandais-je en piquant ma petite fourchette dans la tarte. Je n'arrivais pas à me rappeler.

« Dites-moi, Hitomi, est-ce que vous pensez que le désir est une chose importante ? m'a demandé Masayo à brûle-pourpoint.

— Comment ?

— Sans désir, ça ne doit pas être intéressant, sûrement... »

Ignorant ce que je devais répondre, j'ai mordu en silence dans la pâte de la tarte, et j'ai tout avalé.

« Je suppose que vous, Hitomi, vous êtes envahie par le désir de faire l'amour, et pour longtemps ! Comme je vous envie ! » s'émerveille Masayo tandis qu'elle pique de la pointe de sa fourchette la partie meringuée et moelleuse de sa tarte au citron. Sans transition, elle enchaîne : « Vous ne trouvez pas que la qualité de leur pâtisserie a un peu baissé ?

— En temps ordinaire, je ne mange pas beaucoup de gâteaux, je ne peux donc rien dire, ai-je répondu avec une politesse digne d'une collégienne.

— Ah bon, dit Masayo, qui prend un gros morceau de sa tarte au citron. Tiens, mais aujourd'hui, elle est plutôt bonne. Ça dépend peut-être de ma condition physique, après tout. Vraiment, ce n'est pas drôle de vieillir ! »

Le timbre de sa voix était clair. Le désir. J'ai prononcé ce mot dans ma tête. Il m'a semblé avoir une résonance gaie, comme le ton de Masayo. C'est curieux, je n'aime pas particulièrement les tartes aux myrtilles, ai-je songé. Pourtant, je ne peux pas m'empêcher de choisir cette couleur violette, comme mouillée par la rosée, sans même réfléchir.

L'odeur du beurre dans la pâte a empli l'intérieur de ma bouche. Le menton de Masayo s'agite, elle dévore la tarte au citron.

Masayo s'est mise à parler de Maruyama.

Après avoir terminé la tarte au citron, tout en disant « Allez, encore un petit », elle a englouti un millefeuille.

« Quoi qu'il en soit, Maruyama a disparu ! » a dit Masayo.

Vvv... vraiment ? ai-je répondu craintivement. J'étais paniquée à l'idée que la conversation risquait de tourner au courrier du cœur. Je n'étais douée ni pour demander des conseils ni pour en donner.

« Figurez-vous qu'il y a eu des signes précurseurs... »

Il était parti depuis deux semaines, mais un mois environ avant son départ, il y avait eu des indices. Il était nerveux. Absent. Il ne respectait pas l'heure des rendez-vous. Mais prenait un air enjoué à propos de tout et de rien.

« Ça, voyez-vous, c'est le comportement typique d'un homme qui a mis son cœur ailleurs. Vous ne croyez pas ? » a demandé Masayo en m'observant, mine de rien.

Euh, oui. N'étant absolument pas au fait du « comportement de l'homme épris d'une autre femme », je me suis contentée d'approuver timidement.

« Et puis il s'est envolé, voilà. C'est fini. » Masayo a conclu en toute simplicité.

C'est ff, c'est fini ?

« Eh bien, il est parti, non ? » a dit Masayo avec la voix d'un enfant qui pleurniche pour avoir un bonbon.

Je ne savais quoi lui répondre et j'ai mis dans mon assiette une tarte aux pommes. Chez *Poésie*, elles sont acides. Ils utilisent des reinettes, c'est pour ça. Haruo ne peut pas manger de ces pommes. Il n'aime pas ce qui est acide, cet enfant ! Un vrai petit garçon ! m'avait un jour raconté Masayo.

En silence, j'ai mangé la tarte aux pommes. Il restait deux gâteaux, deux choux. Masayo en a tout d'abord mis un dans son assiette, mais elle l'a aussitôt remis dans le carton en grommelant : « Ils devraient pourtant savoir qu'il n'y a de chou que fourré à la crème pâtissière ! »

Après avoir avalé ma tarte, j'ai demandé comme pour m'en assurer :

« Et il n'est pas retourné chez lui ? » Maruyama ne vit pas avec Masayo, il habite une chambre qu'il loue. Même si, du point de vue de leurs relations, on pouvait dire qu'il était parti, n'était-ce pas tout simplement pour rentrer chez lui ? C'est ce qui m'est venu à l'esprit quand j'ai repris un peu mon sang-froid.

« Non, justement. Il n'est pas rentré chez lui non plus. »

Vous allez vérifier tous les jours ? ai-je failli demander, mais je me suis ravisée en hâte.

« Il ne téléphone pas non plus ?

— Pourquoi voulez-vous qu'il prenne la peine de téléphoner, puisqu'il a pris la fuite !

— Il n'a pas laissé un mot, quelque chose ? »

Rien, absolument rien. Il est parti comme ça, brutalement.

Brutalement, ai-je répété stupidement.

« Vous vous êtes disputés ? ai-je demandé timidement.

— Pas de dispute.

— Il a peut-être perdu un parent ?

— Il me l'aurait dit.

— Il a peut-être été enlevé ?

— Un sans-le-sou comme lui ?

— Il est devenu amnésique ?

— C'est un homme qui ne se sépare jamais de son livret de retraite ! »

Le ton nonchalant de Masayo y était certainement pour quelque chose, mais j'avais de plus en plus l'impression que nous discutions comme si nous n'étions pas concernées. Après tout, qui sait s'il ne va pas revenir un de ces jours, comme si de rien n'était ? Mais oui, l'être humain n'a-t-il pas quelquefois un besoin irrésistible de partir seul en voyage ? Oui, c'était sûrement ça.

Je me rendais compte que je m'exprimais sur le ton des réponses aux questions qui émaillent le courrier du cœur. Masayo elle aussi hochait la tête, approuvait.

Bon, c'est le moment, me suis-je dit, et je me suis laissée glisser de mon coussin. Agenouillée sur les tatamis, alors que j'allais saluer Masayo et prendre congé, je me suis soudain souvenue d'un mot dont elle s'était servie une fois : claqué.

Moi, si j'étais sans nouvelles, la première pensée qui me viendrait à l'esprit, c'est de me demander s'il n'a pas claqué ! avait murmuré Masayo un jour où je lui avais demandé son avis à propos de Takeo, à une époque où il ne répondait pas quand je l'appelais sur son portable.

J'ai réussi à étouffer un cri, mais Masayo m'a regardée d'un drôle d'air. Je me suis de nouveau glissée sur le coussin. En me calant dessus, j'ai fait bouger la table et le papier d'argent sous la tarte aux pommes a crissé.

Chiri. Un tout petit bruit ténu.

« Tu as fait une offre aux enchères ? a demandé M. Nakano à Takeo.

— Pas encore, mais je vais le faire. »

Vrai de vrai ? Je n'en reviens pas. M. Nakano arrondissait les yeux. Il est si bien que ça, ce briquet ? demande-t-il. C'est pourtant lui qui a accepté de le vendre.

« Ouais, enfin, c'est-à-dire, c'est dans mon genre de... enfin... répond Takeo.

— Ton genre ? »

M. Nakano a écarquillé les yeux davantage.

Nous nous trouvions tous les trois dans la pièce du fond, le patron, Takeo et moi. Masayo n'était pas avec nous. Depuis le jour où je lui avais rendu visite, elle se montrait de nouveau au magasin, mais ce n'était que pour passer une heure le matin ou l'après-midi et elle repartait très vite.

« Si on se faisait une petite réunion ? » avait dit tout à l'heure M. Nakano en baissant le rideau métallique. Il ne s'est rien passé qui mérite un rapport, vous savez, ai-je répondu. Le patron a pointé le menton vers Takeo, en m'expliquant qu'il l'avait chargé de se renseigner de son côté. « Je lui ai demandé d'aller faire un tour du côté du logement de Maruyama, pour essayer de voir ce qu'il en était », a-t-il dit.

M. Nakano a commandé par téléphone trois bols de riz avec du porc pané et nous nous sommes installés dans le *kotatsu*. J'en ai acheté un nouveau, a annoncé le patron ; c'était un petit *kotatsu* qu'un client était venu vendre l'avant-veille. Les appareils de chauffage au gaz ou les *kotatsu* sont des articles qui partent plutôt bien.

Dans la boîte aux lettres de Maruyama, il n'y avait pas de courrier accumulé, pas de journaux non plus. Le compteur d'électricité tournait. Les rideaux restaient toujours tirés. A part cela, rien de notoire.

Après le « rapport » bref et sans fioritures de Takeo, j'y suis allée du mien, qui était tout aussi sec et rudimentaire. Depuis un peu plus de deux semaines, aucune nouvelle de Maruyama. Aucune annonce de son départ. Cause de la disparition, inconnue (je n'ai pas fait part de l'interprétation de Masayo selon laquelle Maruyama se serait entiché d'une autre femme).

C'était la première fois depuis longtemps que nous nous retrouvions tous les trois. Nous qui allions de temps en temps déjeuner ensemble jusqu'à l'arrivée de l'été!... M. Nakano se contentait alors de fermer à clé la porte de devant, négligeant le magasin, ne prévenant même pas que c'était fermé pour la pause-déjeuner. Les comptes se faisaient en souplesse, mon salaire comme celui de Takeo variait selon les mois. Ces derniers temps, la brocante Nakano avait commencé de consolider son organisation.

« Moi, je suis allé à la police, a articulé lentement M. Nakano.

— A la police? a répété Takeo, l'air tendu.

— Pour demander si on avait retrouvé le corps... »

Et il y était? a demandé Takeo, presque en criant. Non, rien, a répondu M. Nakano. Nous avons tous les trois poussé un soupir.

Mais, ma frangine, ces derniers temps, elle est plutôt en forme. Le patron parle en bougonnant. Ouais, ça, c'est vrai. Même que l'autre jour, elle m'a appelé « mon petit Takeo », ça faisait longtemps, dit Takeo d'une voix sourde.

De mon côté, je me suis rappelé certaines paroles de Masayo quand j'étais allée la voir l'autre jour. Tout en picorant avec sa fourchette les miettes du millefeuille collées au papier d'argent, elle m'avait dit :

« Vous savez, je croyais que c'était par sensualité que je fréquentais Maruyama. Dites-moi, Hitomi, n'est-ce pas que les hommes comme les femmes ont des désirs charnels, et que c'est pour les assouvir qu'ils se mettent à aimer quelqu'un ? Je sais bien qu'on parle d'amour ou de passion, mais on a beau envelopper ça dans du papier de soie, on finit toujours par aboutir au sexe ! C'est le désir qui pousse un être humain vers un autre, le sexe est le moteur principal. J'ai toujours pensé ainsi. »

Ah, ooui.

Mais en réalité, a poursuivi Masayo, je me dis que ce qui me poussait vers Maruyama, ce n'était peut-être pas le désir. En même temps, elle a levé très haut ses sourcils et m'a regardée fixement.

Je commençais à me sentir comme une élève face à son professeur pour un entretien particulier, et sans le vouloir, mon ah, ooui s'est transformé en un oui posé.

Et depuis que Maruyama n'est plus là, je n'en peux plus de tristesse.

Après avoir terminé sa phrase, Masayo a eu un petit reniflement.

Il y a un rapport entre la tristesse et la sensualité ? ai-je demandé.

Eh bien, si j'en crois mon expérience jusqu'à ce jour, on ne se sent pas triste quand c'est une question de désir, on devient nerveux.

Nerveux. J'ai répété le mot dans un murmure.

C'est ce qui arrive, pour commencer. Ensuite, au bout d'un certain temps, la tristesse fait son apparition.

Les choses se passent dans cet ordre ?

Oui, c'est ainsi que les choses se passent.

Hé oui, c'est comme ça ! a enchaîné Masayo. Et figurez-vous, c'est la première fois que je me contente d'être triste. Elle avait une expression candide et romantique. En vérité, c'est la première fois que je fais cette expérience.

Si la sensualité n'était pas à l'origine de l'amour entre Masayo et Maruyama, que pouvait-il donc y avoir ? Après avoir pris congé, cette pensée ne m'avait pas quittée tout le long du chemin.

On frappait au rideau métallique. M. Nakano s'est penché par la porte de derrière pour appeler le jeune employé venu apporter les plats.

Le porc pané des petits restaurants de pâtes est meilleur que dans les gargotes spécialisées, c'est drôle ! a dit M. Nakano tout en prenant entre ses baguettes une grosse bouchée. Takeo et moi avons mangé en silence, la tête baissée sur notre bol.

La limite pour les mises à prix était fixée au lendemain soir à huit heures. En fin de journée, Takeo a fait un saut chez lui et il est revenu avec un vieux modèle d'ordinateur portable. Il l'a connecté à Internet au magasin : il était convenu qu'il participerait à la vente en suivant les indications de M. Nakano.

« Mille cent yens, à ce qu'il paraît ! » a annoncé en riant M. Nakano qui regardait l'écran. Sur le site de Takizô, mille yens est le tarif d'entrée de la vente. Comme les participants sont des gens qui connaissent bien la valeur de la marchandise, il n'y a pour ainsi dire jamais de mise à prix trop basse ou trop élevée.

« Ces cent yens, c'est une blague, non ? » a dit M. Nakano en cliquant rapidement sur la souris. Il a une cigarette à la bouche, de la cendre tombe sur le clavier. Pardon, pardon ! Il l'enlève avec rudesse. Takeo a un sursaut.

« En plus, vous n'êtes que deux. Ça alors ! »

A huit heures moins cinq, il n'y avait pas eu de troisième offre. Dans les cas d'âpre concurrence, il y a des offres jusqu'à la dernière limite, mais là, je crois qu'on peut y aller ! M. Nakano a tapé gauchement sur le clavier. Qu'est-ce que je disais, regarde ! Il s'est penché de côté et Takeo, derrière lui, a regardé l'écran.

« Mille quatre cents yens », a dit Takeo dans un murmure. Avant d'ajouter : « Si c'est comme ça, il vaudrait mieux le retirer de la vente.

— Peut-être, mais après tout, c'est le client qui a voulu qu'on mette son briquet aux enchères ! » a dit M. Nakano, impitoyable, et il a repris la souris.

Oh ! M. Nakano a poussé un cri, et j'ai regardé moi aussi par-dessus son épaule. Le chiffre qui figurait à côté du briquet était passé à 1 700. Le premier acheteur avait monté l'enchère. M. Nakano a tapé de nouveau sur le clavier. Vous voulez que je vous remplace ? a proposé Takeo derrière lui, mais M. Nakano, sans se retourner, a dit non à voix basse. Sur l'écran, le chiffre était passé à 2 000. 2 500. M. Nakano a tapé de nouveau : 3 000.

J'avais les yeux fixés sur l'écran, épaule contre épaule avec Takeo. Il y avait combien de semaines que je ne m'étais pas ainsi approchée de lui, jusqu'à le frôler ? Il dégageait une odeur de savonnette. Le parfum n'avait pas changé, c'était le même savon que du temps où il venait chez moi.

Du magasin, on a entendu un *dong* sonore. C'était une horloge qui était à vendre. M. Nakano a dit entre ses dents, ce serait bien que ça ne se prolonge pas trop longtemps. Pendant quelques instants, il n'a pas quitté l'écran des yeux. Puis il s'est levé et a dit à Takeo : « Tu veux essayer ? »

Takeo a dit oui et il s'est assis lourdement. Cette fois, une odeur de shampooing est montée à mes narines.

Takeo gardait les yeux fixés sur l'écran. Il ne faisait pas mine de frôler les touches du clavier. En haut de l'écran, l'heure était affichée : il était huit heures et trois minutes. Je me suis doucement éloignée de Takeo.

Dix minutes plus tard peut-être, Takeo a annoncé d'un ton tranquille : « Adjugé 4 100 yens. »

Et l'autre avec ses cinq cent mille ! a dit M. Nakano en riant. Takeo a sorti d'une poche un billet de cinq mille yens tout chiffonné. De l'autre, il a tiré une pièce de cent yens, et il a remis le tout à M. Nakano.

Il a semblé réfléchir un moment, puis il a dit : « Je n'ai pas besoin de la monnaie. Vous n'aurez qu'à dire au client que son briquet s'est vendu pour ce prix-là. »

Quelle générosité ! a dit M. Nakano, qui a enveloppé le briquet dans du papier journal, sans cesser de rire. Takeo a d'abord mis le paquet dans un grand sac à dos, avec son petit ordinateur, mais se ravisant, il a défait le papier journal, a pris le briquet qu'il est allé poser sur une étagère dans la pièce du fond.

Est-ce que je peux le laisser ici ? a-t-il demandé. Sans avoir l'air de comprendre, M. Nakano a hoché la tête. Pourquoi est-ce que tu ne veux pas l'emporter ?

Takeo est resté un moment sans répondre, avant de dire finalement : « A la maison, je ne fume pas, tandis qu'ici, tout le monde pourra s'en servir. »

Maruyama est revenu.

« Sous le coup du désespoir », à ce qu'il paraît. Et c'est pour la même raison qu'il aurait été pris d'une envie subite de partir en voyage. C'est ce qu'il a expliqué.

« Bien sûr, moi, je suis persuadée que c'est faux », a déclaré Masayo.

Nous étions en train de manger un bol de nouilles dans la pièce du fond. Masayo les avait accommodées à sa façon, de main de maître. Saisissant les pâtes entre ses baguettes, elle les a élevées très haut tout en reniflant plusieurs fois. Avec le froid, on a le nez qui coule encore plus que d'habitude quand on mange ça, a-t-elle continué d'un ton paisible.

« C'est un mensonge ?
— Faux, archi-faux ! Il avait pris la fuite, ça, j'en suis sûre !
— Comment en êtes-vous certaine ?
— Mais, parce que, parce que je l'aime ! » Masayo s'efforçait de se montrer calme.

Je l'aime. J'ai répété comme un perroquet.

« J'ai tort ? »

Nnn... non. J'ai avalé mes pâtes avec précipitation. C'était brûlant, j'étouffais presque.

On a entendu le bruit du camion. Takeo devait être sur le point de partir. J'ai eu un bref regard pour le gros briquet de cuivre qu'il avait posé sur une étagère. Le client est resté quelques instants sans réaction quand M. Nakano lui a annoncé qu'il n'avait pu se vendre que 5 100 yens. Je sais bien que tout peut arriver, mais quand même... a-t-il fini par dire en fixant M. Nakano d'un air de rancune.

Au fait, vous savez, en le retournant, je me suis aperçu qu'il y avait écrit *Made in China*, a laissé tomber M. Nakano après avoir laissé le client mijoter pendant un long moment. Le client a pâli, puis il n'a plus rien dit.

« L'amour me fait peur maintenant ! a dit Masayo comme si elle fredonnait les paroles d'une chanson.

— C'est seulement aujourd'hui que vous commencez à avoir peur ? ai-je répliqué.

— Bravo, Hitomi, bien dit ! » a ri Masayo, avant d'ajouter : « Il ferait beau voir qu'une fille comme vous puisse comprendre cette impression d'inaltérable que donne l'amour quand le désir est presque éteint ! » Elle a aspiré les nouilles avec bruit. J'en ai fait autant.

Comme c'était légèrement plus salé que d'habitude, j'ai bu deux verres d'eau debout devant l'évier. Masayo s'est levée pour apporter les bols vides et elle m'a tendu une pomme. Debout, j'ai croqué dedans. Elle était acide. C'est une reinette, m'a dit Masayo. A son tour, elle a mordu dans le fruit.

En réalité, je savais parfaitement que Takeo se préoccupait des gens à l'extrême.

Non, décidément, je n'arriverais jamais à le détester.

Tout en remuant ces pensées, j'ai croqué la pomme. L'acidité du fruit était presque douloureuse. Masayo et moi avons dévoré chacune notre pomme jusqu'au trognon, et cela faisait *crac, crac* entre nos dents.

Le gin

Tu vois ce que je veux dire, ce genre de gros bonhomme en train de boire à la régalade comme on en trouve dans la peinture médiévale en Europe, eh bien, c'est exactement ça !

Sakiko secouait la tête en écoutant les explications de M. Nakano. Tu as beau me le répéter, moi, ça ne me dit rien.

Enfin quoi, ils peignaient ensemble, le père et le fils, et ils avaient le même prénom, Peter, Pieter ou je ne sais quoi. Eh bien, sur un de leurs tableaux qui représente une fête de village, on voit un personnage en train de brandir une espèce de bonbonne qu'il tient par le col de sa patte velue, et il renverse la tête pour boire au goulot, voilà, je ne peux pas te dire mieux.

Peter ? a répété Sakiko en secouant de nouveau la tête. C'est peut-être l'équivalent de Tarô au Japon, non ? Sakiko a plissé les yeux. Le bord inférieur de ses paupières qu'elle a très ourlé s'est gonflé.

Ecoute, son nom commence par Bru... Bru... quelque chose, Bruegel, je crois ! Le peintre qui peint des tableaux remplis de bonshommes en culottes qui passent leur temps à boire !

Je me demande si Bruegel peignait ses tableaux tout seul, dit Sakiko qui, cette fois, ouvre de grands yeux et regarde en face M. Nakano. Sous le regard de Sakiko, M. Nakano semble s'affirmer, pendant un petit moment.

L'air chaud que distribue le poêle à pétrole qu'un client est venu vendre il y a quelques jours n'atteint que le côté droit de mon corps, ce qui fait une drôle d'impression. Moi qui m'étonnais que le froid n'arrive pas alors que l'hiver était là, la température avait baissé d'un seul coup juste au moment du changement de calendrier, et le climatiseur du magasin déjà peu performant était loin de suffire, si bien que j'avais les pieds et les mains atrocement gelés.

On ne va pas le vendre, on s'en servira au magasin, avait déclaré M. Nakano dès que le client était parti en laissant son poêle, et il avait envoyé Takeo acheter du pétrole. Le patron l'avait immédiatement allumé, une lueur joyeuse dans les yeux. Un peu comme un enfant à qui on vient de donner un jouet mécanique et qui s'amuse tout de suite à le faire marcher.

M. Nakano s'était baissé et il a reçu en plein sur le visage l'air chaud qui jaillissait avec vigueur. Les appareils de maintenant sont bien différents ! On n'est plus congestionné par les flammes, par exemple ! Accroupie à côté de M. Nakano, Masayo n'en finissait pas de crier son admiration.

Cette bonbonne, j'en ai vu une pareille l'autre jour.

M. Nakano parlait à Sakiko avec application. Sakiko ponctuait de temps en temps la conversation tout en examinant le fond d'une corbeille tressée avec des vrilles d'*akebi*.

« C'est une jolie petite corbeille, n'est-ce pas ? » ai-je dit. Sakiko a hoché la tête. Oui, mais elle est neuve.

J'ai ri en entendant Sakiko dire « mais elle est neuve ». Neuf, impeccable, autant de traits qui diminuent la valeur d'un objet dans ce monde bizarre des antiquaires. Soudain, M. Nakano s'est tu et a levé les yeux au plafond. Il est resté un certain temps les yeux rivés au plafond, puis, la tête toujours en l'air, il s'est déplacé vers un coin du magasin, a pris en tâtonnant un balai accroché au mur. Ensuite, il est retourné à sa place et a donné un coup au plafond avec le manche en s'écriant : « Et vlan ! »

Qu'est-ce qui se passe ? a demandé Sakiko en entrouvrant à peine les lèvres. On aurait dit des pétales.

Une souris ! a répondu M. Nakano. Avec un peu de chance, elle s'est évanouie de frayeur !

Tu crois que les souris tournent de l'œil pour si peu ? Sakiko a ri.

Sans plus se préoccuper de la souris, M. Nakano s'est remis à parler de la bonbonne de vin du Moyen Age.

Et moi, j'ai brusquement eu envie de l'avoir, cette bonbonne.

Elle coûte combien ? a demandé Sakiko.

Cher.

Cent mille environ ?

Deux cent cinquante, il paraît.

Ils ne s'en font pas ! a dit Sakiko d'un air admiratif, et elle a de nouveau plissé les yeux. Elle a plusieurs façons de plisser les paupières. Cette fois, c'est la façon calculatrice. Chose curieuse, le bord ourlé de ses paupières ne gonfle presque pas et ses lèvres paraissent plus minces que d'habitude.

Je m'en doutais, c'est pas donné !

Il faut dire que mon domaine se limite aux antiquités japonaises, alors je ne connais pas la cote, a dit Sakiko, mais on voyait bien à son expression qu'elle trouvait la somme exorbitante.

M. Nakano a froncé les sourcils. Moi qui croyais que c'était à cause du prix de la bonbonne, c'était la souris. La coquine, elle est revenue à elle ! Tiens, la voilà qui recommence à gambader ! s'est-il lamenté.

J'ai écarté un peu le poêle pour éviter de recevoir directement l'air chaud sur ma jambe droite. M. Nakano s'en est aperçu : faites attention de ne pas mettre le feu ! Bien. Pas la peine de prendre une si petite voix, a dit M. Nakano en se grattant la tête. Pourquoi est-ce que j'aurais une petite voix, je ne suis pas triste, ai-je dit. Le patron s'est de nouveau gratté la tête.

Moi, figurez-vous, je suis triste.

Et pourquoi ?

C'est l'hiver, non ? Il fait froid et je suis sans le sou.

Assise sur une chaise qui était à vendre, Sakiko balançait les jambes. Elle portait de longues chaussettes noires. Ses jambes étaient longues et minces.

Oh, la souris ! ai-je dit. M. Nakano et Sakiko ont levé en même temps les yeux vers le plafond.

Je disais ça pour rire ! ai-je ajouté. L'air déçu, ils ont repris leur position initiale. Le poêle a émis un petit grondement.

Chose qui n'est pas dans ses habitudes, M. Nakano n'arrêtait pas de parler de la bonbonne.

Alors qu'il était en train d'ouvrir le rideau métallique, il s'arrêtait à mi-chemin et, à moitié baissé, il murmurait : « Quand même, c'est cher… » Ou encore, quand la conversation était finie, il donnait l'impression de vouloir ajouter quelque chose, mais c'était pour bougonner comme s'il se parlait à lui-même : « Je voudrais tout de même bien savoir le prix exact… »

C'était au point que Takeo a fini par dire :
« Le patron n'est pas normal, en ce moment.

— Ce ne sont pas des choses à dire ! ai-je répliqué vertement.

— Pardon, a dit Takeo en baissant la tête.

— Ça va, tu n'as pas besoin de t'excuser », ai-je marmonné entre mes dents.

Takeo a détourné la tête. J'ai eu la sensation que toute énergie m'abandonnait. Cette vie va me miner la santé. Voilà ce que je me disais. Et depuis quelque temps, l'idée de démissionner revenait souvent flotter dans mon esprit.

Masayo a fait son entrée. Depuis que Maruyama est revenu, Masayo est plus... disons, plus élégante qu'avant. Aujourd'hui, elle portait une jupe genre artisanal qui lui arrivait à la cheville, dans des tons violets, avec autour du cou un foulard teint à la main qu'elle laissait prendre négligemment. Elle l'avait sans aucun doute teint elle-même avec des couleurs naturelles à base de plantes.

« Ma petite Hitomi, vous ne trouvez pas que Haruo est bizarre en ce moment ? » m'a demandé Masayo dès qu'elle s'est installée sur une chaise à côté de la caisse.

Bizarre ? Ne sachant que répondre, j'ai répété de manière évasive. Takeo a fait un bruit étrange. Je me suis retournée et je l'ai vu qui se retenait de rire, la tête baissée.

« Je vous assure qu'il n'est pas normal, sûr et certain ! » a répété Masayo en ramassant le bas de sa jupe qui traîne par terre. Elle a soigneusement replié le tissu sur ses genoux, comme elle l'aurait fait d'un *furoshiki*[1].

« Pas normal, pas normal, ce ne sont pas des choses à… » Je n'ai pas pu finir ma phrase. Takeo s'était mis à pouffer, j'étais prise au piège. J'ai éclaté.

Eh bien, qu'est-ce qui vous prend ? a demandé Masayo. Non, enfin, c'est-à-dire, Takeo aussi, en parlant de M. Nakano… Je marmonnais entre mes dents. Eh bien, Takeo, qu'est-ce qu'il y a à propos de Haruo ? a demandé Masayo d'un ton parfaitement ingénu.

C'est-à-dire, moi, le patron est drôle en ce moment, et alors… La réponse de Takeo n'en était pas une non plus.

Vraiment, vous êtes tous bizarres dans cette boutique ! a dit Masayo en haussant les épaules. Takeo a éclaté de rire. Moi aussi, j'ai fini par rire un peu. Je songeais distraitement qu'il y avait longtemps que je n'avais pas vu rire Takeo de si bon cœur. Masayo s'est mise machinalement à rire avec nous. Au fait, Takeo avait les épaules plus larges qu'au début de notre rencontre. Masayo a laissé retomber le bas de sa jupe et,

---

1. Carré d'étoffe servant à porter les paquets, les livres ou les bouteilles.

sans quitter sa chaise, elle s'est mise à balancer les jambes, faisant onduler l'étoffe. Violet foncé, violet clair, les couleurs de la jupe surgissaient, disparaissaient, et à force de fixer le mouvement, je sentais mes paupières s'alourdir.

Si M. Nakano ne tournait pas rond, ce n'était pas seulement à propos de la bonbonne de vin.

Pour commencer, il faisait de moins en moins les marchés. Quant aux récupérations qu'on lui demandait par téléphone, il en refusait plus de la moitié. Dans le cas de celles qu'il avait acceptées après avoir fait un tri sévère, il ne manquait jamais d'accompagner Takeo, lui qui naguère l'envoyait si souvent seul. A peine rentré, il se laissait lourdement tomber sur une chaise, la mine déçue, et se lamentait : « Ah, ma petite Hitomi, c'est pas facile ! »

« Moi, je crois savoir ce qu'il a, a déclaré un jour Masayo.

— Vous croyez savoir ? a répété Takeo.

— Oui, je sais ce qui se passe. Je vais vous dire : c'est exactement la même chose que quand Haruo venait d'ouvrir ce magasin, après avoir quitté la société où il travaillait. » Elle parlait sur le ton de la confidence.

« La même chose ? » a répété Takeo. Ça m'a fait penser qu'il parlait plus clairement qu'avant.

« Oui, la même chose. Comment dire, une tension indiscernable, impalpable, vous voyez ? » a dit Masayo en allumant une cigarette.

Quand vient l'après-midi, M. Nakano va à la banque. Mais le sens n'est plus le même qu'avant, du temps où Takeo et moi utilisions l'expression comme un mot de passe, le patron va pour de bon à la banque.

« Ça ne m'étonnerait pas que Haruo veuille donner une autre orientation à ses affaires, chose surprenante de sa part, pourtant… »

Masayo gardait le ton de la confidence.

Quoi ? Takeo a retenu son souffle. Moi, ne saisissant pas très bien le sens des paroles de Masayo, je ne savais comment réagir.

« Autrement dit, on n'a plus besoin de nous ? s'est écrié Takeo.

— Pourquoi faudrait-il en arriver là tout de suite ? a dit Masayo en riant. En dépit des apparences, Takeo, vous êtes d'un naturel inquiet ! »

Takeo s'est excusé.

« Mais vous n'avez pas à vous excuser, voyons ! a dit Masayo, qui a ri de nouveau.

— C'est une manie chez moi de dire pardon ! Pardon !

— Dites donc, mon petit Takeo, je sais pas, mais j'ai l'impression que vous êtes devenu adulte ! »

Un bref instant, l'étonnement s'est peint sur le visage de Takeo. Sans transition, je me suis souvenue de la façon dont Takeo avait fait glisser mon jean. C'était arrivé quand ? J'avais l'impression qu'il y avait très longtemps. C'était il y a cinq cents millions d'années, ni Takeo ni moi n'étions encore des êtres humains, l'espèce humaine n'existait pas encore… Oui, c'était dans un lointain passé.

« Je me demande s'il n'a pas l'intention d'emprunter à la banque pour refaire le magasin… a dit Masayo en envoyant un épais nuage de fumée.

— Vous en êtes sûre ? demande Takeo.

— Non, c'est juste une supposition », répond Masayo.

Une supposition. Distraitement, j'ai répété le mot de Masayo. Décidément, je ne saisissais pas clairement le sens de ses paroles. C'était à cause de cette scène qui me restait collée dans la moitié de la tête, quand Takeo et moi avions fait l'amour, si brièvement. L'autre moitié était remplie du souffle chaud qu'envoyait le poêle à pétrole, et j'avais l'esprit moite.

J'ai tenté de chasser le trouble de mon esprit en secouant la tête, mais ça n'a pas marché. Le dos nu de Takeo, la couleur bleu pâle du jean à l'envers, ont envahi par bribes mon esprit tout entier.

Excusez-moi, je vais prendre un peu l'air, ai-je dit en ouvrant la porte du magasin, et je suis sortie. Dès que je n'ai plus senti la présence de Takeo, mon esprit s'est éclairci d'un coup. Décidément, il faut que je quitte ce travail. C'était la énième fois que je me disais ça.

A l'endroit où le chat faisait souvent pipi, quelques petites aiguilles de glace étaient restées. Quand je les ai foulées, elles se sont brisées, avec de petits craquements.

« En tout cas, la fameuse bonbonne, j'ai bien l'intention de me l'approprier ! » disait M. Nakano au téléphone. Oui, c'est ça, entendu. Midi et demi ? D'accord. La ligne Mita. Bien sûr, je trouverai. Sinon, j'appellerai ton portable. L'argent ? Ben, j'en ai pas beaucoup, mais enfin.

L'interlocuteur à l'autre bout du fil semblait être Sakiko. En effet, j'entendais M. Nakano dire au téléphone tantôt « tu pourrais tout de même », ou « toi, écoute ».

« Tu l'as déjà prise, la ligne Mita ? a demandé Masayo quand M. Nakano a raccroché.

— Ne te moque pas de moi-ahah ! » a répliqué M. Nakano en chantonnant bizarrement. Ah, Momoe-chan[1] ! a dit Masayo, qui s'est mise à chanter à son tour : « Ne te moque pas de moi-ahah ! »

« Dans la vie, ce qu'il faut avoir, c'est une maîtresse géniale ! » a dit Masayo quand le refrain a été terminé.

Oui alors ! a répondu M. Nakano en reniflant. Par l'entremise de Sakiko, le patron devait assister

---

1. Yamaguchi Momoe, chanteuse très populaire et actrice de cinéma.

à une vente réservée aux spécialistes d'antiquités européennes et réputée haut de gamme parmi les nombreuses réunions qui se tiennent dans la capitale.

« C'est une séance de quel genre ? a demandé Takeo.

— On parle de haut niveau, mais pour l'essentiel, c'est la même chose que les ventes où je vais.

— On fait des enchères ?

— Tu l'as dit, on fait des enchères. »

Le patron emmenait de temps avec lui Takeo à ces ventes réservées aux professionnels. Une vente, comment c'est ? Quand j'avais commencé à travailler à la brocante Nakano, je n'en savais rien et j'avais posé la question à Takeo. Celui-ci, après avoir réfléchi un moment, avait fini par me répondre :

« Ça se passe dans une espèce de baraque, des types viennent vendre de force, ou encore forcer à acheter, bref c'est du pareil au même. »

M. Nakano allait aux ventes pour acheter à bas prix assiettes et bols dépareillés, miroirs ternis ou vieux jouets. Ces objets de toutes sortes, peu encombrants, constituaient l'essentiel des ventes de la boutique, avec leur petit « air du passé ».

« Mais les enchères et les marchés, c'est pas la même chose, n'ce-pas ?

— C'est pas la même chose, n'ce-pas ? Juste ! »

M. Nakano avait imité Takeo, peut-être parce que ça l'ennuyait de répondre.

« Elle est où, la différence ? a insisté Takeo, sans aucun mauvais esprit toutefois.

— Alors, comme ça, on est devenu adulte ? a rétorqué M. Nakano, comme s'il se trouvait décontenancé.

— Quoi ? a dit Takeo, d'un air parfaitement indifférent.

— Dans ces conditions, ça vous dirait d'y aller ? a demandé M. Nakano en nous regardant tous les deux.

— Sakiko est déjà assez gentille de t'emmener à une séance réservée aux initiés ! Tu ne crois pas que… » a dit Masayo d'un ton de reproche.

M. Nakano, une cigarette non allumée entre les lèvres, a dit : « Qu'est-ce que ça peut faire ? Après tout, j'ai une maîtresse géniale, non ? » Et il a mordillé le bout de sa cigarette.

Voyez-vous ça, le petit boude ! a dit en riant Masayo.

Tu n'y es pas du tout, a répliqué M. Nakano en mordant plus fort le bout de sa cigarette. En plus, ça leur servira d'expérience, à Takeo et Hitomi !

Une expérience ? Takeo est resté bouche bée. Il était redevenu le Takeo habituel. Départ demain à onze heures. Que ceux qui veulent étudier n'arrivent pas en retard. Le patron parlait comme un maître d'école. Takeo gardait son air hébété. Moi, je regardais sans le voir le pompon qui ornait son bonnet.

C'était un jour de grand vent. Le bonnet de M. Nakano semblait à tout instant prêt à s'envoler. Aujourd'hui, il était de couleur rouge foncé.
C'est ce qu'on appelle le courant d'air des grands immeubles, non ? a dit M. Nakano d'une voix forte. Oui, c'est vrai, a répondu d'une petite voix M. Awashima. Sakiko marchait à côté de lui. Un peu en retrait, nous les suivions tous les trois, le patron, Takeo et moi.
M. Awashima avait un visage pâle. Il était complètement différent de l'image que je me faisais d'un homme versé dans le commerce des antiquités européennes : le teint basané, avec de belles pattes de lapin. M. Awashima avait, semble-t-il, à peine plus de trente ans, mais il était déjà presque chauve. Le dos rond, il avait de gros yeux et quelque chose d'un poisson nageant au fin fond de la mer. Avec M. Awashima, je me sens en confiance, a déclaré Takeo après la réunion, sur le chemin du retour. Moi aussi, j'avais eu la même impression. Mais Sakiko a répliqué froidement : « Ça, c'est le propre de quelqu'un qui connaît le métier. Si le client cesse d'être sur ses gardes, la partie est gagnée pour le marchand. »
M. Awashima a pénétré dans un immeuble au coin de la rue. En continuant jusqu'au fond

après l'entrée, il y avait une partie légèrement surélevée recouverte d'un tapis. Après avoir adressé un bref salut à une femme en noir qui s'occupait de l'accueil, M. Awashima a enlevé ses chaussures, qu'il a rangées dans un petit meuble. Takeo et moi en avons fait autant. On n'avait pas sorti de chaussons, et tout le monde foulait le tapis.

Des chaises étaient alignées devant une de ces longues tables qu'on voit dans les salles de réunion, et plusieurs personnes qui avaient tout l'air de professionnels, assises par petits groupes de trois ou de cinq, étaient en train de manger. Boulettes de riz achetées à la supérette, morceaux de poulet frits dans les boîtes blanches en polystyrène des traiteurs bon marché, canettes de thé, l'ensemble disposé pêle-mêle devant chacun. J'ai entendu l'estomac de Takeo gargouiller.

« Je vous laisse en attendant que ça commence », a dit à voix basse M. Awashima, qui s'est dirigé vers des gens qu'il connaissait.

La salle où devait avoir lieu la vente était d'une surface de trente tatamis environ. Des coussins recouverts d'une housse blanche étaient disposés aux quatre côtés de la pièce, laissant libre l'espace au milieu.

M. Nakano lançait des regards de tous les côtés. Sakiko est venue discrètement s'asseoir sur un coussin au milieu. Moi aussi, je me suis installée, laissant un coussin libre entre nous. Takeo s'est mis à côté. Comme Sakiko est menue, elle paraissait toute petite une fois assise à la japonaise. Elle donnait l'impression d'avoir une tête de moins que Takeo ou moi.

Un brouhaha envahissait la salle. M. Nakano marchait de long en large. Takeo a abandonné son coussin pour aller rejoindre M. Nakano.

« Dites-moi, Hitomi... » a murmuré Sakiko.

Oui ? Moi aussi, je parlais à voix basse, entraînée malgré moi.

« Vous allez partir ? »

Hein ?

« Je suis sûre que vous allez quitter le magasin de Haruo ! »

Mais non, je n'ai jamais...

Je n'avais encore parlé à personne de ce projet que je nourrissais vaguement.

Qu'est-ce qui vous fait penser ça ? ai-je demandé à Sakiko, toujours à voix basse.

« Je ne sais pas, c'est une impression que j'ai eue... » a-t-elle répondu. Elle chuchotait et pourtant on l'entendait distinctement. La voix de Sakiko était mystérieuse.

Une impression ?

« C'est peut-être parce que moi aussi, j'ai l'intention d'arrêter. »

Je l'ai regardée franchement. L'éclat de ses yeux était plus acéré que d'habitude.

Arrêter ? Que, quoi donc ?

« Haruo », a répondu Sakiko avec simplicité.

Mais il n'y a pas si longtemps, vous avez dit que vous ne le quitteriez pas... Ma voix devenait presque inaudible. M. Nakano et Takeo se dirigeaient vers nous.

« C'est vrai, mais j'ai compris que j'étais enfin en mesure de le quitter... »

Enfin ? ai-je répété malgré moi. Au même moment, M. Nakano s'est laissé lourdement tomber sur le coussin entre Sakiko et moi.

Sakiko s'est tournée vers lui et a souri. C'était un sourire terriblement tendre. Un sourire épanoui, comme celui de la statue en bois d'une divinité shintô que j'avais vue un jour à Asukadô, le magasin de Sakiko.

Disposés sur de grands plateaux rectangulaires, dans des cartons, les objets passaient de l'un à l'autre. Quand on avait fini d'examiner un plateau, on le poussait vers son voisin. C'était du travail à la chaîne, assiettes, lampes, gravures, on regardait tout.

« C'est tout à fait pour vous, ça, non ? disait Sakiko en s'adressant à M. Awashima qui, sans qu'on l'ait remarqué, s'était assis en tailleur à ses côtés.

— En effet, ça me plaît beaucoup, mais c'est devenu exorbitant, ce genre de choses, et difficile à vendre. » Il parlait doucement, tandis qu'il saisissait l'objet « fait pour lui » et l'examinait avec soin : c'était une coupelle de verre, d'une couleur complexe, qui tenait dans la paume de la main.

« Tiens, il a un défaut ! » a dit M. Awashima en hochant la tête comme pour lui-même.

Takeo prenait les objets un par un. Alors que les spécialistes en la matière, à commencer par M. Awashima, ne se gênaient pas pour s'en emparer à la va-vite, Takeo était le seul à les manipuler avec une précaution exagérée.

« Naturellement, c'est mieux de s'y prendre comme Takeo », a dit Sakiko d'une voix douce. Le cou de Takeo s'est empourpré.

M. Nakano, pour sa part, se bornait à examiner les plateaux, le visage penché au-dessus, sans porter la main sur les objets qui défilaient devant lui.

« Si quelque chose vous tente, dites-le-moi », a dit M. Awashima à M. Nakano. Comme Sakiko était assise entre les deux hommes, elle devait se reculer chaque fois qu'ils échangeaient des propos et elle s'appuyait sur les avant-bras.

« En ce cœur de l'hiver, j'espère que tout le monde se porte bien… » Après cette entrée en matière de pure forme, les enchères ont tout de suite commencé. Je me doutais bien qu'il n'y aurait ni cloche ni tambour, mais comme je savais que les règles étaient strictes, je m'attendais à une atmosphère plus guindée.

« C'est tout simple, on dirait », ai-je murmuré à Takeo. Il a hoché la tête.

« Oui, y a pas trop de différence avec les marchés habituels. Au lieu de se passer dans une baraque, c'est dans un immeuble, voilà tout. »

Je n'en revenais pas : Takeo parlait sur un ton très familier, ce qui ne lui était pas arrivé depuis longtemps. Par intervalles, je me sentais envahie de joie. Tout en me traitant d'idiote, j'étais toute joyeuse, sans savoir au juste pourquoi.

« Ça va commencer ! » ai-je dit. Je ne savais pas quoi dire, mais je voulais parler sur le même ton que Takeo. Pour la seconde fois, je me suis traitée d'idiote.

La vente s'est ouverte sur un article dont la mise à prix était de 3 000 yens. Le commissaire-priseur avait une grosse voix sourde, on n'entendait pas jusqu'au bout ce qu'il disait.

5 000, 7 000, les enchères montaient très vite. Takeo semblait fasciné par les gestes du commissaire-priseur, qu'il ne quittait pas des yeux.

Aujourd'hui, c'est plutôt calme dans l'ensemble, a murmuré M. Awashima. Certains prix ne cessaient de grimper, mais parfois ils étaient seulement deux à se disputer l'article. Beaucoup d'objets dont la mise à prix avait débuté à 10 000 yens étaient adjugés à 17 000.

Lorsque l'objet montait à plusieurs dizaines de milliers de yens, voire plusieurs centaines de milliers, le vendeur qui se tenait derrière le commissaire-priseur, un peu de côté, remuait lentement la tête de haut en bas.

« Adjugé ! » a dit le commissaire-priseur. J'ai compris au bout d'un certain temps que le mouvement de la tête était le signal que le prix de vente était arrêté.

On entendait beaucoup de voix s'élever, mais il y avait aussi des objets qui avaient du mal à monter. 5 000, 7 000, 10 000, 11 000, 15 000... L'enchère piétinait.

Un cri a fusé.

« Qu'est-ce que ça veut dire ? a demandé Takeo à M. Nakano.

— Ça veut dire qu'on passe au niveau supérieur sans transition, a répondu M. Nakano sans quitter des yeux le commissaire-priseur.

— Sans transition ? a répété Takeo.

— Dans ce cas précis, ça signifie qu'on est à 16 500 yens », a expliqué Sakiko en jetant un regard à Takeo. Elle a continué : « Si on était arrivé à 100 000 yens, ça signifierait qu'on passe directement à 165 000 ! » Takeo était bouche bée.

« Si on était à un million, ça voudrait dire qu'on passe à 1 650 000 ! »

Eh ben. Takeo gardait la bouche ouverte.

Après le cri qui avait relancé l'enchère, plus personne n'a monté le prix. Moi, je vous dis qu'ils regardent trop à la dépense, a grommelé M. Nakano. C'est que, vous savez, les temps sont difficiles, et les choses se vendent mal, a répliqué M. Awashima en secouant la tête. Celui qui avait mis le bien en vente semblait mécontent de l'enchère atteinte et gardait les sourcils froncés.

Le commissaire-priseur s'est tourné vers lui et lui a posé une question. Comme l'homme faisait un léger mouvement de la main, il a lancé sans détour : « Erreur ! » et l'objet a été retiré de la vente.

Après une vente de tableaux, on a enchaîné sur les faïences et les porcelaines. C'est du Rosenthal, vous entendez, Rosenthal ! Il y en a cinq. Dommage, quatre seulement. Tout à l'heure aussi, il n'y en avait que quatre. Si je comprends bien, c'est le jour ! Le commissaire-priseur avait un ton léger, presque enjoué.

Après la porcelaine, ce furent des lots hétéroclites. Une lampe de décoration rose et bleue, deux petits portraits encadrés de personnages de la noblesse accompagnés de leurs chiens de chasse, un porte-bouteilles avec des verres à vin, le tout est arrivé sur un plateau surchargé. De quoi décorer deux chambres d'hôtel ! Le commissaire-priseur en remettait.

Le lot « spécial hôtel » a commencé à 30 000 yens, scandé par la même voix voilée, mais les enchères ne sont pas du tout montées. Dans quel genre d'hôtel peut-on trouver ce genre de décoration ? a demandé en riant Sakiko à

M. Awashima. Sûrement dans des hôtels de luxe, a répondu ce dernier à voix basse. Je ne sais pas pourquoi, mais la voix de Sakiko et celle de M. Awashima sont de même nature : elles ne sont pas puissantes mais elles portent bien.

« Dans les réunions de ce genre pour les antiquités japonaises, ça circule à combien ? » Cette fois, c'était M. Awashima qui interrogeait Sakiko.

« Je sais que la séance de la semaine dernière a tourné autour de soixante millions.

— C'est fantastique », a commenté M. Awashima, mais lui-même gardait un ton absolument neutre.

M. Nakano s'est penché en avant. Ça ne va plus tarder, je crois, a annoncé M. Awashima. Je compte sur vous ! lui a dit M. Nakano en inclinant la tête. Sur un plateau qui était passé un moment plus tôt se trouvait une bonbonne noire sur laquelle était collé un drapeau, qui à mes yeux ne présentait pas le moindre intérêt : c'était, semble-t-il, la bonbonne sur laquelle M. Nakano avait jeté son dévolu.

Il faut attendre encore un peu, a expliqué M. Awashima. M. Nakano a de nouveau incliné la tête. Il semblait avoir parfaitement oublié que lui-même pratiquait dans les ventes une stratégie serrée pour des sommes de mille yens, ou même de cinq cents yens.

En riant, le commissaire-priseur a levé bien haut un objet et il a lancé à l'assistance en imitant une publicité à la télé : « Qu'est-ce qu'on peut faire[1] ? » C'était un presse-papiers orné d'un bouledogue. Impossible de s'en aller sans acheter ce si mignon petit chien ! blaguait le commissaire-priseur. 60 000 ! En définitive, le presse-papiers est monté jusqu'à 150 000 yens.

Enfin est arrivé le tour de la bonbonne de M. Nakano. Avant que les enchères ne commencent, tandis que les plateaux passaient de main en main, un homme et une femme, probablement un couple d'antiquaires, assis deux coussins plus loin que Takeo, s'étaient emparés de la bonbonne et l'avaient longuement examinée.

« Changement de plateau ! » a lancé le commissaire. On en avait fini avec le bouledogue et les six autres articles qui avaient suivi, et ce devait être le tour de l'exposant venu proposer la bonbonne.

La voix sourde a retenti : 20 000 ! M. Nakano s'est résolument penché en avant.

Le corps de la bonbonne ainsi que le col étaient noirâtres, mais quand on la retournait, le

---

1. Publicité plaisante pour une société de crédit, qui met en scène un homme (interprété par un acteur connu) aux prises avec une situation inextricable. Entre-temps, elle a disparu du petit écran, en raison de démêlés divers de l'entreprise avec la justice.

fond était bosselé et brillait comme un miroir. En collant l'œil dessus, on voyait un arc-en-ciel.

« Elle a l'aspect poli d'une perle noire, a dit Takeo.

— Commentaire original ! Bravo ! » a dit M. Awashima en regardant Takeo avec un grand sourire.

La bonbonne avait été adjugée à 70 000 yens. Le couple d'acheteurs assis près de Takeo s'était battu avec un acharnement prévisible, mais M. Awashima avait beaucoup plus d'expérience qu'eux dans le métier, et M. Nakano nous a expliqué après la séance, sans trop insister, que c'était grâce à l'autorité de ce dernier que l'objet avait pu lui revenir à un prix moins élevé qu'il ne s'y attendait lui-même.

« C'est une bonbonne de gin, ça, tu sais, a dit calmement Sakiko.

— Une bonbonne de gin ? a répété M. Nakano d'un air extasié.

— J'aime bien le gin, moi ! » a dit Sakiko. C'était une déclaration banale, mais mon cœur s'est mis à battre. M. Nakano a répondu d'un ton rêveur, oui, c'est vrai, ça.

Tout en caressant la petite valise où il avait rangé la bonbonne, non sans l'avoir emballée dans un journal alors qu'elle était déjà enveloppée dans du papier bulle, M. Nakano a répété doucement : « Bonbonne de gin, flacon de gin... »

Il a l'air heureux, a dit Takeo. J'ai failli répondre oui, mais j'ai baissé la tête précipitamment. Je venais de me rappeler ce que m'avait dit Sakiko avant le début de la vente.

« J'ai compris que j'étais enfin en mesure de le quitter. »

J'ai relevé la tête et regardé Sakiko : un sourire aux lèvres, elle m'a fait un clin d'œil. Avec son œil droit fermé, le coin droit de la bouche relevé, forcément, elle donnait l'impression de pleurer malgré son sourire.

Vous êtes sûre que ça ira ?

Moi aussi, j'ai parlé avec mes lèvres, et Sakiko a hoché la tête.

Oui, ça ira.

Sakiko a effacé son sourire et m'a fait un nouveau clin d'œil. Le même coin de la bouche s'est relevé, et alors qu'elle ne souriait plus cette fois, on avait l'impression qu'elle riait, contrairement à tout à l'heure.

« Hitomi, bon courage et bonne chance ! » m'a-t-elle lancé. Sa voix était plus sonore que d'habitude.

Surpris, M. Nakano s'est tourné vers elle. Sakiko l'a regardé droit dans les yeux. M. Awashima était occupé à discuter avec Takeo. Sakiko avait les joues légèrement brillantes. Sa peau avait un beau reflet sombre, comme le fond de la bonbonne de gin.

C'est vers la mi-février que M. Nakano a annoncé sa décision de fermer provisoirement le magasin.

Depuis le matin, il tombait quelques flocons de neige. Il y a un mot pour ça, vous savez, « les fleurs du vent », a dit Masayo. Takeo est allé dehors et a levé les yeux vers le ciel. Debout devant la boutique, il est resté indéfiniment à regarder le ciel, sans bouger. Ce garçon, on dirait un chien ! a dit Masayo en riant.

Ce n'est que tard dans l'après-midi que M. Nakano est arrivé, et il ne neigeait plus.

« Tous en rang ! » a ordonné le patron.

J'étais en train de me demander pourquoi Takeo n'avait pas bougé du magasin depuis le matin. De surcroît, aucune récupération n'était prévue. M. Nakano nous a brièvement expliqué les raisons de la fermeture. Il voulait donner un autre style à son commerce. Il lui fallait de l'argent. Il allait louer la boutique pendant un certain temps, lui-même continuerait à travailler par le biais du site de Tokizo. Il ne pouvait pas nous donner de prime de départ, mais il augmenterait de cinquante pour cent ce qu'il nous devait ce mois-ci.

Depuis le début du mois, M. Nakano avait encore maigri. Masayo m'avait appris peu de temps auparavant que Sakiko l'avait quitté. J'ai pensé que quand un amour prenait fin, tout le monde maigrissait, les hommes comme les femmes, les jeunes comme les vieux. Enfin, c'est une idée qui m'est venue.

Voilà ! a dit M. Nakano pour clore la réunion. Masayo nous a considérés à tour de rôle, Takeo et moi. Depuis qu'elle faisait « de l'élégance », elle portait souvent de ces foulards qu'elle teignait elle-même avec des plantes. Ce jour-là, elle en avait enroulé plusieurs autour de son cou. La jupe était longue, de couleur marron. Les bottines, marron aussi.

« Hitomi ! » a dit Masayo.

Oui ?

Masayo semblait vouloir me dire quelque chose, mais elle est restée la bouche ouverte sans parler. Elle a dit encore une fois : « Hitomi ! » Moi aussi, j'ai répété oui. Elle m'a dit seulement : « Si vous emportiez la corbeille d'*akebi* ? » puis elle s'est tue. C'était son mot d'adieu.

J'ai quitté le magasin avec Takeo. M. Nakano n'a rien dit non plus. Dans la même posture que d'habitude, sa cigarette à la bouche (qui n'était pas allumée), il est sorti devant la porte avec Masayo, et ils nous ont suivis des yeux, indéfiniment. Au moment de tourner au coin de la rue, je me suis retournée et j'ai aperçu le pompon de son bonnet. Ce jour-là, le bonnet de M. Nakano était marron, comme la jupe de Masayo.

Qu'est-ce que tu vas faire ?

Takeo a secoué la tête. Il a fini par répondre : Et toi ?

En silence, nous avons marché côte à côte. J'ai serré avec force les poignées du vieux sac d'emballage qui contenait la corbeille tressée. Quelques fleurs du vent avaient de nouveau commencé à tournoyer.

Punching-ball

L'espace d'un instant, je me suis demandé où j'étais.

Une faible lumière filtrait à travers les rideaux. La sonnerie du réveil posé près de mon oreiller retentissait, *ri, ri, ri*, puis le rythme s'est accéléré pour ne plus s'interrompre, *rirririri*. J'ai fini par tendre le bras. Non, je n'étais plus dans mon ancien quartier, le logement que je louais avant, près de la brocante Nakano, j'habitais au deuxième étage d'un immeuble blanc, dans un studio encore plus petit mais à cinq minutes à pied de la gare de la ligne privée où je changeais de train... Je sortais lentement du sommeil, repassant dans mon esprit encore vague toute cette réalité.

Mon déménagement remontait déjà à plus de deux ans.

Je me suis lentement assise au bord du lit et, tout en battant des paupières, je suis allée dans le cabinet de toilette. Je me suis passé le visage à l'eau, brossé les dents. Le tube de crème démaquillante dont je m'étais servie la veille au soir était resté ouvert. J'ai cherché le bouchon triangulaire, qui était tombé dans un coin du lavabo. Je l'ai ramassé et revissé.

J'ai sorti du frigidaire une canette de jus de tomate. L'anneau d'aluminium a craqué quand mon doigt l'a soulevé. Je n'ai pas pris de verre, j'ai bu à même la boîte. Comme j'avais oublié de la secouer, c'était presque de l'eau au début, puis c'est d'un coup devenu très épais.

Quelques gouttes d'eau sont tombées de ma frange. J'ai rincé rapidement la boîte, je l'ai aplatie avec la main et j'ai donné un coup d'œil au petit miroir à côté de mon lit. Les lobes de mes oreilles étaient rouges. Je les ai effleurés du doigt. Ils étaient tout froids.

Quand j'ai ouvert la fenêtre, le vent a pénétré. C'est un vent de plein hiver, mêlé de pluie. J'ai précipitamment refermé la fenêtre, enfilé un chemisier à manches longues et un collant épais, mis une jupe chaude avec un chandail. Deux semaines plus tôt, j'avais acheté dans un petit marché aux puces un manteau beige. Je l'ai sorti du placard et étalé sur le lit.

Je me suis tournée de nouveau vers la glace, j'ai pris un peu de fond de teint, je l'ai posé sur mes joues et le bout de mon nez, quelques touches. Je me suis plutôt vite habituée aux trains bondés, j'ai plutôt vite appris à prendre mes distances avec les employées à temps plein, à maîtriser l'utilisation d'Excell aussi. Pourtant, je n'arrive pas à me faire à ce maquillage quotidien « de rigueur ».

Du temps où je travaillais à la brocante Nakano, je n'avais même pas conscience de l'existence de ces crèmes. Quelques gouttes de tonique sur le visage, deux ou trois petites tapes sur les joues, et quand l'envie m'en prenait, un peu de gloss sur les lèvres... A cette époque, c'était tout.

Près de trois années se sont écoulées depuis la fermeture de la brocante Nakano.

Cela va faire bientôt six mois que je suis entrée dans la société où je travaille maintenant. C'est une entreprise de produits diététiques qui se trouve à Shiba.

On m'a renouvelé mon contrat à deux reprises. Je pense qu'il n'y aura pas de troisième fois. Je me sens bien dans cette boîte, mais on n'y peut rien. J'ai donné de grands coups de pinceau sur mes pommettes, tout en secouant légèrement les épaules. C'est sans doute parce que je passe plusieurs heures par jour devant mon ordinateur, j'ai les épaules dures comme la pierre. Et si j'allais faire un tour samedi prochain dans le nouveau salon de massage qui s'est ouvert à côté de la gare ? Tout en me disant ça, je n'arrêtais pas de remuer les épaules.

Pour la première fois depuis bien longtemps, j'étais en train de boire avec Masayo.

« Vous, Hitomi, employée de bureau, je n'en reviens pas ! s'est écriée Masayo en se versant une coupe de saké chaud.

— Je ne suis pas employée à part entière, je suis détachée.

— En quoi est-ce différent ? »

Masayo a écouté mes explications avec des hochements de tête. Mais je suis certaine qu'elle aura vite fait d'oublier. J'ai le souvenir de lui avoir déjà expliqué la même chose.

Masayo m'a appris qu'elle ne savait plus où donner de la tête, ces derniers temps. L'une de ses créations avait obtenu un prix réputé dans ce domaine.

« La récompense n'est pas énorme, cinquante mille yens seulement, vous savez, m'a expliqué Masayo. Mais ça fait une réputation », a-t-elle ajouté en haussant à moitié ses sourcils.

Le résultat, c'est qu'on l'avait chargée d'une classe dans un centre culturel du quartier, et aussi ailleurs, si bien qu'elle se retrouvait à la tête de trois cours.

« Voilà pourquoi je suis super occupée, et ça ne me réjouit guère », a dit Masayo tout en fumant sa Seven Stars. Elle semblait vraiment n'y prendre aucun plaisir.

« Mais gagner de l'argent est une bonne chose, ai-je dit.

— Eh bien, Hitomi, voilà que vous parlez comme une bonne femme, maintenant !

— Mais c'est que je suis devenue une bonne femme !

— A d'autres ! Vous et votre petite trentaine ! »

A un certain moment, nous avons trinqué tout d'un coup, sans raison particulière.

« Je bois à l'entrée de Hitomi dans l'âge de raison ! a dit Masayo en vidant son gobelet de saké.

— Non, écoutez, ne vous moquez pas de moi ! » Il restait dans mon verre un tiers d'alcool de riz coupé d'eau chaude, que j'ai avalé d'un trait. J'ai senti descendre dans ma gorge quelque chose de tiède où se mêlait la chair d'un fruit, la prune salée qui se détachait doucement en petits lambeaux.

« Vous avez déménagé, n'est-ce pas ? » Je me souviens avec netteté de la voix de Masayo quand elle m'avait téléphoné.

Je venais tout juste de quitter mon ancien logement. Masayo avait reçu ma carte. J'avais en effet communiqué ma nouvelle adresse à une dizaine de personnes à qui j'avais écrit un mot à la main, dont Masayo. Quant à M. Nakano et à Takeo, après avoir bien réfléchi, je ne leur avais rien envoyé.

« J'ai dépensé mes maigres économies ! » ai-je dit.

A l'autre bout du fil, Masayo a poussé un soupir de politesse. Dès le début, j'avais trouvé qu'elle avait une voix étrangement courtoise.

« C'est bien, que vous ayez déménagé.

— Ah bon, vous trouvez ?

— Mais oui, c'est bien ainsi. »

Notre échange était tout ce qu'il y a de banal, mais je ne pouvais pas m'empêcher de penser que Masayo n'avait pas la même voix que d'habitude. Nous avons continué à bavarder de choses et d'autres, du temps qu'il faisait, et au moment où je me disais que le moment était venu de raccrocher, Masayo m'a dit :

« La veillée funèbre a lieu aujourd'hui, les obsèques sont pour demain... »

Quoi ?

« De Maruyama », a poursuivi Masayo.

De Maruyama ? ai-je répété bêtement.

« Le cœur. Je n'avais pas de nouvelles depuis trois jours, alors je suis allée voir, et voilà. Comme on est en hiver, il était très bien conservé, beau comme tout dans la mort. »

Je n'ai pas tellement envie d'assister à ces funérailles qui sont organisées par Keiko, son ancienne femme, mais après tout, je le prends comme une obligation sociale. L'enterrement, j'y vais avec Haruo, mais ce soir, il doit absolument déposer quelque chose chez un client, et j'ai pensé... Dites, Hitomi, vous ne voulez pas avoir la gentillesse de m'accompagner ?

Elle avait un ton terriblement uni, le même que lorsqu'elle s'efforçait discrètement de faire l'article à un client qui n'était pas un habitué, pour lui faire acheter une marchandise dont elle n'était pas sûre.

« Oui, j'irai », ai-je répondu.

Masayo a poussé un soupir poli.

« Figurez-vous que le propriétaire de la chambre qu'il louait a presque fait un scandale ! Décidément, jusqu'au bout, il n'aura pas été gâté par ses logeurs, c'est ahurissant ! » Masayo avait momentanément retrouvé son ton habituel. Mais c'est d'une voix étrange qu'elle a continué : « Vous vous rendez compte, Maruyama est mort, pour de vrai. » Elle l'avait dit dans un murmure, sans relief ni couleur, que je ne lui connaissais pas.

« En tout cas, bravo pour votre déménagement ! » a-t-elle repris, mettant fin de bizarre façon à notre conversation téléphonique.

Maruyama est mort, pour de vrai. La voix étrangement douce de Masayo, sa voix que les larmes faisaient trembler, a continué de retentir dans ma tête sans que je puisse l'arrêter, comme une machine cassée.

Quand je suis arrivée au contrôle des billets de la gare où nous devions nous retrouver, Masayo était déjà là. Elle avait mis un manteau marron, des bottines marron. Le foulard qu'elle avait autour du cou le jour où M. Nakano avait annoncé la fermeture de la brocante lui couvrait la tête ce soir-là.

Je n'ai pas pu m'empêcher de lui demander :

« Vous êtes sûre que cette tenue convient à une veillée funèbre ? »

Masayo a hoché la tête en silence. Le foulard a eu une légère ondulation, en même temps que la tête de Masayo.

« En se mettant en deuil, on donne l'impression qu'on avait prévu la mort, et pour une veillée funèbre, c'est justement une tenue comme la mienne qui convient ! » a-t-elle répondu. Puis elle a fixé les yeux sur ma tenue. J'étais en noir des pieds à la tête, même mon manteau était sombre.

« Il ne fallait pas que je m'habille comme ça, alors ? » ai-je demandé craintivement.

Masayo a répondu sans la moindre hésitation :

« Non, il ne fallait pas. »

La veillée avait lieu dans un petit établissement de pompes funèbres situé à un quart d'heure à pied de la gare. On pouvait lire « Famille Midorikawa », « Famille Maruyama », « Famille Akimoto » : trois cérémonies étaient prévues en même temps et les gens allaient et venaient dans un brouhaha continu.

« Quelle chance que l'endroit ne soit pas désert ! » a dit Masayo en se mettant précipitamment dans une file.

Près de l'autel, un couple d'âge moyen accompagné de deux fillettes était assis à côté d'une femme aux cheveux blancs qui paraissait être Keiko, l'ancienne épouse. Les visages étaient sans expression. Les fillettes portaient toutes les deux l'uniforme d'une école privée du quartier.

Sans même croiser le regard de Keiko, Masayo a tourné le dos à l'autel pour reprendre en hâte sa place. A la suite de Masayo, j'ai pris une pincée d'encens et quand j'ai levé les yeux, j'ai vu au-dessus de l'autel une photo en couleurs de Maruyama avec un sourire plein de douceur. Il devait être très jeune sur la photo. Ni la bouche ni le front n'avaient la moindre trace de rides, le contour du visage était mince et ferme.

« Vous voulez prendre un verre avant de rentrer ? » ai-je proposé à Masayo en sortant, mais elle n'a rien répondu et a pris un pas rapide. Au bout d'un moment, elle m'a dit : « Non, ça va. » Comme nous avions déjà marché pendant cinq bonnes minutes, je n'ai pas compris ce qu'elle voulait dire. Mais j'ai vite fait de m'apercevoir que c'était sa réponse à ma proposition.

« C'est étrange de penser qu'il est mort à présent… » ai-je dit, et Masayo a hoché la tête en silence.

Sans un mot, nous avons marché jusqu'à la gare. J'ai acheté mon billet et au moment où je tournais le dos pour le passer dans la machine, Masayo a dit : « L'être que j'aime le plus au monde ! » Elle ne l'avait pas murmuré, elle n'avait pas élevé la voix non plus, c'était comme si elle continuait une simple conversation.

Quoi ? Avec tristesse, Masayo s'est contentée de répéter : « L'être que j'aime le plus au monde ! »

Je me suis tournée vers elle pour la regarder, mais elle n'a rien ajouté. C'était l'heure où les gens rentraient chez eux après le travail, et beaucoup nous ont bousculées.

« J'ai perdu l'occasion de le dire à Maruyama, pour toujours... » a dit Masayo d'une petite voix, profitant d'un instant où le flot des voyageurs s'était momentanément interrompu, puis elle a tourné les talons et s'est éloignée.

Le foulard qui lui enveloppait la tête m'a semblé d'une couleur plus étrange que d'habitude sous l'éclairage au néon des réverbères. Redressant la taille, Masayo s'est éloignée d'un pas ferme.

« J'ai réussi l'examen du deuxième degré ! » ai-je annoncé, et ma mère a seulement murmuré mon nom, d'une toute petite voix.

A l'autre bout du fil, ma mère se taisait.

« Tu sais, ça n'a rien d'extraordinaire ! » ai-je continué, mais elle n'a rien répondu, elle semblait pleurer.

Toujours la même chose, décidément ! Et j'ai réprimé un soupir.

« Tu te faisais du souci pour moi à ce point ? ai-je demandé d'une voix volontairement gaie.

— Vraiment, je suis contente, ma petite Hitomi ! » a dit ma mère sans répondre à ma question. Sa voix empreinte de douceur semblait la personnification de la tendresse maternelle. D'ailleurs, ma mère n'a pas seulement une voix douce, elle est réellement la douceur même. Quand, pour la première fois depuis longtemps, je lui avais téléphoné l'année dernière, pour lui demander de m'aider financièrement parce que je comptais m'inscrire dans une école de comptabilité, elle avait parlé d'une voix qui laissait paraître son inquiétude. Pourtant, l'argent avait été immédiatement viré à mon compte. Je m'étais même sentie quelque peu déprimée, car elle avait versé cent cinquante mille yens en plus de la somme que je réclamais. Au lieu d'éprouver de la gratitude à la pensée qu'on s'inquiétait pour moi, il me semblait que je revenais à la réalité, obligée de prendre de nouveau conscience que la vie, c'était ça. J'aurais dû me sentir reconnaissante, mais le sentiment inexplicable que c'était un effort stérile me mettait mal à l'aise, comme quand le derrière vous démange. Depuis la fermeture de la brocante, chaque fois qu'il m'arrivait quelque chose, je ressentais ça profondément. Cette fois encore.

« J'ai aussi l'intention de me présenter à l'examen du premier degré ! » ai-je dit d'une voix encore plus claire, et ma mère a enfin pris un ton enjoué.

Ma petite Hitomi, tu as vraiment du courage. Tu sais, j'étais persuadée que tu continuerais à travailler avec persévérance ! Je me représentais sans peine le visage de mon père et de mon frère en train de dire : « De toute façon, Hitomi n'est pas du genre à aller jusqu'au bout d'une école de comptabilité. Elle se lassera en cours de route, tu peux en être sûre ! » Ma mère n'avait rien dit.

Comme j'ai envie de voir Masayo ! ai-je pensé. Après avoir raccroché, je l'ai immédiatement appelée.

Vous ne voulez pas qu'on boive ensemble ? Il y a si longtemps ! ai-je dit sans préambule.

Oui, c'est une bonne idée, a répondu Masayo sans manifester la moindre surprise.

C'est ainsi que nous nous sommes retrouvées à boire, elle et moi.

Masayo était un peu grise.

« Il va bien, M. Nakano ? » ai-je fini par demander. A l'idée que Masayo répondrait peut-être sans broncher que ça n'allait pas du tout, la crainte m'avait retenue de poser la question.

« Il est en pleine forme ! a répondu sans hésitation Masayo.

— Est-ce qu'il fait toujours de la vente aux enchères ?

— Si je vous disais qu'il ne travaille plus avec Tokizô, il a ouvert son propre site ! »

S'il vous plaît, deux flacons de saké ! a crié Masayo. Pas besoin de chauffer ! Froid, hein, et donnez-nous ça tout de suite, merci ! L'employé avait-il ou non compris, toujours est-il qu'il a répondu un oui sans allant.

« Ce garçon, il me fait penser au petit Takeo, a dit Masayo tout en s'éventant avec la feuille de papier du menu.

— Ça me rappelle des choses, votre façon de dire le petit Takeo », ai-je dit.

Masayo m'a jeté un regard.

« Dites-moi, Hitomi, Takeo et vous, vous étiez ce que je pense, n'est-ce pas ?

— Comment ça, ce que je pense ? Qu'est-ce que ça veut dire ?

— Mon dieu, comme cette expression me rend nostalgique ! Ce que je pense… Enfin, tout de même, Hitomi, vous ne voyez vraiment pas ? » Masayo avait essayé de prendre la voix de Takeo au milieu de sa phrase. Mais je n'ai presque pas trouvé de ressemblance.

« Je reprends. Haruo a fait des bénéfices aux enchères, et figurez-vous qu'il a obtenu un prêt destiné aux petites et moyennes entreprises ! »

Le saké est arrivé plus vite que prévu et Masayo en a rempli son verre de bière. La mousse qui restait dans le verre a flotté comme un léger nuage à la surface du saké.

Cette histoire de bénéfices et de prêt, vous ne pensez pas que c'est s'engager un peu à la légère ? ai-je demandé. Masayo a agité la main en riant et elle m'a dit : « Eh bien, Hitomi, on reconnaît bien là la comptable diplômée du deuxième degré ! »

Avec son prêt et ses bénéfices, M. Nakano s'était décidé à louer un local à Nishiogi pour ouvrir un magasin d'antiquités occidentales.

« Mais c'est tout simplement formidable ! » me suis-je écriée.

Masayo a eu un petit sourire désabusé.

« Je n'ai pas trop confiance, vous savez. Avec Haruo, on ne sait jamais ! »

Nous avons trinqué une nouvelle fois. Ensuite, nous avons commandé deux plats supplémentaires, que nous avons bien arrosés, et la soirée s'avançait.

On est venu nous dire que c'était l'heure de la fermeture et nous avons quitté le restaurant. J'étais moi aussi passablement gaie.

« Vous ne voyez jamais le petit Takeo ? » a demandé Masayo d'une voix forte.

Vous n'avez pas besoin de hurler, je vous entends très bien ! J'ai crié à mon tour.

« Vous ne vous voyez plus ? » a répété Masayo, mi-riant, mi-fâchée. Elle portait autour du cou son fameux foulard aux teintes naturelles.

Non, c'est fini. J'avais pris un ton catégorique.

Ah bon ? Masayo semblait déçue. Je me demande ce qu'il devient, Takeo. Est-ce qu'il se débrouille ? J'espère pour lui qu'il n'est pas mort au bord d'une route, tout de même ! a dit Masayo en fronçant les sourcils.

Ne parlez pas de malheur, je vous en prie, me suis-je hâtée de dire. Alors, Masayo a éclaté de rire.

C'est bien ce que je disais, Hitomi, vous parlez comme une bonne femme !

Mais j'en suis une, à la fin !

Moi je veux bien, mais sachez qu'une vraie mémé ne reconnaît jamais qu'elle en est une !

Masayo, Masayo, vous n'auriez pas un peu grossi ?

Hélas oui ! Plus je suis occupée, plus je prends du poids, je n'y peux rien.

Je parie que vous vous gavez de pâtisserie, les gâteaux de chez *Poésie* !

Justement, figurez-vous que c'est le fils maintenant qui dirige et il a changé le style du magasin. Il n'y a plus maintenant que des gâteaux avec des noms prétentieux et qui n'en finissent pas !

En apprenant la transformation du café *Poésie*, toute force m'a quittée, sans savoir pourquoi, je me suis sentie déprimée. J'ai essayé d'évoquer le visage de Takeo mais je n'y suis pas arrivée. La seule chose que je me rappelais distinctement, c'était le bout du petit doigt de sa main droite... Je revoyais avec une terrible netteté la phalange coupée.

Il faut que j'attrape le dernier train ! Je me suis mise à courir. Au revoir ! a dit Masayo en s'attardant sur la dernière syllabe. Au revoioir ! Je me suis très vite essoufflée, mais j'ai continué à courir.

L'être que j'aime le plus au monde. Je ne pouvais dire ces mots à personne. Je n'en ai jamais ressenti l'envie, me disais-je tout en courant vers la gare. Il restait encore un peu de temps avant le dernier train, mais j'ai continué à courir sans m'arrêter.

Le mois d'après, au moment du bilan, mon engagement a pris fin. Les employées m'ont offert un bouquet de fleurs. Comme c'était la première fois que ça m'arrivait, j'avais presque les larmes aux yeux.

« Vous allez dans quel genre de boîte, après ? m'a demandé Mlle Sasaki, une employée un peu plus jeune que moi.

— Dans une société qui s'occupe d'ordinateurs, je crois.

— Vous croyez ? Toujours égale à elle-même, Mlle Suganuma, vous ne vous en faites pas ! » m'a-t-elle dit en riant.

Vous ne vous en faites pas. Dans la rue, avec mon bouquet à la main, je me suis répété plusieurs fois ces mots. J'ai songé aux filles avec qui j'avais travaillé pendant huit mois. Certaines étaient un peu méchantes, d'autres plutôt gentilles, il y avait aussi des employées consciencieuses, d'autres un rien originales. Si je comprenais bien, moi, j'étais celle « qui ne s'en faisait pas ». Comment dire, tout le monde ne donnait de soi que des bribes, des parcelles. Jamais de porte grande ouverte.

Je me suis souvenue de la brocante, certaines scènes, un petit moment.

Le vase ne suffisait pas à contenir les fleurs. J'ai mis de l'eau dans un pot de mayonnaise pour celles qui restaient. Au début de la semaine suivante, je devais commencer mon nouveau travail. C'est décidé, demain, j'irai au salon de massage. Tout en me disant ça, j'ai ouvert un tiroir pour prendre l'enveloppe dans laquelle je mets l'argent du mois, et une feuille de papier est tombée, légère comme une plume.

C'était l'un des dessins que Takeo avait faits de moi, celui où j'étais vêtue.

J'avais complètement oublié que le dessin était dans ce tiroir ! ai-je murmuré en ramassant la feuille. Jean et tee-shirt. J'étais allongée, la mine sérieuse. Le tracé était habile. Takeo dessinait beaucoup mieux que je ne l'avais cru par le passé.

Et si Takeo était mort au bord d'une route ? A cette idée, j'ai presque jubilé. Ce sentiment n'a pas duré, et j'ai pensé que c'était fastidieux d'éprouver des sentiments, oui, vivre était une chose fastidieuse. L'amour, je ne voulais plus connaître ça. Comme ce serait bien de ne plus avoir mal aux épaules ! Après tout, je vais peut-être mettre de l'argent de côté ce mois-ci. Une à une, les idées montaient dans ma tête, comme des petites bulles.

J'ai replacé le dessin sous l'enveloppe. Est-ce qu'une société d'électronique possède plus d'ordinateurs dans ses bureaux qu'une société normale ? Je me le demande. Un ordinateur, c'est rectangulaire, au fait. Un four à micro-ondes aussi. Et le poêle à pétrole qu'on utilisait dans les derniers temps à la brocante, il était rectangulaire, lui aussi. Sans trêve, les pensées déferlaient dans ma tête. J'ai ôté mes bas et je les ai roulés en boule.

Je me suis dit que, pas de toute, c'était bien une société d'électronique, quand on m'a indiqué l'ordinateur dont j'allais me servir au lieu de me montrer mon bureau.

Le langage était peut-être différent, c'était une entreprise beaucoup plus petite que la boîte de produits diététiques où je travaillais avant, mais le contenu de mon travail était presque identique. Je devais m'occuper des photocopies, des courses, classer les factures, ranger les documents. Au bout de trois jours, j'étais complètement dans mon élément et j'avais l'impression de travailler dans la même ambiance. Si je m'étais sentie si vite à l'aise, c'est aussi parce que les employées n'allaient pas prendre leur déjeuner ensemble. On se fatigue vraiment, sinon.

Dans cette entreprise, tous les employés, hommes ou femmes, étaient alignés à des rangées de tables et restaient rivés à l'écran de leur ordinateur. On entendait fuser de temps à autre des exclamations, du genre : « Ah non ! », ou « Ras le bol, hein ! » Chose amusante, les hommes avaient une voix plutôt aiguë, les femmes, plutôt grave.

J'allais à heure fixe au travail, je partais à heure fixe, mais quand je quittais le bureau, il y avait beaucoup d'employés qui arrivaient, tard dans l'après-midi ou même après mon départ. Et le matin, je trouvais parfois ceux qui avaient travaillé toute la nuit en train de déchiqueter fébrilement la coquille d'un œuf dur acheté à la supérette du coin.

C'est une dizaine de jours après avoir commencé à travailler dans ce bureau que je suis tombée sur Takeo, dans un couloir.

« Tiens, Hitomi ! » s'est écrié Takeo d'une voix naturelle comme si nous nous étions rencontrés tous les jours, pas plus tard qu'hier encore.

La surprise m'a coupé le souffle.

« Qu'est-ce qui t'arrive ? »

C'est à toi qu'il faut poser la question ! ai-je enfin pu dire.

Je restais plantée dans le couloir. Takeo tenait dans les bras une pile de dossiers. Orange, jaune, violet pâle, vert, les chemises avaient toutes une jolie couleur.

« Tu es maquillée », a dit Takeo, avec la même nuance distraite qu'avant.

Comment ? ai-je répliqué. A l'instant où j'avais entendu le ton de Takeo, j'avais retrouvé ma façon de parler, du temps où nous étions ensemble à la brocante Nakano.

Nous sommes restés quelques instants dans le couloir, plantés l'un en face de l'autre.

A quelque temps de là, j'ai reçu une carte qui annonçait l'ouverture du nouveau magasin de M. Nakano.

« Tout à fait lui ! C'est louche ! » C'est la réaction qu'a eue Takeo quand je lui ai montré la carte. La date d'ouverture du magasin était prévue pour le 1er avril.

Le magasin ne s'appelait plus « Brocante Nakano » mais « Nakano » tout court.

« Ça fait plutôt petit restaurant, un nom comme ça ! » Cette réflexion venait de Masayo.

Dans le couloir, Takeo m'avait tout de suite donné sa carte de visite.

Créateur de sites Web, ai-je lu d'un trait

Non, je t'en prie, ne lis pas à haute voix ! Takeo s'est agité en tous sens, jetant des regards inquiets derrière lui. Les chemises ont glissé et failli tomber.

« C'est vraiment toi, ça ? ai-je demandé.

— Oui, a-t-il répondu avec une expression absente.

— Non, peut-être bien que ce n'est pas toi !

— Pourquoi ?

— Parce que tu ne finis pas tes phrases comme d'habitude, je ne te reconnais pas.

— Au bureau, je ne parle pas de la même manière. »

Au même moment, deux chemises ont glissé et sont tombées par terre. Je me suis baissée pour les ramasser et j'ai senti le souffle de Takeo m'effleurer les épaules ; lui aussi s'était baissé.

« En plus, on dirait une scène d'un mauvais téléfilm… » a grommelé Takeo en ramassant les dossiers.

Il avait élargi. Je me suis dit que décidément, c'était bien possible que ce ne soit pas lui.

Sans plus rien ajouter, Takeo s'est éloigné. Il m'a semblé que le PC de Takeo, attention, pas sa table, se trouvait dans un bureau en face, de l'autre côté du couloir.

Pendant la semaine qui a suivi notre rencontre fortuite, Takeo ne m'a pas contactée.

Après tout, nous n'étions que d'anciennes connaissances, sans plus.

Je quittais le bureau régulièrement à la même heure et, tout en suivant mes cours de comptabilité, j'évoquais le visage de Takeo quand nous nous étions trouvés face à face dans le couloir. C'étaient bien ses traits, mais ce n'était pas le visage auquel j'étais habituée.

Comment as-tu fait pour devenir créateur ? Quand je lui ai posé la question, Takeo m'a expliqué qu'il avait fréquenté une école spécialisée.

Non, ce n'était pas Takeo, j'aurais pu le jurer.

Plus le temps passait, plus cela devenait une certitude. J'avais entendu dire que les cellules de l'être humain se renouvellent au bout de trois ans, alors ! C'était bien son nom, il avait la même apparence, mais c'était quelqu'un de complètement différent.

Au bout d'une dizaine de jours, j'ai vraiment eu le sentiment que c'était quelqu'un d'autre quand Takeo est venu soudain se planter devant mon ordinateur, un peu avant l'heure où je quittais le bureau.

Bonjour !

Quand j'ai salué cet inconnu, il m'a répondu, euh, oui, salut, excuse-moi pour l'autre fois... Instantanément, l'inconnu était redevenu Takeo.

Ça fait un bout de temps ! ai-je dit. Puis, j'ai levé les yeux vers lui.

Il avait le front dégagé et semblait avoir une barbe plus drue. L'air un peu gêné, il a relevé les coins de sa bouche un instant, avant de murmurer : « C'est bien ce que je pensais, tu te maquilles. »

Mais oui, je me maquille ! Et j'ai fait comme Takeo, j'ai eu un petit rictus.

Le 1er avril tombait un samedi.

Entre-temps, j'avais dîné deux fois avec Takeo.

« L'époque des paiements approche, il va falloir que je retourne au bureau. C'est pas l'envie qui me manque de boire du saké, mais ce sera pour une prochaine fois, quand on pourra prendre notre temps ! » J'écoutais d'un air vague ce qu'il disait.

« L'époque des paiements approche ? Takeo a dit ça ? » Masayo est partie d'un grand rire quand je lui ai répété mot pour mot ce que Takeo avait dit.

Le nouveau magasin Nakano tout court était plus petit que l'ancien. Pourtant, on avait l'impression de beaucoup plus d'espace.

« Tout simplement, j'ai fini par comprendre la beauté des espaces vides ! » a déclaré M. Nakano.

Les murs du magasin étaient couverts d'étagères, sur lesquelles on découvrait quelques objets disséminés : vaisselle anglaise, belge ou hollandaise, du XIXe siècle au XXe, articles de cuisine, objets en verre, ainsi que quelques meubles.

« On dirait un magasin comme ceux qu'on voit en photo dans les revues », ai-je dit. Alors, M. Nakano a répliqué tout en changeant l'angle de son bonnet noir :

« Vous voulez dire que c'est bien mieux !

— Combien de temps va tenir la boutique ? a demandé Masayo.

— Disons… six mois », a répondu M. Nakano avec le sourire. Décidément, je ne comprendrai jamais ce qu'il a dans la tête.

Le jour de l'ouverture, il y a eu beaucoup de monde.

Des clients de passage, mais aussi des habitués de la brocante Nakano.

Dans la matinée, le Héron est venu. Il a promené son regard sur le magasin et a dit :

« Moi, ce genre de boutique, je me sens pas à l'aise, mais il est plutôt pas mal pour ceux qui aiment, hein ? » Et il s'est esclaffé comme d'habitude.

Après avoir avalé deux tasses de thé que Masayo lui avait servies, il a quitté le magasin d'un pas nonchalant.

Tout au début de l'après-midi, Tadokoro est venu. Il a examiné lentement l'intérieur, comme s'il léchait chaque objet, bu avec un calme apprêté le thé de Masayo, et il a déclaré : « C'est une boutique classe ! »

« Savez-vous que les objets en verre sont particulièrement avantageux ? » a dit Masayo en prenant un ton exagérément bon chic bon genre. Mais Tadokoro a secoué la tête en disant avec détachement et son habituelle indolence : « Les pauvres n'ont même pas de temps à eux ! »

Néanmoins, il a passé deux bonnes heures au magasin, regardant avec un petit sourire narquois les clients de passage qui défilaient les uns après les autres.

Tandis que je lui servais avec ostentation une cinquième tasse de thé, presque incolore, il m'a demandé :

« Vous allez de nouveau travailler ici, Hitomi ? »

Non, ai-je répondu sans aménité.

Tadokoro s'est levé en riant : « Pas la peine de vous montrer aussi désagréable avec un vieux qui sera peut-être mort demain ! » Il est parti sur ces mots.

M. Awashima s'est présenté tard dans l'après-midi. Au premier coup d'œil, il a déclaré avec simplicité : « C'est plutôt bien, je trouve. » Puis il s'est hâté de partir sans boire le thé que je lui avais servi.

La tante Michi est venue, accompagnée de l'ancien directeur de *Poésie*. Elle a tendu à M. Nakano une enveloppe fermée par des fils rouge et blanc[1], sur laquelle était écrit *Pour fêter l'ouverture du magasin*, et après avoir jeté un regard craintif autour d'eux, ils sont partis tout de suite.

En fin de journée, alors que le flot des clients s'était calmé, un homme s'est présenté. J'étais sûre de l'avoir déjà vu, mais je n'arrivais pas à me rappeler qui c'était.

Qui est-ce déjà ? a demandé Masayo à voix basse.

Qui est-ce déjà ? demande à son tour M. Nakano à voix basse.

Hitomi, puisque vous êtes jeune, faites fonctionner votre mémoire ! Tous les deux tournaient autour de moi. J'avais le nom sur le bout de la langue, mais je n'arrivais pas à m'en souvenir.

« Votre magasin vend des objets qui viennent d'Europe, n'est-ce pas ? a dit le client d'un ton affable.

— Vous êtes quelqu'un du métier ? a demandé M. Nakano en prenant l'air de celui que ça ne concerne pas.

— Non, absolument pas. »

L'échange ne s'est pas poursuivi, l'homme a porté à ses lèvres le thé que lui avait servi Masayo, et pendant tout ce temps, on n'a pas entendu un bruit dans le magasin.

---

1. Couleurs traditionnelles pour le très fin cordonnet qui entoure un cadeau offert à l'occasion d'un succès, d'une inauguration.

Après avoir posé sa tasse, le client s'est levé et a fait le tour de la pièce. Pour finir, il a dit :

« C'est un joli magasin ! »

C'est seulement une heure environ après son départ que je me suis souvenue que c'était celui que j'appelais « le client Hagiwara », celui qui était venu confier le céladon ancien.

« Vous vous rappelez, sa maîtresse lui avait jeté un sort ! » Pendant un moment, nous avons bavardé tous les trois avec animation, lorsque la porte s'est ouverte doucement.

M. Nakano a levé la tête. Il a poussé une exclamation. Masayo et moi avons levé la tête aussi, un peu plus tard que lui.

C'était Sakiko.

« Salut ! » Sa voix était claire, l'inflexion douce.

« Salut ! » a dit M. Nakano. Le ton était légèrement timide, sans que la voix soit pour autant sans assurance.

Sakiko a regardé M. Nakano quelques instants en silence. Masayo m'a tirée par la manche, m'invitant à la suivre dans le petit espace aménagé au fond, entre le réchaud à gaz et l'évier.

Tout en mettant de l'eau à bouillir, Masayo m'a dit :

« Toujours aussi belle, la patronne d'Asukadô !

— Vous ne trouvez pas qu'elle est encore plus femme qu'avant ? » ai-je dit.

Masayo a hoché la tête avec un grand geste :

« Ah, vous aussi, Hitomi, vous l'avez remarqué ? »

J'ai jeté un coup d'œil et j'ai vu que Sakiko et M. Nakano bavardaient tranquillement en plaisantant. Ils donnaient l'impression d'être raisonnables. Pourtant, c'étaient le même homme, la même femme que du temps de la brocante Nakano, me disais-je.

Sakiko est partie au bout d'une petite demi-heure. M. Nakano a fait quelques pas avec elle.

« Sakiko a été gentille de venir ! » a dit M. Nakano en revenant, puis, dans un soupir : « C'est une femme ! » a-t-il murmuré d'un ton pénétré.

« Je m'en veux, c'est vraiment dommage !

— Tu ne voudrais pas te réconcilier avec elle ? a demandé Masayo.

— Je ne la vois pas en train d'accepter », a répondu M. Nakano évasivement.

Dans le magasin flottait une odeur de santal, le parfum de Sakiko.

A sept heures, au moment où l'on pensait fermer le magasin, je suis sortie dans la rue. Quelqu'un s'approchait. Il faisait déjà nuit, mais j'ai tout de suite reconnu Takeo.

M'avait-il aperçue, il a accéléré le pas. Quand j'ai agité la main, il s'est mis à courir.

« C'est déjà la fermeture ? a-t-il demandé.

— Dans un moment », ai-je dit, et Takeo a jeté un œil à travers la vitrine.

Takeo avait couru, pourtant il n'était absolument pas essoufflé.

« Je sais pas, mais on dirait que tu as forci ! » Takeo a ri. « Tiens, par exemple, ta carrure, tu es plus large d'épaules qu'avant ! »

Tu crois vraiment ? Takeo a ri de nouveau. Depuis que j'ai commencé à travailler, je fréquente une salle de sport.

Une salle de sport ? ai-je répété, stupéfaite. Takeo et le sport. Je n'arrivais pas à relier les deux. Mais après tout, dans la mesure où il était devenu créateur ou je ne sais quoi sans que je le sache, le même Takeo pouvait bien aller dans une salle d'entraînement, ce n'était pas si inimaginable que ça.

« C'est parce que j'aime le punching-ball », a dit Takeo.

Le punching-ball ?

« Tu sais bien, l'espèce de ballon qui sert à l'entraînement des boxeurs, fixé avec des élastiques. On tape dessus, il fonce en arrière, mais il rebondit tout de suite ! »

Oui, oui, je vois. Bang. Bing. Je regardais vaguement dans la pénombre sa pomme d'Adam.

« Mais c'est Takeo ! » a fait une voix. Masayo ouvrait la porte. M. Nakano est apparu à son tour.

Il paraît que tu es devenu brillant maintenant ! a dit M. Nakano. Et Masayo de continuer : Dans le genre « rentré au pays natal couvert de gloire » ! Takeo se grattait la tête.

Tous les quatre, nous sommes entrés dans la boutique et M. Nakano est allé baisser le rideau métallique. Takeo regardait partout, les yeux écarquillés. Il avait la même expression hébétée qu'autrefois.

Comme il n'y avait que deux chaises, M. Nakano est allé en chercher une pliante au fond, et il en a pris une autre qui était à vendre. Il a débouché une bouteille de vin et il en a versé dans des tasses à thé.

« Ça fait longtemps que je n'avais pas bu !

— C'est à cause des paiements ? a demandé Masayo d'un air espiègle.

— Oui, enfin, je viens d'être embauché et je suis en bas de l'échelle… » a répondu Takeo. De nouveau, il s'est gratté la tête.

Sans le moindre amuse-gueule, nous avons vidé rapidement la bouteille à nous quatre.

« Du vin, à la boutique Nakano ! Ça fait tout drôle ! » a dit Takeo qui avait les joues rouges. M. Nakano a débouché une deuxième bouteille, c'est du vin, ça te la coupe, hein ! Il fanfaronnait.

Masayo a fouillé fébrilement dans son sac, elle en a extirpé un sachet de petits biscuits presque en miettes qu'elle a disposés sur une assiette en carton.

La deuxième bouteille de vin s'est tout de suite retrouvée vide.

D'abord, c'est M. Nakano qui s'est endormi. Appuyé contre la table, il s'est mis à ronfler. Au bout d'un moment, Masayo sommeillait debout. Takeo bâillait de temps en temps.

« Il n'y a pas eu de retard pour les paiements ? » ai-je demandé. Takeo a hoché la tête faiblement.

Ça rappelle des souvenirs, la brocante Nakano ! ai-je dit. Takeo a fait oui de la tête. Tu étais en forme, tout ce temps ? De nouveau, il a fait oui. Se retrouver ensemble tous les quatre, c'est comme autrefois ! Cette fois, Takeo n'a pas acquiescé, il a ouvert la bouche. Mais il n'a rien dit.

Le silence s'est installé entre nous.

Pardon.

Takeo avait parlé à voix basse.

Comment ?

J'ai été odieux avec toi. Je te demande pardon, Hitomi.

Il a baissé la tête.

Non, c'est moi plutôt, j'étais une gamine.

Moi aussi, j'étais un gamin.

Nous sommes restés un moment la tête baissée, sans trop savoir pourquoi.

Est-ce parce que je suis ivre, les larmes mouillent mes paupières. La tête baissée, j'ai pleuré, juste un peu. Alors, les larmes sont venues toutes seules, indéfiniment.

Pardon, a répété Takeo plusieurs fois. J'ai dit : « J'étais triste, si tu savais ! » Takeo a passé son bras autour de mes épaules et il m'a serrée un peu.

M. Nakano a bougé. J'ai jeté un œil en direction de Masayo, elle avait les yeux à moitié ouverts et semblait nous observer. Quand elle a croisé mon regard, elle a fermé les yeux précipitamment et a fait semblant de dormir.

Masayo ! Je l'ai appelée, elle a ouvert tout grand les yeux et m'a tiré la langue. Takeo s'est doucement écarté de moi.

« Non, continue, serre-la plus fort », a-t-elle dit d'une voix un peu pâteuse en pointant le doigt vers Takeo.

En avant, foncez ! a répété Masayo.

M. Nakano s'est dressé soudain et s'est mis à l'unisson. En avant, foncez !

Il a rempli nos tasses et j'ai bu d'un trait, la tête renversée. Nous nous sommes regardés tous les quatre en éclatant de rire. Le vin a envahi les fibres de mon corps, je me sentais incroyablement légère. J'ai tourné la tête vers Takeo, lui aussi me regardait.

La brocante Nakano n'existe plus, c'est bien vrai ? ai-je dit, et tout le monde a hoché la tête.

Mais le magasin Nakano est immortel ! a marmonné M. Nakano en se mettant debout.

Comme si cela avait été le signal, nous nous sommes mis à bavarder à qui mieux mieux, sans savoir qui disait quoi. Nous ne savions plus ce que nous disions, et j'ai regardé Takeo une nouvelle fois : il ne me quittait pas des yeux.

Pour la première fois, maintenant, j'aime Takeo pour de bon. C'est l'idée qui a surgi dans un coin de mon esprit embrumé.

La bouteille de vin a heurté le bord de ma tasse, qui a tinté légèrement avec un son clair.

Achevé d'imprimer en Espagne par
Litografia Rosés S.A.
Gava (08850)

Dépôt légal : septembre 2009